眞魔傳說

Of Dark

목형 판타지 장편소설

FANTASY FRONTIER SPIRIT

진마전설

마존전설 2부

진마전설 2

목형 퓨전 판타지 소설

초판 1쇄 찍은 날 § 2006년 7월 14일
초판 1쇄 펴낸 날 § 2006년 7월 21일

지은이 § 목형
펴낸이 § 서경석

편집장 § 문혜영
편집책임 § 서지현
편집 § 이재권

펴낸곳 § 도서출판 청어람
등록번호 § 제1081-1-89호
등록일자 § 1999. 5. 31
어람번호 § 제1-0728호

주소 § 경기도 부천시 원미구 심곡1동 350-1 남성B/D 3F (우) 420-011
전화 § 032-656-4452 팩스 § 032-656-4453
http://www.chungeoram.com
E-mail § eoram99@chollian.net

ISBN 89-251-0218-8 04810
ISBN 89-251-0216-1 (세트)

魔說傳

Of Dark

목형 판타지 장편소설
FANTASY FRONTIER SPIRIT

진마전설

마존전설 2부

2 Of

만남(Meeting)

도서출판
청어람

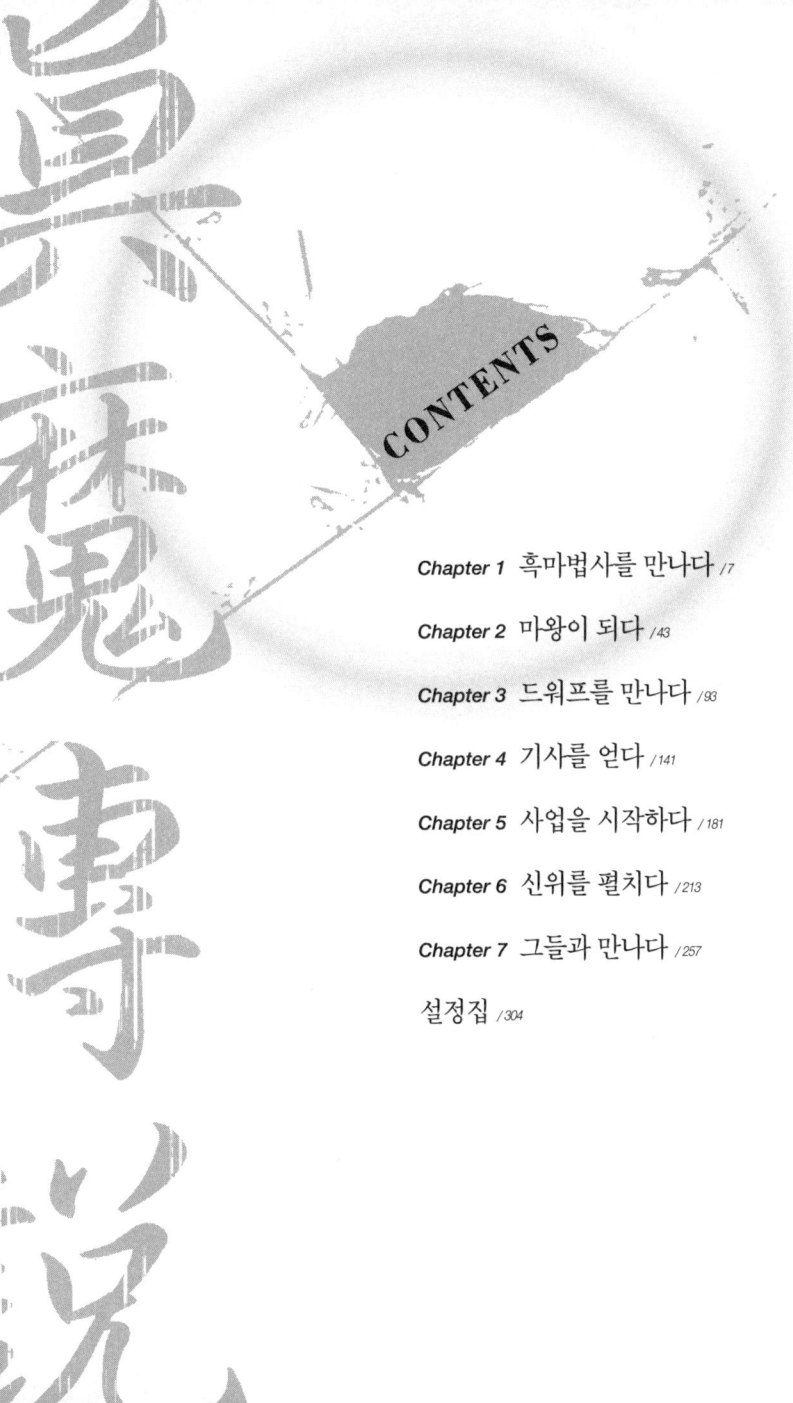

CONTENTS

Chapter 1

흑마법사를 만나다

번쩍이는 타워실드와 그 뒤를 굳건히 받치고 선 채 장창을 겨루는 수백여 명의 병사들. 마치 기사들의 차지 공격을 막아서려는 듯 번뜩이는 예기와 절대 물러설 수 없다는 강한 전의가 흐르고 있다. 그리고 그런 병사들 뒤엔 그들 이상으로 살벌한 기세를 내뿜는 수십여 명의 기사들이 있었으니, 이들의 정체는 리튼 왕국의 왕실 기사단.

　콰콰쾅!

　"으음~ 놈이 오는군."

　저 멀리 점차 접근하는 폭음의 방향을 바라보며 안색을 찌푸리는 노기사. 기사단 중앙에서 번쩍이는 갑옷을 걸친 채 떡 하니 폼을 잡는 모습을 보건대 주위 기사들을 이끄는 수장인 것처럼 보인다. 그리고 실제로 그는 리든 왕국의 왕실 기사단의 단장이자 레벨만 따진다면 무려 레벨 400대 초반의 강자. 비록 나인스타에 속하진 않으나 그들에 버금가는 실력자가 바로 이 노기사인 것이다.

하지만 주위의 믿음직한 강병과 기사들, 그리고 그 자신의 대단한 본신 무력에도 불구하고 그의 얼굴엔 짙은 어둠만이 감돌 뿐.

"'퍼펙트 길드'는 아직 멀었나?"

"예, 아무래도 전력을 갖추려면 좀 더 시간이 필요할 듯 보입니다."

"으음… 결국 시간 싸움인가?"

콰콰쾅!

기사단장이 침음성을 토하는 순간, 방금 전보다 훨씬 더 가까워진 폭음. 기사단장의 안색은 더욱 어두워졌다. 하지만 여기서 물러설 순 없는 노릇. 만약 그들마저 뚫린다면 그 뒤는 바로 왕궁. 왕실의 안위조차 불투명하다.

"모두 죽음을 각오하고 이 자리를 사수한다!!"

차차창!

기사단장의 말에 일제히 검을 뽑는 것으로 대답하는 왕실 기사단의 정예기사들. 상황이 상황인 만큼 그들의 전의는 그 어느 때보다도 높았다. 그리고 그들 주위에 있던 병사들 역시 그 분위기에 편승, 더욱 날카로운 예기를 내뿜기 시작했으니…….

하지만 그런 예기가 무색하게 그런 그들 눈앞에 무방비한 모습으로 천천히 다가오는 한 명의 인영.

"크흠~ 근위대조차 저자를 막을 수 없었단 말인가?"

뜨거운 태양이 내리쬐고 있음에도 후드를 깊게 눌러쓴 검은 로브의 존재. 방금 전의 폭음의 여파 탓인지 이러저리 휘날리는 로브 자락은 그의 존재를 더욱 부각시킨다. 그리고 그의 등장이 의미하는 사실에 검을 쥔 손에 더욱 힘이 들어가는 기사들.

지금 저자는 홀로 왕국 수도의 경비대와 왕실 근위대를 몰살시킨 뒤 지금 이 자리에 서 있는 것이다. 비록 정기적인 마물 토벌전으로 인해 그 대다수가 빠졌다고 하나 그가 상대한 자들은 전부 십수 년간 마물들과 싸움을 해온 최정예들. 그러니 왕국 최강의 기사인 자신들이라고 해도 어찌 긴장하지 않을 수 있겠는가?

"놈! 네놈은 대체 누구기에 왕실의 안위를 위협하느냐?!"

아무 말 없이 다가오는 검은 로브와 그로 인해 고조되는 긴장감. 서로 간의 암묵적인 침묵은 기사단장의 폭갈로 인해 깨졌다. 적어도 상대가 응답한다면 그것으로나마 시간을 벌 속셈. 하지만 상대는 그에 대해 묵묵부답, 그저 걷는 속도를 올릴 따름이다. 이에 남은 결론은 검을 통한 대화뿐.

"큭~ 왕실 기사단은 적을 제압하라!!"

"옛!!"

기사단장의 말에 힘찬 복창복명으로 답한 뒤 일제히 몸을 날리는 수십여 명의 기사들. 전원 상급 기사에 오른 정예들답게 검에 소드 오러(Sword Aura)를 덮어씌운 뒤 검은 로브를 향해 달려들었다. 그 정도라면 중급의 거대 마수라도 능히 제압할 전력. 하지만 상대는 거대 마수 이상, 아니, 그들이 지금까지 상상조차 할 수 없었던 진짜 괴물이었다.

펄럭!

자신을 향해 달려드는 기사들에 대한 대응으로 그저 양손을 옆으로 늘어뜨리는 검은 로브. 일견 기사들에게 항복이라도 하듯 무방비한 모습이었다. 그러나 기사들이 잠시 동안이나마 그런 환상(?)을 품은 바로 그때, 검은 로브의 양손에서 그 모습을 드러내는 거대한 빛의 원반.

우우우웅!

"헉?! 저것은?!"

거의 3미터에 육박하는 거대한 빛의 원반. 기사단장은 그것을 보는 순간 본능적으로 직감했다, 검은 로브의 양손에 나타난 저것은 가히 상상조차 할 수 없는 가공할 파괴력을 지녔음을.

"모두 피해!!"

검은 로브의 손이 움직이기 직전, 다급히 부르짖는 기사단장. 하지만 이미 검은 로브의 면전에 도달한 기사들에겐 하등 부질없는 소리일 뿐.

바로 코앞의 적에 집중한 탓에 기사단장의 애절한(?) 외침은 그들의 귀에 들리지도 않는다. 그 결과,

스걱스걱!

"컥! 윽!"

섬뜩한 파육음과 함께 일제히 사지가 잘려 나가는 수십여 명의 기사들. 4서클 이하의 마법 대부분을 무력화시킨다는 항마력 갑옷이 마치 종이 갑옷처럼 보일 지경이다. 아마 일타다살(一打多殺)의 진정한 표본이 있다면 바로 이와 같은 광경이 아닐지……. 그리고 그런 압도적인 무력에 더욱 극단적으로 치닫는 장내 분위기.

"말도 안 돼……."

"역시 마족은 상대할 수 없……."

방금 전까지 전의를 불태우던 병사들은 이제 슬금슬금 뒤로 물러나기 시작했다. 그나마 왕궁 경비를 책임지는 정예 중의 정예이기에 우르르 도망가지 않은 것뿐, 사기는 바닥 수준

이 아니라 끝이 없는 무저갱에 떨어진 지 오래. 하지만 그런 극도의 사기 저하와 공포 분위기에도 불구하고 끝끝내 제자리를 사수하는 사람이 있었으니, 이야기 진행상 당연한 일이겠지만 바로 기사단장인 노기사였다.

"으득, 이놈……."

기껏 키워놓은 제자들과 기사단원이 깡그리 회색으로 물든 상황. 자연 가슴엔 열불이 터지다 못해 얼굴이 시뻘게진다. 아니, 단순히 자기 혼자만 화병이 나면 그나마 다행이다. 이로써 왕실 최후의 방패가 자신을 제외한 전원 몰살당했으니 앞으로 일이 뻔했다.

수도 리오든에 몰래 침투, 마탑을 깨부수고 곧장 왕궁을 향해 달려온 정체불명의 괴인. 마탑의 전령에 의하면 그 정체는 마족. 그것도 고위급 마족이라고 했다. 그러니 그런 마족 녀석이 앞으로 할 일이 뭐가 있겠는가? 공포와 절망에 찬 사람들의 비명을 음미하며 왕궁 전체를 피바다로 물들일 게 분명하다.

"절대 물러날 수 없다!"

우웅!

앞으로 벌어질 참혹한 살육에 진저리치며 검을 치켜든 기사단장. 레벨 400대 기사만이 지닐 수 있는 오러 블레이드(Aura Blade)를 불태우며 검은 로브, 아니, 마족에게 특공 정신으로 달려들었다.

하지만 그 광경은 아무리 좋게 봐도 당랑거철의 형세라…… 결국 오러 블레이드는 원반의 힘에 밀려 사그라졌고, 기사단장은 피를 토하며 뒤로 나뒹굴었다.

"크어억! 원통하다!"

단순히 원통하다는 표현을 쓰기엔 너무나 압도적인 격차. 초반에 멋지게 등장한 것치곤 너무 순식간에 엑스트라로 전락한 기사단장이다. 그리고 이 절망적인 상황에 그대로 주저앉은 채, 자신의 무력함을 저주하는 그. 하늘이시여 어쩌자고 저런 놈을…….

모든 것을 포기한 듯한 기사단장과 뒷걸음질만 하는 병사들, 그 광경에 지극히 만족스럽다는 듯 검은 로브의 후드 사이로 흘러나오는 괴소. 이제 리든 왕국의 운명은 풍전등화와도 같았다.

"크크크크크크크!"

'크크크, 뭐야? 괜히 걱정했잖아.'

내심 안도의 한숨과 함께 기고만장의 극치를 달리는 수한. 역시 자신은 강하다며 연신 자화자찬의 깊고 깊은 늪에 빠진 채 도무지 헤어 나올 줄을 모른다. 하긴 카오틱 드래곤이나 윈드 라이더를 만나 한바탕 크게 당한 터라 내심 자신의 실력에 불안함을 느꼈을 터. 하지만 오늘 일로 인해 그런 불안감은 완전히 사라진 상태다.

너무나 압도적인 무력 격차. 그렇다. 이것은 아이와 어른 정도의 차이가 아닌, 사람과 작은 개미들과의 싸움이었다. 마탑의 마법사들조차 불식간에 터진 십방장환에 전멸했고, 수천여 명에 달하던 수도 경비대를 비롯한 왕실 근위대는 반나절을 채 견디지 못했다, 거기다 이젠 왕실 기사단까지.

아마 오늘 하루 동안의 대살육극은 조만간 대륙 전체를 뒤흔들리라. 그리고 이에 대한 수한의 변명은 '그러게, 왜 조용히 살려는 사람을 건드려?' 이다.

하긴 처음엔 수한도 이런 대규모 살상극을 벌일 생각은 눈곱만치도 없었다. 어디까지나 유저로서 게임을 즐기고 싶었던 평범한 마족(?)이었던 것이다.

청운(靑雲)의 꿈, 아니, 황운(黃雲)(?)의 꿈을 안고서 리든 왕국의 수도 리오든의 성벽을 월담, 마침내 마탑의 문을 두들긴 수한. 행랑창을 가득 채운 재료 아이템과 청 제국에서 가져온 비급들을 팔아 합법(?)적으로 한밑천 제대로 챙기려고 했건만…… 그런데 전혀 엉뚱한 곳에서 그 정체가 드러나 돈 대신 무차별 마법 공세를 당하고 만다. 이에 수한이 가만히 참아준다면 그는 이미 옛날에 부처의 화신이 됐을 터. 당연히 그 스스로 주체 못할 힘을 마음껏 분출했고, 그 결과는 지금의 이 처참한 광경인 것이다.

뭐 어쩌겠는가? 청 제국 시절 구대문파 중 세 개 문파를 단신으로 봉문시키고, 정파 세력이 집결된 무림맹 본단을 완파시킨 절색마존. 그 주체 못할 광기가 마침내 폭발했으니 이 정도는 감수해야지. 그런데 문제는 수한의 폭주가 여기서 멈출 생각이 없다는 것이다.

'크크크크, 좋아. 이왕 이렇게 된 이상……'

폭주하기 전까지 평범한 게임 생활을 즐기고 어쩌고 하던 수한. 그러나 지금은 이왕 버린 몸, 끝까지 가본다고 중얼거리며 시커먼 다크 오라를 마음껏 내뿜고 있다. 그 내용인즉,

'왕실 보물 창고를 통째로 털면 제법 돈이 되겠지? 큭큭큭.'

그렇다. 이제 더 무엇 망설이랴? 이미 악당을 넘어 악마 수준이 된 마당에 체면(?)은 무슨 체면. 이렇게 된 이상 철저한 악마가 되는 게 바로 진정한 악당으로서의 도리가 아니겠는가? 때문에 일국의 수도를 거의 초토화시킨 주제에 왕궁까지 넘보는 수한이다.

하지만!

세계 최강의 저주 캐릭 수한이 하는 일에 뭔가 딴죽이 걸리지 않으면 이상한 일일 터. 그리고 이 정도까지 날뛰는데 누군가 고삐를 달아줘야 스토리 진행상 정상이 아니겠는가? 때문에 수한이 막 왕궁에 난입하는 이 결정적인 순간, 그의 앞

길을 막아서는 존재가 등장한다.

"작전 개시!!"

"엥? 또 뭐야?"

등 뒤에서 들리는 난데없는 호령 소리에 기껏 고조된 홍이 깨진 수한. 자연 그의 얼굴은 급격히 일그러지는데…… 하지만 그런 짜증스러움도 뒤를 돌아보는 순간 경악으로 변했다.

"홀드(Hold)!! 홀드! 홀드! 홀드!!"

"큭, 이건……?"

대체 언제 등장한 걸까? 당황하는 수한에게서 대략 30미터 떨어진 지점, 일렬로 도열한 채 육체 속박 마법을 난사하는 수십여 명의 마법사. 이 갑작스런 기습에 수한은 크게 당황했다. 차라리 직접적인 공격 마법이라면 모를까, 이런 식의 속박 마법은 그도 당해낼 재간이 없는 탓. 물론 한계 레벨까지 도달한 존재로서, 그리고 본신의 무지막지한 근력으로 저항을 한다면 홀드 마법이 언제까지 지속될 리는 없겠지만…….

그것은 어디까지 상대가 가만히 있었을 경우의 일.

"으그그극!"

"멈추지 말고 계속 걸어!! 상대는 마족이다!!"

"홀드! 홀드! 홀드!!"

연신 부들부들 떠는 수한의 몸이 찔끔 움직일 기색을 보이자 재차 홀드 마법을 난사하는 마법사들. 덕분에 수한은 재차 꼼짝달싹 못하는 동상 신세가 된다. 좀 움직일 기색을 보일라 치면 바로 홀드를 거니 이거야 원. 거기다 더 큰 문제는 상대가 수한을 단순히 속박하는 것만으로 만족할 생각이 전혀 없다는 사실이다.

"전원 조준! 목표는 검은 로브를 한 마족! 일렬부터 차례로 연속 발사한다! 발사!!"

재차 터지는 호령에 수한이 화들짝 놀라 바라보니 마법사들 뒤엔 3열 횡대로 늘어선 백여 명의 궁수가 보인다. 그리고 어어 하는 사이 일제히 발사되는 화살.

"크윽~ 내가 그까짓 것에 당할쏘냐?"

비록 몸을 움직일 수 없어 장막 같은 방어 무공을 쓸 수 없다곤 하지만 지금 상태에서도 절대 수준의 방어력을 지닌 수한이다. 일단 본신의 '금강불괴'에 육체 속박과 무관한 '호신강기', 거기에 로브의 방어력까지. 그것만 해도 무려 일만이 넘는 방어력. 그러니 그깟 화살 따위에게…….

티티티티팅!

"크윽?! 이게 뭐야?!"

화살이 수한의 몸을 강타하는 순간 전혀 예상치 못한 충격과 데미지. 윈드 라이더의 사기틱한 화살 공격—봉인 해제 전의 경우—조차 아무 탈 없이 막아낸 방어력 삼종 세트가 어이없이 무너졌다. 덕분에 수한의 HP를 조금씩이지만 야금야금

갉아먹기 시작하는 화살의 비. 수한의 HP량이 제아무리 먼치킨이라 할지라도 언.젠.간(?). 회색으로 물들 게 뻔해 보였다.

'뭐가 어떻게 된 거야? 아무리 집단 사격이라지만 화살의 데미지는 그 한 개체씩 계산되어야 정상인데… 대체 내 방어력을 무슨 수로 무너뜨린 거지?'

저기 화살비를 날리는 궁수 전원이 보우 마스터이자 엘프인 윈드 라이더를 능가하는 궁수라는 가정은 농담거리도 되지 않는다. 그런데 대체 어떻게?

상대의 놀라운 트릭(?)에 그제야 눈앞의 인물들이 보통 존재가 아님을 깨달은 수한. 그는 그제야 안력을 집중해 그들을 자세히 살피기 시작했다. 그리고 그런 그의 두 눈에 잡히는 거대한 깃발.

펄럭!

불타는 방패의 중앙에 X자로 교차한 칼과 화살. 분명 어디선가 본 적이 있는 표식이다. 그것은 바로…….

"큭, 퍼펙트 길드?!"

'NEW WORLD' 내 무수한 길드 중에서도 첫 손꼽히는, 아니, 독주하다시피 하는 최강의 길드. 심지어 청 제국에서의 '천무' 조차 개인이 아닌 길드 차원에서는 저 퍼펙트 길드에게 한 수 처지는 입장이었다. 하긴 가끔 TV에서까지 길드원을 모집하거나 길드 광고를 하는 수십여 명의 전문 프로게이

머들의 집단이니만큼 제아무리 천무라 할지라도…….

어쨌든 중요한 사실은 왜 하필 지금 이 순간에 저런 골치 아픈 놈들이 등장하냔 말이다(이런 걸 흔히 작가의 농간이라 부른다).

"방심하지 마라. 인간형 몹으로 보이지만 상대는 마족으로 추정된다. 대형 마수와 비견되는 방어력, 공격력, 거기다 스피드까지 가진 놈이니 쉬지 말고 발사!! 사제들은 계속 화살에 성수를 뿌리고, 마법병단 A조는 계속 홀드를 유지, B조는 길드원 전원에게 버프—보조 마법—를 걸도록! 탱커—HP를 비롯 방어력, 회피력 등이 높은 몸빵용 캐릭—는 혹시나 모를 일에 대비, 계속 긴장을 늦추지 마라! 아, 그리고 누구, 상급 직업 이상 가진 사람은 저기 얼쩡거리는 병사들을 추슬러서 탱커 진형에 합류시켜!!"

수백에 달하는 길드원들을 마치 하나의 유기체마냥 조절하는 퍼펙트 길드의 길마 '로빈'. 그 철두철미한 모습에 역시 길마는 아무나 하는 게 아니라며 길드원 모두가 혀를 내두른다. 그리고 실제로 로빈의 냉철한 지휘 덕에 무려 '마족'이나 되는 거물을 상대로 조금의 피해도 없이 압도적인 전황을 유지하고 있었으니……. 하지만 그런 냉철한 겉모습과는 달리 속내가 아주 복잡한 로빈.

'쯧~ 하필 길드원들 중 최정예가 전부 빠져나가자마자 이런 일이……. 재접속하려면 적어도 하루가 지나야 되는데. 거기다 하필 막 사냥을 끝난 시점이라서 다들 체력이 바닥일 텐데…….'

마물이 워낙 극성인 탓에 리든 왕국에서 한 달에 한 번씩 한다는 수도 부근 소규모 마물 토벌전. 퍼펙트 길드는 어디까지 다음의 큰 건수를 위한 기동 훈련과 약간의 부수입을 위해 그 일에 참가했었다. 그리고 어느 정도 일이 마무리되자 전원 로그아웃을 위해 리오든에 들어왔건만 그런 그들을 기다리는 건 왕실에서의 긴급 의뢰. 바로 눈앞의 마족을 처리해 달라는 길드 생성 이래 가장 큰 건수였다.

'지금까진 전황이 좋긴 하지만 주력이 아닌 이들만으로 저 괴물을 상대할 수 있을까? 단신으로 수도 경비대와 기사단을 몰살시킨 저 괴물을……. 처리하면 그야말로 대박이겠지만 혹시라도 실패한다면…….'

로빈의 객관적 판단으로는 이번 의뢰가 거의 불가능하다고 울부짖는다. 하지만 그렇다고 의뢰를 거부했을 땐 지금까지 쌓아온 불패의 이미지와 자신의 길마로서의 권위가 흔들릴 게 뻔할 터. 아니, 어쩌면 길드원 간의 내부 갈등이 더욱 심화될 가능성까지 있다. 바로 옆에서 떽떽거리는 여자 탓에 말이다.

"왜 대마물 전용 3번 작전으로 가는 거죠? 이왕이면 마법사 전원을 '누커(단일 개체를 목표로 한 높은 공격력에 치중된 '데미지딜러' 와는 달리 일타 다살을 위한 강력한 한 방 데미지를 구사하는 캐릭)' 로서 적극 활용하는 게 훨씬 빨리 결말을 낼 것 같은데?"

다양한 인간 군상이 모인 곳에 다툼이 없을 수 없는 법. 무려 백여 명에 달하는 간부들과 수천의 길드원이 소속된 퍼펙트 길드인 만큼 내부 갈등 역시 당연한 일이다. 그리고 그 단적인 예가 로빈이 하는 일이 사사건건 시비를 거는 부길마 후레지아. 자신이 길마가 되지 않은 건 단지 여자이기 때문이라는 소문을 퍼뜨리며 로빈에 항시 불만을 품는 존재였다.

이번 역시 자신이 지휘했다면 훨씬 잘할 수 있다며 연신 툴툴거리는 모습에 주위 길드원은 슬그머니 눈살을 찌푸릴 지경. 물론 로빈은 그저 철없는 여자의 생각없는 투정이라며 무시한다.

"저 '마족' 혼자서 마탑을 무너뜨렸다는 소릴 듣지 못했나? 설마 우리 길드의 마법사들이 이곳 '폭격의 마탑' 마법사들보다 공격 마법을 더 잘한다고는 하진 않겠지?"

"하지만 그건 마탑의 마법사들이 탱커의 도움이 없어 하위 마법밖에 쓰질 못했기에……."

"그건 어디까지 우리 탱커들이 고위 공격 마법을 시전할 때까지 시간을 벌 경우의 일. 하지만 이곳 왕실 기사단을 단 몇 초 만에 몰살시킨 저 괴물에게서 우리 탱커들이 얼마나 오래 견딜 수 있을까?"

"큭~"

도저히 반박할 수 없는 냉정한 말에 후레지아는 그저 이를 악물 뿐 할 말이 없다. 이에 고개를 설레설레 흔드는 길드원들. 도저히 상대가 되지 않는 로빈에게 왜 저렇게까지 이기려고 하는지, 원.

각 직업별 특징을 특화 조합시킨 대마물 전용 포지션과 수많은 전력 전술을 개발한 천재 전략가. 그것이 바로 로빈이다. 거기다 지금 눈앞에서 로빈의 최대 성과물인 20% 확률로 일정 범위 내 화살 데미지를 합산, 단일 개체의 공격력으로 인식시키는 최초의 그룹 스킬이자 다단계 연속점사의 극치인 '중첩일점사'의 위력이 극명하게 펼쳐지고 있는 상황. 그런 마당에 후레지아의 말은 하등 신빙성이 없을 수밖에 없다. 하지만,

"뭐 하고 있어?! 2열의 세 번째, 사격 속도가 늦다! 타이밍 하나 제대로 딱딱 못 맞추나?! 그따위로 할 거면 때려치워!!"

후레지아를 철저히 무시한 채 궁수 중 누군가의 작은 실수

에 버럭 고함을 내지르는 로빈. 이에 지적받은 사람은 무안함에 얼굴이 시뻘게지고, 후레지아 역시 얼굴을 더욱 구긴다. 그리고 그런 로빈의 처사에 내심 심기가 불편한 길드원들. 아무리 현실 같다곤 하지만 이곳은 어디까지나 게임 세상. 프로 게이머인 길드 간부라면 모를까, 그저 게임을 즐기기 위해 길드에 들어온 일반 길드원에게 저런 폭언은 약간 지나친 감이 없지 않아있었다.

'쌍~ 지가 뭔데 이래라저래라야?'

'길마는 다 좋은데 너무 독단적이라니까.'

'길마와 부길마가 딱 반반 섞였으면 정말 딱 좋을 텐데……'

속으로 로빈을 욕하거나 그의 삭막한 인간 관계에 안타까워하는 길드원들. 능력은 없지만 인간 관계가 좋은—물론 로빈은 제외—후레지아가 왜 부길마인지 알 수 있는 대목이다. 하지만 정작 로빈은 그런 길드원들의 불만도 모른 채 눈앞의 전황에만 골몰하고 있었다.

'곤란하군. 벌써 화살이 바닥나기 직전이야. 거기다 그 만큼 쏟아 부었는데도 멀쩡한 모습이라니……. 결국 포지션을 무시하고 근접 공격을 해야 하나? 하지만 그래 봤자 데미지 딜러 중엔 일점중첩사의 공격력을 능가할 만한 길드원이 없는데……'

워낙 급하게 출진한 탓에 보급이 형편없다. 거기다 지금은 사기가 높아 문제가 없지만 길드원들 대부분이 체력이 바닥인 상태. 점차 난감해지는 상황과 맞물려 속으로 머릴 쥐어뜯을 수밖에 없는 로빈이었다.

생각 같아서는 마법사들의 대단위 상급 공격 마법에 모든 걸 맡기고 싶지만 벌써 10분 동안이나 줄창 홀드 마법을 시전한 탓에 연신 숨을 헐떡이는 마법병단 A조원들의 모습을 보니 그런 생각은 이내 자취를 감춘다. 그렇다고 하위 마법사로 이루어진 B조의 공격은 있으나 마나한 일. 결국 남은 방법은······.

'모험이긴 하지만 결국 이 방법밖에 없군.'

상대의 속성을 안다면 그 반대 속성으로 제압하는 게 상식. 그러나 전령을 통한 정보만으론 현재 자신들이 상대하고 있는 저 괴물이 진짜 마족인지, 아니면 그저 엄청난 능력발의 특정 존재인지 알 수가 없다. 때문에 지금까진 저 괴물이 마족이라는 가.정. 하에 순수 물리 타격과 성수를 통한 이차 공격만을 지시했던 로빈(그는 완벽주의자였던 것이다). 그러나 이대로 가다간 체력이나 기타 준비가 부족한 자신들이 스스로 자멸할 게 뻔할 터. 결국 최후의 방책으로 남겨둔 마족의 극성이라는 사제들을 이제 본격적으로 동원된다.

'정말 마족이라면… 통하겠지.'

최악의 경우, 사제들의 디바인 파워(Divine Power)가 눈앞의 괴물을 더욱 강하게 만들 수 있다는 가정을 억지로 외면하며 로빈은 마침내 신호를 보냈다. 그리고 그의 지시에 따라 재배치되는 진형. 이윽고 수한을 향해 온갖 축복(?) 세례가 내려진다.

　"정화[Purification]!!"

　"축복[Blessing]!"

　"힐링(Healing)!!"

　"야!! 마지막에 힐링 쓴 놈, 누구야?!"

　어떤 어리버리한 사제로 인해 약간의 불협화음이 있긴 했지만 어쨌든 계획에 따라 수한을 뒤덮는 빛무리. 그 효과는 지시를 한 로빈조차 놀라게 만들었다.

　"크아아아아아아악!!"

　지금까지 족히 수만 발의 화살을 맨몸으로 받아내면서 신음성 한번 없었던 검은 로브. 그러나 지금은 고래고래 비명을 지르며 트위스트(?)를 추고 있다. 대체 얼마나 고통스러워하는지 축복을 거는 사제들이 찔끔할 지경. 여기서 부언하자면, 검은 로브에게 가장 큰 고통을 준 신성 마법이 다름 아닌 '힐링'이라는 사실.

　"…성공인가? 다행이군. 그나저나 정말 마족일 줄이야……."

예상 이상의, 아니, 혹시나 하는 마음에 무작정 배팅을 했는데 대박을 한 느낌. 덕분에 슬슬 가라앉기 시작했던 길드원들의 사기가 재차 하늘을 찌른다. 거기다 한번 흐름을 타자 아예 퍼주겠다는 누군가―크흠―의 농간일까? 갑자기 길드 진형 뒤편에서 일단의 무리가 난입하는데 놀랍게도 그들의 정체는 '폭격의 마탑'의 탑주와 장로들.

"으득! 저놈인가?"

"헛! 어떻게?!"

초대형 길드의 길마답게 마탑의 탑주와 안면이 있는 로빈. 그는 그들의 멀쩡한 모습에 경악했다. 마탑이 폭삭 내려앉았다는 소릴 들었는데 정작 그 탑주와 장로란 사람들이 멀쩡하다니…….

"크흠~ 이번 마물 토벌전에 겸사겸사 지원했었다네. 만약 그렇지 않았다면 어찌 우리 마탑이 저딴 마족 한 마리에 무너졌겠는가?"

로빈의 휘둥그레진 눈에서 그 속내를 짐작한 건지 마탑이 무너진 것은 어디까지 자신들의 외유 탓인 양 헛기침을 늘어놓는 탑주와 장로들. 연신 숨을 헐떡이는 모습을 보니 마탑이 무너졌다는 소식을 듣자마자 텔레포트로 급히 되돌아온 모양이다.

하긴 대륙삼대마탑 중 하나치곤 너무 허무하게 당한 감이 없지 않아 있었다. 그런데 설마 최고위층 마스터들이 집단으로 외유를 했을 줄이야. 그 이유가 정말 마물 토벌 때문인지, 아니면 다른 이유 때문인지는 의심스럽지만 어쨌든 로빈으로선 천군만마를 얻은 기분. 거기다 웬일인지 부길마 후레지아가 적극 나선다.

"세상에~ 정말 다행이군요. 여러분들이 살아 계신 이상 마탑의 재건은 시간문제. 아참, 이러고 있을 때가 아니지. 저희들만으론 저 마족을 상대하기에 벅찬데…… . 죄송하지만 도움을 좀…… ."

탑주들 앞에서 여우 짓을 하는 후레지아. 가뜩이나 손이 근질근질한 탑주들 입장에선 울고 싶은데 뺨 때리는 격이고, 완벽을 지향하는 로빈의 입장에서도 이들의 합류는 그야말로 쐐기를 박는 격. 물론 그 내심이 로빈의 독주를 막으려는 속셈이긴 하지만 적어도 서로 간에 얼굴 붉힐 일은 없게 되었다.

"크크크, 걱정 말게. 하지 말라고 해도 나설 생각이었으니까."

혹시나 자신들의 개입을 거부할까 걱정했던 탑주는 후레지아의 말과 로빈의 무 태클에 내심 안도했다. 그리고 연신 수한표(?) 다크 오라를 내뿜으며 괴소를 흘리는데 그 여파는 당장 마탑의 장로들을 포함, 퍼펙트 길드원 전원에게 파급되었고, 검은 로브를 향한 가슴 섬뜩한 살기로써 표출되었다.

수한. 순수 배양 저주 캐릭답게 다시 한 번 위기를 직면했다.

"으득~ 이것들이……!"

미치고 팔딱 뛰겠다는 말이 현재 수한의 심정을 설명하는데 더없이 적합한 말이리라. 대체 어쩌다가 이 지경이 되었는지…….

처음 화살 세례만 해도 어느 정도 참을 만했다. 방어력 삼종 세트가 깨진 것이 충격이긴 했지만 그로 인한 피해가 생각보다 미비했던 것. 거의 10분에 걸친 집중 사격에도 불구하고 정작 입은 피해는 전체 HP의 10% 남짓에 지나지 않았다.

하지만 단순히 견디기만 해서야 무슨 소용이 있겠는가? 홀드 마법으로 인해 옴짝달싹 못하는 상황에서 반격은 그저 희망 사항일 뿐. 그저 묵묵히 화살 세례에 몸을 맡길 따름이다.

성질 같아서야 십방장환을 무차별적으로 날리며 악마의 날개를 활짝 펼치고 싶지만 저 퍼펙트 길든지 뭔지 하는 놈들은 십방장환의 사정거리를 아는 탓인지 멀찍이 떨어진 채 화살과 홀드 마법만 날리는 상황. 그러니 십방장환을 날려봤자

MP 낭비일 뿐이고, 수한으로선 그저 속절없이 화살 세례를 받으며 속만 끓인다.

그런데 그런 화살 세례만으로도 부족하다는 건가? 홀드 마법을 날리는 법사들 뒤로 일렬로 늘어서기 시작하는 사제 복장의 인물들. 이어 수한을 중심으로 자신의 존재를 어필하는 다양한 형태의 빛의 향연. 멋모르고 보기엔 건강에 아주 좋은 웰빙스러운 빛의 세례겠지만 수한에겐 그야말로 극약 수준이다.

그 부드러운 백광이 로브를 뚫고 몸에 닿자 전신으로 체감하는 끔찍한 고통. 가렵고 따갑고 아리고, 마치 맨몸뚱이로 수천 마리의 말벌 떼에게 집어 던져진 듯한 느낌.

덕분에 홀드 마법까지 걸린 주제에 온갖 막춤을 추는 신세가 되었다. 거기에 그 많던 HP 역시 사정없이 쭉쭉 닳는 게 눈에 보일 지경. 그런데 이걸로도 아직 부족하다는 건가? 이번엔 뭔가 있어 보이는 마법사 집단까지 떼로 등장한다. 말 그대로 설상가상에 점입가경이라…….

"으으으~ 이거 정말 위험한 거 아니야?"

10분까지만 해도 왕실 보물 창고에 다이빙(?)할 생각만 하던 수한. 하지만 지금은 어어 하는 사이 정말 위기 중의 위기에 직면했다. 그리고 그 사실을 이제야 확실히 깨달은 그에게 정말 가차없이 마법 공세가 날아들었다.

"파이어 레인(Fire Rain)!"

"익스플로전(Explosion)!"

"플레임 웨이브(Flame Wave)!"

얼마 전, 마탑 앞에서 당한 공격들과는 비교 자체가 안 되는 어마어마한 마법 공세. 퍼펙트 길드의 마법사들이 홀드를 걸어주니 아예 마음 푹 놓고 자신들이 지닌 최강의 마법을 시전한 것이리라. 그리고 그 위력은 수한에게조차 극히 위협적.

콰콰콰콰쾅!

"으헉! 으윽~"

마법을 편히 날리라는 뜻인지, 아니면 화살이 다 떨어진 탓인지 화살 세례는 더 이상 없었지만 더 더욱 최악을 달리는 상황. 아무리 수한이 속성 데미지를 일부 무시하는, 일명 항마력 생체 갑옷을 입은 존재라고 하지만 그것도 어디까지 한계가 있는 법. 상급의, 그것도 공격 마법에 특화된 상위 법사들이 날리는 무차별적 공세에 어찌 방어력이 남아나겠는가? 이번 공격으로 수한의 HP는 거의 대부분이 날아갔다.

"이럴 수가……? 이렇게 허무하게 내가…….."

이 참담한 결과에 극도의 허탈감에 빠져 자신의 실수를 절감하는 수한. 마탑을 무너뜨리고 일국의 수도를 잠시나마 유린한 탓에 세상을 너무 만만하게 봤다. 때문에 누차 가슴속 깊이 되새기던 교훈을 까맣게 잊는 치명적인 실수를 저지른

것이다.

다굴엔 장사 없다.

청 제국에서부터 수 차례 실감한 절대불변의 진리. 혼자 잘난 척하다 수십, 수백 명에게 다굴 당해 죽을 뻔한 위기를 어디 한두 번 겪었던가? 그런데 왜 그걸 지금 이 순간에야 기억해 냈단 말인가?

"흐흐흑, 억울해. 이대론 너무 억울해."

너무 억울한 나머지 두 눈엔 굵은 눈물이 시내가 되어 줄줄 흐른다. 혹여 또다시 기회가 주어진다면 다시는 이런 무모한 짓을 하지 않는다고 다짐에 다짐을 거듭하고 늘 초심을 유지, 착실한 사업가(?)가 되겠다고 생각하지만 이미 때는 늦었으니…….

휘이이잉!

"흐흐흑, 안 돼!"

어느새 캐스팅이 끝났는지 재차 날아드는 2차 마법공세. 이에 수한의 입에선 단말마와 같은 비명성이 터져 나왔다.

십방장환으로 막는다면 막을 순 있겠지만 그것 역시 한계가 있다. 수한의 MP가 아무리 많다곤 해도 십방장환 역시 MP 소모가 극악인 최후의 스킬이지 않은가? 그렇다고 '죽은 척하기'를 시전해 봤자 그것 역시 10분이 한계. 반면 저들의 진형이나 조심성을 보니 10분이 아니라 10년이라도 주위를 둘러싼 채 계속 공격을 날릴 형세다. 거기다 카오틱 드래곤처럼 스킬을 무효화시키기라도 한다면 그야말로 대략 난감이라……. 하지만,

"흐흑, 할 수 없지. 그래도 방법은 이것밖에 없으니 그냥 죽은 척하기를……."

점차 다가오는 이글거리는 화염구와 불화살들. 그 광경에 반쯤 체념한 수한은 결국 결단을 내렸다. 마교주와 마족으로서 자존심조차 내팽개친 채 죽은 척하기를 준비하는 것. 생사를 건 도박이긴 하지만 그냥 당하는 것보다는 낫지 않은가? 때문에 마법 공세를 직격하는 순간의 타이밍을 노리며 숨을 고르는 수한. 부디 이것이 지금까지처럼 위기에서 벗어날 돌파구로 이어지길…….

그런데 바로 그때, 한번 써먹은 것을 다시 써먹을 수 없다는 그 누군가(?)의 생각 때문일까, 아니면 지금이 바로 또 다른 주요 캐릭의 적절한 등장 시기라는 걸까? 난데없이 전장에 뛰어드는 정체불명의 인영.

"블링크!!"

"엥?"

"앱설루트 실드!!"

콰콰콰콰쾅!

어디선가 번쩍하고 나타나 수한에게 구부정한 등을 내보

이는 지저분한 로브의 인영. 이내 이상한 종이조각을 찢더니 거대한 방어막을 구현, 법사들의 공격을 막아내는 게 아닌가? 이에 헛바람을 집어삼키는 수한과 퍼펙트 길드를 비롯한 마법사 진형. 그리고 그들이 채 제정신을 차리기도 전에 이 난데없는 조력자는 훌쩍 수한을 껴안더니 또 다른 종이조각, 아니, 마법 스크롤을 찢는다.

"매스 텔레포트(Mass Teleport)!!"

"어, 어, 어?"

홀드 마법의 여파로 아무런 반항도 못한 채 텔레포트의 영향권 안에 들어선 수한. 생전 처음 겪는 이동 마법에 정신이 혼미해진 그에게 왠지 장난기 넘치는 음성이 아련히 들려왔다.

"방금 전 스크롤 두 장이 내 전 재산인 거 아냐?"

"그게 무슨……?"

우우우웅!

수한의 말이 채 다 나오기도 전에 서서히 사라지는 두 인영. 그리고 그 광경에 닭 쫓던 개마냥 멍하니 바라만 보는 사람들. 잠시 뒤, 리든 왕국의 왕궁 앞 광장에선 수백여 명의 집단 절규가 메아리쳤다.

우우우웅!

"으헉?!"

철퍼덕!

텔레포트 발현의 기음이 사라지자 갑작스럽게 그 모습을 드러내는 두 인영. 그중 한 명인 수한은 이 생소한 이동 방식에 놀란 탓에 고수 체면에 엉덩방아를 찧고 말았다. 이에 연신 키득거리는 또 다른 인영.

"에, 저… 대체 누구십니까?"

평상시라면 자신의 추태에 웃음을 터뜨리는 상대에게 당장 응징을 내려야겠지만 일단 도움을 받은 처지라 수한은 조심스럽게 운을 뗀다. 그러자 그제야 얼굴을 가리던 후드를 넘기는 인영. 그는 바로…….

"억? 당신은?!"

"크크크크, 그래. 어젯밤 네게서 골드 한 닢을 적선받았던 사람이지."

놀랍게도 수한을 정체절명의 위기에서 구한 조력자의 정체는 어젯밤 성벽에서 만난 그 지저분한 홈리스(?)가 아닌가?! 순간, 수한의 머릿속에 스쳐 지나가는 무수한 한국 전래 동화들. 은혜 갚은 까치와 제비, 기타 등등. 설마 이번 경우에도 그와 유사한 사례란 건가?

'헐~ 은혜 갚은 홈리스라고 해야 되나?'

속으로 별 시답지 않은 생각을 하며 혼자 구시렁거리는 수한. 상대가 이런 실력자인 줄도 모르고, 한 자신의 행동에 얼굴을 뜨거워진 탓이다.

그런데 상대는 단순히 은혜를 갚고자 그를 구한 것이 아닌 모양이다.

"크흠~ 단도직입적으로 말하겠네. 자네 혹시 내 제자가 될 생각이 없는가?"

"예?"

언젠가 들은 적이 있는 제안. 수한이 이 난데없는 제의에 당혹감을 금치 못했다.

'이거 기연인 거 맞지?'

*　　　*　　　*

"이들의 만남이 과연 우연일까?"

모니터상에 확대된 그것을 바라보며 수영은 작게 중얼거렸다. 그러자 옆에 있던 최강준은 오히려 그런 그녀의 반응이 이상하다는 듯 반문했다.

"글쎄요. 하지만 큐티 보이가 고작 이런 NPC 하나를 만난 게 그리 큰 문제될 게 있을지…… 제가 볼 땐 그저 평범한 떠돌이 마법사일 뿐인데……."

부팀장이나 되는 녀석이 이렇게 대책없어서야…… 이에

수영은 자신도 모르게 크게 한숨을 내쉬며 속으로 감봉을 중얼거렸다.

'아니지. 그보다 차라리 수진에게 던져 줄까?'

어떤 처분이 최강준에게 가장 극악일지 궁리하는 수영. 그녀의 으스스한 눈빛에 최강준은 금세 찔끔한다. 하지만 그의 입장에선 이런 수영의 반응에 극히 억울할 따름.

그들이 응시하는 모니터, 즉 수한에게 사승 관계를 제의한 존재에 관한 상태창을 비롯한 캐릭 정보에 관한 내용들. 척 보기에도 참으로 가관이다. 레벨은 고작 51에 뭐 하나 특별한 능력치나 특기도 없는, 그야말로 마법사 도제 수준을 간신히 벗어난 NPC. 자연 최강준이 그런 반응을 보일 법하다.

하지만…….

"내가 꼭 일일이 지적해야 알아차리겠어? 하여간… 일단 다시 한 번 잘 살핀 뒤 대책 마련을 하도록."

"예? 아, 예."

아무리 살펴도 도통 알 수가 없지만 그래도 이렇게까지 말하니 도저히 무시할 수가 없다. 때문에 다시 천천히 눈앞의 정보들을 분석하는 최강준. 그런 노력이 가상해서일까? 마침내 전혀 예상치 못한 부분에서 이상한 점을 발견했다.

"어라? 이건 설마?"

레벨과 능력치에 혹한 탓에 소홀히 여겼던 직업란. 거기엔 최강준이 전혀 예상치 못한 단어가 쓰여 있었다. 그것은 바로 흑.마.법.사[Dark Mage].

"어떻게?! 어떻게 아직 흑마법사가 남아 있는 거죠? 설정상 분명 50년 전에 멸절했을 텐데……."

"그거야 알 수 없는 노릇이지. 운이 더럽게 좋든지, 아니면 토벌 대상조차 되지 않은 조무래기인지……. 어쨌든 분명한 것은 저 NPC가 대륙 내 존재하는 유일무이한 흑마법사란 사실이지."

"그렇다면… 설마……?"

"그래, 큐티 보이는 이것으로 전.직.을 할 수 있게 됐어."

"…그게 가능하기는 한 겁니까?"

청 제국에 소속된 인물이 팔라스 연합으로 넘어간 경우는 지금까지 전무. 자연 청 제국에 처음 접속한 유저가 팔라스 연합에 속한 직업으로 전직이 가능할지는 그 누구도 알 수 없다. 하물며 이번 만남은 게임의 전반적인 관리를 책임진 운영팀조차 예상치 못한 변수. 결국 그 가능성에 대해 짐작할 수 있는 사람은 오직 게임 초기 설정을 책임진…….

"'그놈'이 관여했으니 당연히 할 수 있겠지?"

"…3운영 팀장님 말씀이군요?"

"그래, 그놈! 으득!"

평소 3운영팀에서 벌어지는 가지각색의 활극(?)을 상기하며 최강준은 순순히 납득했고, 수영은 이를 갈았다.

회사 내, 일명 '오타쿠 집합'으로 알려진 3운영팀, 그리고 그런 3운영팀의 정점에 위치한 팀장 진길범. 오타쿠 특유의 세심함과 꼼꼼함으로 게임 초기 설정을 맡은 이상 이런 중요한 부분에 대해 간과했을 리 없다. 그리고,

"…자기 운영팀조차 내팽개친 채 게임에 미친 인간이니 당연히 뭔가 또 해괴한 설정을 만들었겠지."

"…그리고 보니 그분이 '나인스타' 중 한 명이군요."

게임 속 어디선가 음침한 괴소를 흘리고 있을 오타쿠를 생각하며 두 사람은 잠시 말을 잃었다. 그러나 3운영팀장의 괴행에만 정신이 팔린 최강준과는 달리 수영의 관심은 애초에 전혀 다른 곳에 있었으니, 그것은 바로…….

'이 만남이 정말 단순한 우연일까?'

수한이 팔라스 연합에서 본격적으로 들어서자마자 전직의 필수 조건을 충족시킬 흑마법사의 등장. 이 우연 아닌 우연에 도무지 의심을 떨칠 수 없는 수영이었다. 만약 이것이 그 누군가의 의도대로라면……. 하지만 그런 일은 길범과 자신을 포함한, 현존하는 'Four Children' 멤버 중 그 누구도 불가능한 일이다. 그나마 가능하다면…….

'설마……?'

불현듯 떠오르는 생각. 지금의 이 만남을 인위적으로 조정

할 수 있는 유일무이한 존재. 그 존재가 지닌 드.러.나.지. 않는 영향력을 생각한다면 지금의 이 의문도 해결된다. 하지만……

　'대체 무슨 생각으로 이런 일을……?'

　생각하면 할수록 점차 더해만 가는 의문. 수영은 다시 깊은 생각의 늪에 빠져들었다.

Chapter 2

마왕이 되다

수한이 'NEW WORLD'를 시작한 뒤 본격적으로 입지를
세우던 청 제국 시절, 속성 고렙 달성 계획의 첫 번째 단계로
써 장백산맥에서 한창 영약 채집에 두 눈이 벌게졌던 때가 있
었다. 그리고 그런 그에게 마치 그가 주인공이라는 사실을 증
명이라도 하듯 운명적 만남이 있었으니, 바로 묵천마신교의
전대 교주이자 천하제일고수였던 천마혈존과의 조우였다.

  당시 천마혈존은 '천무'라는 걸출한 유저를 내세운 정파
세력의 함정에 빠져 숨이 거의 꼴깍 넘어가기 직전의 상황.
이에 자신이 죽은 뒤 마교의 혼란을 염려, 척 보기에도 근골

이 장난이 아닌─영약 남용의 결과물이었다─수한을 자신의 제
자로 받아들여 그 뒤를 부탁하려 했었다. 그러나 아무리 천하
제일의 무공을 배우고, 대륙 최강의 무력 집단을 좌지우지할
수 있다고 해도 마교도가 된다는 것은 곧 천하 공적이 된다는
의미. 자연 마교도로서 가지는 극악의 패널티에 기겁한 수한
은 그 제안을 단호히 거부한다. 물론 현재 그의 직업에서 알
수 있듯 매에는 장사가 없다는 사실을 뼛속까지 체감한 뒤 결
국 그 제안을 받아들였던 수한.

　그런데 지금 이 순간, 천마혈존이 그에게 했던 것과 유사한
제의가 다시 한 번 수한을 갈등하게 만들고 있었다.

　'허참～ 이거 어떡한다? 받아들여야 하나?

　아닌 밤중에 홍두깨라고, 난데없이 제자가 되라는 말에 고
민에 휩싸인 수한. 물론 생각 같아서야 옳다구나 하고 받아
들이고 싶다. 과거 천마혈존의 사승 관계 강요 때완 달리 지
금은 이미 버릴 대로 버린 몸. 인간임을 포기하고 마족까지
된 마당에 그깟 흑.마.법.사.쯤이야……. 하지만 왠지 지금
사부 후보에겐 도무지 믿음이 가지 않았으니……. 일단 옛
사부와 지금 사부 후보(?) 간의 외양 차이가 너무 극심하지
않은가?

　적어도 천마혈존은 치명상을 입은 상태에서도 고수다운
풍모가 넘쳐흘렀었다. 그에 반해 눈앞의 노인은 축 늘어진 살

가죽에 뼈마디만 내비치는, 추레하다 못해 거의 소말리아 난민을 연상시키는 형상. 거기다 연신 숨을 헐떡이며 가래 끓는 목소리를 내는 모습을 보건대 막말로 슬쩍 건들기만 해도 억하고 쓰러져 금세 숨이 넘어갈 것 같다. 그나마 그런 그를 무시하지 않는 건 두 눈에 불타는 안광. 뭔가를 반드시 이루고자 하는 집념의 불길 탓.

'으음~ 무시하자니 좋은 기회를 놓칠 것 같고, 그냥 받아들이자니 그놈의 체면이…….'

홈리스, 아니, 노인의 제자 제의에 반나절이 지나도록 끙끙거리기만 하는 수한. 이미 충분히 강하다 못해 주체를 못하는 마당에 더 강해질 필요가 있을까? 그것도 이렇게 비실거리는 노인을 사부로 받아들이면서까지?

그러나 이리저리 손익을 계산하는 와중, 번뜩 그의 뇌리에 스치는 기억.

절대 뚫리지 않을 것 같았던 방어력 삼종 세트—금강불괴, 호신강기, 로브의 방어력—를 너무나 쉽게 무력화시켰던 법사들의 집단 마법 공세. 그런 가공할 공격을 이 노인은 손쉽게 막아냈다. 거기다 그 직후 자신을 포함한 두 사람을 이런 외진 곳까지 순식간에 이동시키는 능력까지.

'호오~ 이거 생각보다 마법이란 게 쓸모가 많잖아?

한번 긍정적으로 생각을 바꾸자 수한의 머릿속을 점차 잠식해 들어가는 마법 유용론. 예전 카오틱 드래곤이 십방장환을 무효화했던 일과 나인스타인 로이엔이 부리던 정령들까지 떠오르자 노인의 제안은 더없이 유혹적으로 들린다. 만약 지금도 강한 자신이 그와 같은 능력까지 지니게 된다면?

"크크크크크크!"

노인의 심각하게 일그러지는 표정—연신 괴소를 흘리는 수한의 모습에서 사승 관계에 대한 짙은 회의가 드는 모양—조차 무시한 채 혼자만의 세계에 빠져드는 수한. 아, 역시 주인공의 망상은 요즘 대세인가 보다. 도무지 주체를 못한다.

어쨌든 그렇게 10분 정도가 지나 마법과 무공으로 무장한 자신이 카오틱 드래곤을 때려잡고, 그 시체를 팔아먹는 단계에서 마침내 망상 아닌 망상에서 깨어난 수한. 상대의 속내가 무엇인지, 혹은 뭔가 음모가 있는지에 대한 탐색전 같은 건 생각조차 않는다. 그저 망상이 끝나자마자 노인에게 넙죽 엎드리며 이렇게 소리칠 뿐.

"싸부님~"

"…일단 받아들인 것으로 알겠네."

노인의 제안을 받아들여 마침내 그의 제자가 되기로 결심한 수한. 그런데 여기서부터 문제다. 노인의 제자가 된다는 건 다시 말해 흑마법사가 된다는 의미. 하지만 현재 수한의 직업은? 팔라스 연합에서만큼은 그리 흔치 않은, 어쩌면 히든피스에 해당하는 권사(拳士)다. 그러니 자연 '전직'이란 걸 해야겠는데 전직을 할 경우 직업상 성상 이전에 익힌 무공이 전부 날아간다면 그거야말로 초 난감한 일. 그럴 바에 차라리 안 하니만 못하다.

물론 내용 전개상 그런 일은 없다고 하니 패스. 진짜 문제는 바로 전직을 위한 준비 과정이었다.

"클클클, 흑마법사가 되기 위해선 일단 그 나름대로의 재능이 필요하지. 몸이 마기를 견딜 수 있을 만한. 아, 네 경우엔 그리 큰 문제가 없겠군. 이미 상당양의 마기가 감지되는 것을 볼 때 그것은… 응? 어떻게 알았냐고? 그거야 내가 흑마법사니 그렇지. 딴 놈들은 몰라도 나 같은 사람에겐 마기를 감춘다고 감추어지는 게 아니거든. 커험~ 어쨌든 계속 이야기를 하면……."

그 뒤 다섯 시간에 걸친 주절거림(역시 늙으면 말이 많아진다는 건가?). 그렇게 지루하기 그지없는 이야기의 홍수 속에 수한은 전직에 대해 깊은 회의를 느꼈다. 그나마 그 와중에 알게 된 사실이라면 노인의 이름이 '토일'이라는 것과 현존하는 유일한 흑마법사라는 사실, 그리고 누군가의 계시를 받아 수한을 리오든에서 줄곧 기다렸다는, 뭔가 의미심장한 정보뿐이다. 그리고 이후 이어진 토일의 설명엔 수한이 약간 받아들이기 힘든 내용이 있었으니…….

"엑?! 영혼을 판다고요?!!"

"클클클, 당연하지. 흑마법을 부린다는 사실 자체가 마족과 계약한다는 것을 의미하는데… 세상에 뭐든 공짜가 없단다."

"크윽~ 그럴 수가……!"

비록 현실이 아니라곤 하지만 영혼을 판다는 사실에 뭔가 찜찜한 수한. 그렇다고 도로 무르기엔 뭔가 아쉬움이 남는다. 하긴, 어차피 게임이 아닌가? 때문에 길고 긴 설명이 끝나자 꺼림칙한 마음을 억누른 채 마족과의 계약을 준비하는 수한. 그런데 이 준비 과정 역시 그 길고 긴 설명만큼 골치가 아프다.

일반적인 'MMORPG 게임'에선 전직을 위해 엄청난 양의 전직 퀘스트를 거치는 게 필수. 뭐, 그래 봤자 그 내용은 대동소이하지만.

일단 어디어디 가서 누굴 만나 이야기를 하면, 그 사람은 생뚱맞게 뭔가가 필요하니까 특정 몹을 때려잡고 그 드랍 아이템 몇 개를 가져오라고 으름장을 놓는다. 그래서 열심히 단순 노가다를 한 뒤, 그것들을 구해오면 또 어디 가서 누굴 만나 무엇을 하라고 재차 심부름(?)을 시킨다. 이에 또 열심히 달려가서 이야기를 하면!! 그놈이 바로 그놈이라… 방금 전, 단순 노가다의 주범과 같은 헛소릴 해대는데……. 결국 그런 식으로 서너 번 정도 질릴 만큼 노가다를 하면, 그제야 간신히 전직 완료.

이는 필시 고렙 육성 저지를 위한 게임사의 음모가 분명하다!

어쨌든 수한이 현재 열심히 버닝하고 있는 'NEW WORLD' 역시 게임은 게임. 그런 이유 탓인지 흑마법사 전직을 위한 전제 조건, 마족과의 계약 역시 준비할 게 장난이 아니었다. 그나마 토일이 유일한 흑마법사인 탓에 타 직업의 전직처럼 퀘스트 진행자들을 찾아 이러저리 돌아다닐 필요는 없다는 게 다행이라면 다행. 하긴 흑마법사는 청 제국의 마교도만큼이나 팔라스 연합에서 공적 취급을 받는 존재이니 대놓고 할 수가 없을 터. 자연 그 과정이 간단할 수밖에 없다. 하지만,

"어디 보자. 계약을 위한 준비물이 뭐가 있더라? 일단 오크 눈알과 어금니, 하피의 오줌과 눈물에 그리고…(중략)… 오우거의 힘줄과……."

"…저, 질문이 있는데……."

"응? 뭐냐?"

"사부님이 전직을 하실 때 대충 몇 년이나 걸리셨나요?"

역시 방심은 금물이다. 끝도 없이 나열되는 준비물에 질려 버린 수한. 자연 그 준비 과정으로 인한 소요 시간이 궁금해진다. 이에 자랑스럽게 자신의 업적(?)을 자랑하는 토일.

"허험~ 고.작. 3년이 걸렸지. 아마 최단 기간 내 흑마법사

가 된 기록이 아닌가 싶다."

"크어억!"

아무리 상대가 유저가 아닌 NPC로서 전직 퀘스트를 치렀다고 하지만, 그리고 타 직업과는 달리 한 명에서 모든 퀘스트를 몰아넣는다고 하지만 어떻게 그 준비물 구하는 데 3년씩이나……. 이래서야 타 직업의 전직 퀘스트보다 나을 게 없지 않은가?

그 기겁할 만한 준비 기간에 혼백이 허공을 부유하는 수한. 슬금슬금 전직에 대한 미련이 사라지고 한다. 하지만 토일은 그런 수한의 기색과 무관하게 계속 준비물만을 읊을 따름.

"…의 뼈, 이상 끝이다. 아마 이게 가장 구하기 힘들 거 같… 응? 왜 그러느냐?"

"저, 아무래도……."

뭔가 할 말이 있는지 우물쭈물 입을 여는 수한의 모습에 물음표를 띄우는 토일. 그 천진난만(?)한 모습에 잠시 갈등이 되긴 하지만 수한은―흑마법사 된다고 결심한 지 얼마나 됐다고―전직을 포기하려고 한다. 하긴 돈을 벌기 위해 게임을 하는 것이지 퀘스트를 하려고 게임을 하는 게 아닌 그로선 그게 최선의 선택. 그런데 간발의 차이로 이어지는 토일의 설명에 수한은 다시 한 번 변덕(?)을 부려야 했다.

"아참, 내가 말하지 않은 게 있는데… 이 대부분의 준비물들은 내가 다 구해두었단다. 때문에 넌 아주 편.히. 흑마법사가 될 수 있지. 클클."

"…사부님, 존경합니다."

역시 좋은 게 좋은 거 아니겠는가? 토일로선 거의 포기했던 후계자를 얻어 좋고, 수한은 쉽게 전직을 해서 좋고. 하지만 세상만사가 다 그렇듯 다 좋을 순 없는 노릇.

"그런데 문제는……."

"예?"

토일이 말꼬리를 늘이며 입을 열자 덜컥 겁이 난 수한. 이번엔 또 뭐가 문제란 말인가?

"내 비록 대부분의 준비물을 구하긴 했지만 몇몇 준비물들을 미처 구하지 못했구나. 아무래도 내가 나이가 나이인 만큼……."

"휴우~ 난 또. 걱정하지 마십시오. 그 정도야 제가……."

생각보다 가벼운 태클(?)에 안도의 한숨을 내쉬는 수한. 그러나 그런 수한의 눈치를 연신 살피는 토일의 모습을 보건대 그 몇몇 준비물이란 게 장난이 아닐 것 같다. 하긴 일부러 제자 계약용 준비물까지 마련한 토일의 준비성을 고려하건대 그 남은 준비물들이 구하기 쉬운 물건일 리 만무. 하지만 그 정도야 전직의 당사자인 수한이 감당해야 할 몫이 아니겠는가? 그런데 막상 그 준비물 내용을 들어보니…….

"오우거의 뼈와 힘줄, 블랙 앤트의 더듬이, 그리고……."

토일의 입에서 대략 십여 개 정도 나열되는 물건들. 과연 토일이 구하지 못한 이유가 있다. 대부분 고 레벨의 상급 마물들을 통해 얻을 수 있는 재료 아이템들. 거기다 그 일부는 아주 희귀한 레어 급 물건들이다. 그런데 왠지 어디선가 많이 들어본 듯한 이름들이 아닌가? 이에 연신 고개를 갸우뚱거리는 수한. 그러다 번뜩 뭔가를 떠올리고 행랑창을 뒤지기 시작한다.

"에, 그러니까… 이거하고… 또 이거였던가?"

"에?!"

수한이 행랑창을 뒤적거림에 따라 그 앞에 점차 쌓이기 시작하는 물건들. 그 생경한 광경에 토일의 입은 점점 벌어진다. 그리고 잠시 뒤,

"저, 방금 전에 말하신 게 이것들 맞죠?"

"허… 허… 허……."

십여 년 동안 구경조차 못했던 물건들이 말하자마자 바로 쌓여지는 모습에 그저 헛웃음만 짓는 토일. 하긴 그가 어찌 알겠는가? 드래곤 산맥을 넘고 영원의 숲을 거쳐 온갖 마물들과 뒹굴다 온 수한에겐 이 정도는 아무것도 아니라는 사실을…….

어쨌든 이것으로 계약 준비 문제는 해결됐다.

"허허허, 좋아. 그럼 계약 준비를 해볼까?"

적어도 1년 정도 소요될 줄 알았던 일이 단 1분 만에 해결되자 연신 너털웃음을 터뜨리는 토일. 더 이상 기다릴 것도 없다는 듯 바로 계약 준비에 착수한다. 어차피 텔레포트한 장소가 인적이 드문 곳이니 일부러 판타지 소설의 정석에 따라 지하실(?)을 찾아갈 필요는 없지 않겠는가?

어쨌든 각설하고, 일단 트롤의 피를 거대한 원진을 그린 다음, 좌우 사방팔방에 여러 가지 흉물스런 재료들을 나열하고, 이어 여러 가지 호러물에서나 나올 광경을 연출한 뒤 지켜보는 수한의 얼굴이 핼쑥해지고, 서산너머로 해가 질랑말랑해지자 간신히 준비 완료.

"휴우~ 이제야 끝났군. 자, 이제 원진 안으로 조심해서 들어가거라. 나열된 건 절대 건들지 말고."

"…예, 알겠습니다."

이마의 땀을 닦으며 허리를 연신 두들겨대는 토일. 그의 지친 음성에 수한은 영 내키지는 않지만 슬금슬금 원진 안으로 들어선다. 그러자 토일은 수한이 도저히 이해할 수 없는 뭔가 이상야릇한 주문을 외치며 분위기를 띄우기 시작하는데……

"$%#@&*%"

'헐~ 별걸 다하는군 그래.'

장내가 떠나갈 듯 아주 혼신을 다해 주문을 외우는 토일. 하지만 그런 노력과 별개로 수한은 속으로 하품을 하며 이 지루한 계약인지 뭔지가 끝나길 기다릴 뿐이다. 그리고 토일의 정성과 수한의 지루함을 알아주어서일까? 마침내 서서히 검은 운무를 내뿜는 원진. 그 중심에 선 수한은 검은 운무에 휩싸인 채 그제야 조금씩 흥분하기 시작했다.

'크크크, 이제야 시작인가 보군. 자, 어서……'

이미 대략적인 계약의 내용을 들은 수한. 일단 원진이 검은 운무를 내뿜으면 계약 대상자의 역량에 따라 등급 별로 마족이 랜덤으로 소환된다. 이에 계약자는 그 마족과 계약을 맺으면 전직 퀘스트는 그것으로 끝. 그런데 여기서 주의할 점은 소환된 마족이 지나치게 높은 등급일 경우, 그 계약을 위한 대가가 만만치 않다는 점이다. 뭐, 대부분의 경우 원진에 준비해 둔 제물들과 계약자의 영혼으로 만족하지만 아주 상급의 마족의 경우엔……

'가만, 내 경우엔 대체 어느 수준의 마족이 소환되는 거지? 아니, 그전에 계약을 할 필요가 있나?

방금 전 건성으로 들었던 설명들을 상기하며 그제야 자신이 잊고 있었던 중요한 사실을 깨달은 수한.

이미 청 제국 시절 때부터 한계 레벨에 도달한 초절정고수에 마교주이기까지 한 절대강자. 그런 자신이 마족을 소환하면 대체 얼마나 대단한 놈이 등장한단 말인가? 그리고 그런 거물이 과연 원진의 제물에 만족해 순순히 계약을 응할까? 아니, 그건 둘째 치고, 최근 마왕 한 마리를 먹어(?) 그 스스로 마족이 된 마당에 굳이 마족을 소환해 계약할 필요가 있을까?

연달아 떠오르는 의문에 더욱 머릿속에 복잡해진 수한. 그러다 번뜩 제 정신을 차리고 계약 의식을 중단시키려 한다. 하지만 이미 때는 늦었으니…….

"잠깐, 멈……!"

파아아아악!

원진에서 폭발할 듯 터져 나와 삽시간에 수한을 감싸 안은 검은 운무. 토일이 예상치 못한 사태에 기겁하며 주문을 멈췄을 땐 이미 그의 모습은 사라진 뒤였다.

"으헉, 이게 뭐야?"

별안간 눈앞을 가리는 칠흑 같은 어둠. 평상시 높은 레벨과 능력치 탓에 어둠의 제약이 거의 없던 수한을 일순 당황하게 만든다. 하지만 그런 갑작스런 변화도 점차 어둠에 적응하는 그의 눈에 비치는 광경에 비하면 오프닝 테마곡도 아닌 협찬사 광고 수준.

피가 덕지덕지 붙어 있는 가지각색의—살상보다는 고통 자체가 주 목적인—연장들. 절대 애들 용이 아닌 이상야릇한—탑 승자가 매우 고통스러워할 구조의—목마, 그리고 여기저기 널려 있는 큼직한—촛농이 아주 의미심장하게 떨어진—양초들, 그중 에서도 가장 압권인 건 천장에서 길게 늘어진 채 또 다른 희 생자를 갈구하는 듯한—사람의 목에 딱 들어맞는—개 목걸이 다.

수진이 수한에게 므흣한(?) 짓을 할 때 쓰던 도구들과는 비 교 자체를 허용하지 않는 극히 하드코어(?)적 물건들. 이에 자 연 수한의 반응은?

"…난 아무것도 못 봤어."

급히 고개를 숙이며 현실 도피를 꾀하는 수한. 마치 지금 이 순간, 자신이 장님이라고 주장이라도 하듯 두 눈을 굳게 감고 뜰 생각을 않는다. 하지만 그가 그러면 그럴수록 눈 뜨 길 바라는 것이 그 누군가(?)의 희망.

탁탁탁!

"엥?"

너무나 전형적인 스위치 켜는 소리와 함께 속속 등장하는 형형색색의 조명들. 그 예기치 못한 소음과 감긴 눈 사이로 스며드는 강렬한 빛에 수한은 자신도 모르게 눈을 뜰 수밖 에 없었다. 그리고 그런 수한의 눈앞엔 조명의 중심에 우뚝 선 채 자신의 존재를 극도로 어필하는 한 명의 인영이 있었으니…….

뭔가 고풍스러우면서도 화려무쌍한 20cm남짓의 곰방대를 입에 물고 타이트하면서도 전용 면적(?)이 적은 가죽옷으로 남성들의 환상을 100% 충족시킨 채, 밟혔다간 최소 전치 5주를 보장할 날카로운 굽이 인상적인 가죽 부츠로 무장한 여성. 옵션으로 붙은 가죽 채찍─역시 여왕과 채찍은 필수불가분한 관계란 말인가?─은 그녀의 정체에 대해 도저히 이견을 제시할 수 없게 만든다.

이 정도면 부인하고 싶어도 부인할 수 있는 진짜 순종 '여왕님'. 현실에서 두 명의 여왕님에게 시달리는 수한으로선 본능적으로 숨이 턱 막히는 압박감을 느꼈다. 거기다 결정적으로 눈앞의 여왕님이 그에게 너무나 낯이 익은 얼굴이 아닌가? 그렇다. 그녀는 바로…….

"으헉?! 누나?!"

수한의 친누나이자 영원한 극악 착취자. 바로 수영이었다.

"후우우우우~"

그 작은 입에서 곰방대가 떨어지자 일순 장내를 장악하는 독한 담배 연기. 그리고 그 담배 연기에 취한 듯 몽롱한 눈으로 수한을 바라보는 그의 천적 중의 천적. 수한은 그저 뱀 앞의 개구리마냥 바들바들 떨기만 했다. 아무리 그가 게임 세상에서 무적을 부르짖으며 독보 천하를 한다고 해도 그녀의 앞에선 그저 힘없는 동생, 아니, 거액의 채무자일 뿐. 그런데 그런 수한의 태도가 마음에 들지 않아서일까?

―흑뇌강격(黑雷強擊)!

쿠르르르! 콰콰콰콰쾅!

"으캬캬캬캬캭!"

뭔가 이질적이게 울리는 음성과 함께 수한을 향해 내리 꽂히는 검은 번개. 수한은 그 강렬한 충격에 그대로 땅바닥에 꼬부라졌다. 하지만 수영은 그것으론 성이 안 차는지 쓰러진 수한에게 재차 인정사정없이 번개를 내리갈기는데……. 그 짜릿한 전기 충격의 여파로 두 눈을 까뒤집는 채 오토 진동의 극을 보이는 수한. 그리고 잠시 뒤 그가 자체적으로 전기를 방전시키는 지경이 되어서야 수영은 날카롭게 소리친다.

―누가 네 누나라는 거지?

바들바들 떨며 비몽사몽의 극을 달리던 수한. 그는 이 예상치 못한 질책(?)에 고개를 번쩍 들어 눈앞의 인영을 자세히 살피기 시작했다. 그리고 그제야 자신의 누나와 눈앞의 인영이 비슷하면서도 뭔가 다르다는 사실을 깨달았으니…….

약간 더 추켜올려진 눈꼬리나 입가의 권태로운 냉소. 뭔가 잘못된 방향이긴 하지만 세상을 늘 긍정적(?)으로 바라보는 수영과는 너무나 다른 모양새. 거기다 나름대로 품격(?)을 강조하는 수영이라면 저런 채찍을 동반한 여왕님 스타일은 절대 하지 않을 터(수진이라면 모를까). 수한이 잠시나마 그 둘을 헷갈린 건 어디까지나 그 유사한 분위기 탓이리라(역시 미인(?)일수록 비슷비슷한 외모에 비개성적이라는 말이 사실인 모양이다).

'휴우~ 그럼 그렇지. 누나가 이런 게임을 할 리가 없지.'

눈앞의 존재가 자신의 천적이 아님에 안도의 한숨을 내쉬는 수한. 하긴 무슨 일을 하는지는 모르겠지만 1분 1초를 아끼는 캐리어우먼의 대표 주자가 바로 그의 누나가 아니던가? 그런 사람이 게임에 정신 팔릴 리가…….

─감히 내 앞에서 딴생각을?! 천마붕격(天魔崩擊)!

"크어어어억?!!"

주인공의 특권(?)인 딴생각에 빠지는 순간 수한을 으스러뜨릴 듯 짓누르는 무거운 압력. 이에 수한은 비명을 고래고래 내지르며 자신의 고통을 만천하에 홍보했다. 동시에 슬그머니 그의 머릿속을 장악하는 열화 같은 분노.

"으득! 이게 감히……!"

그의 천척인 두 마녀와 카오틱 드래곤 같은 사기 만땅 괴물이라면 모를까, 그 누가 수한을 막을 수 있으랴? 자연 첫 대면부터 이렇게 사정없이 갈구며 무시하는 상대에게 슬슬 열불이 터지는 수한이다. 이제 자연 처음부터 필살기를 날리는데…….

"크아아아아! 십방장환 트리플!!"

지구 중력의 족히 열 배가 되는 압력조차 무시한 채 양팔을 활짝 벌리며 자신의 궁극기를 펼치는 수한. 이 먼치킨 한 방 필살기라면 저 사디스트 끼가 다분한 여자에게 통쾌한 일격을…….

그러나 눈치 빠른 몇몇 사람들이 짐작하듯 그의 바람대로 될 리가 없다.

푸쉬쉬쉭!

"어라?"

수한의 전신에서 내뿜어지던 미증유의 거력. 하지만 여자의 몸에 채 닿기도 전에 피식 꺼져 버린다. 그리고 그 광경에 그제야 머리가 차가워져 자신이 호랑이 굴에 들어왔음을 깨달은 수한.

'아차, 여긴……?'

마족과의 계약을 위해 시행한 의식, 그리고 그 직후 눈앞에 펼쳐진 살벌한 광경과 난데없이 등장한 여왕(?). 이쯤 되면 위기 상황에서만은 풀 가동된다는 수한의 머리답게 뭔가 이상함을 느꼈어야 했는데……. 하지만 워낙 갑작스런 정신적, 육체적 충격에 그 중요한 사실들을 간과해 버렸다. 그리고 그것은 수한의 일생일대 가장 치명적인 실수였으니…….

"에헤헤헤헤헤헤."

어떻게든 이 위기를 넘기고자 연신 여왕의 눈치를 살피며 뭔가 귀염 틱하면서도 모자란 듯한 웃음소리를 내는 수한. 그러나 그런 수한을 바라보는 여왕님은 이미 채찍의 강도를 시험하고 있다.

짜짝!

─홋, 오랜만에 손맛이 짜릿하겠군.

그 뒤 무슨 일이 있었는지는 자체 검열상 언급하지 않겠다. 다만 평상시 수한이 수진과 수영에게 당했던 것들이 소프트(?)하게 느껴진 정도의, 극히 하드코어적 취향이 가미된… 크흠~ 어쨌든 뭐 뭐한 일들이 장.시.간. 동안 수한과 여왕님만이 존재하는 공간에서 펼쳐졌다는 것만 알아두자. 그리고 어느 정도 여왕님이 만족한 다음에서야 본격적으로 이야기가 시작되는데……

"홀쩍홀쩍~"

─후우~ 처음엔 다 그래. 걱정 마. 내가 책임진다, 책임져.

어디 TV 멜로 드라마에서나 들을 법한 대사. 홀쩍이는 수한에게서 등을 돌린 채 담배 연기를 내뿜으며 이딴 말이나 지껄이는 여왕님. 그리고 그런 말에 더욱 충격을 받아서일까? 수한은 재차 파도같이 밀려오는 서러움에 울음을 그칠 줄을 모른다.

"흐흐흑~ 내가 어떻게 지켜온 순결(?)인데… 크흐흐흑!"

―크흠~ 아, 이거 미안하군. 내가 원체 굶주려서…….

도저히 용납할 수 없는 18금(?) 대사가 난무하는 가운데 조금 전과는 달리 수한에게 쩔쩔매는 여왕님. 자연 수한은 더욱 기가 살아 목청을 높여 울음보를 터뜨린다. 이에 여왕님은 그를 달래기 위해 더욱 쩔쩔매는 악순환이……. 하지만 과유불급이라 했던가? 도통 끝날 줄 모르는 수한의 울음보에 마침내 여왕님의 그 무언가가 뚜둑 끊어졌다.

―그만 하지 그러냐? 이제 슬슬 본론으로 들어가야 하는데…….

"헙!"

일순간에 장내를 싸늘하게 만드는 고저 높낮이가 상실된 차가운 음성. 위기 관리만큼은―솔직히 대부분 운빨이지만―발군인 수한은 이내 합죽이가 된다. 그리고 그것을 기점으로 다시 주도권을 잡은 여왕님.

―좋아! 그럼 이제 시작해 볼까?

"예? 대체 뭘……?"

뭔가 의미심장한 여왕님의 말은 이내 불길한 예감이 되어 수한의 머리통을 후려갈긴다. 물론 위기 관리 능력만큼이나 특출한 수한의 불행 감지 능력답게 그것은 너무나 정확한 예

측이었으니……. 지금까지의 일은 어디까지 워밍업이었다는 의미.

─먼저 계산부터 해보자. 순진한 흑룡을 꼬여서 '암천룡주'라는 이름을 무.단. 도.용.하고, 거기다 나의 권.속.인 주제엔 감히 첫 대면부터 날 공격했겠다? 뭐, 이 정도야 방금 전 일로 상쇄했다 치고…….

"…설마 당신은……?!"

드래곤 산맥을 내려온 직후 레드들과 만나 팔라스 연합에 관한 정보를 얻은 것과 함께 보다 나은 게임 생활을 위해 틈틈이 게임 내 체계에 대해 공부한 수한. 그런 그에게 암천룡주의 무단 도용, 그리고 권속이라는 단어는 너무나 의미심장한 의미를 가지고 있었다.

마교주의 권위를 능가하는 암천룡주라는 호칭에 대해 감히 무단 도용이라는 말을 할 수 있으며, 동시에 마교주이자 최상급 마족씩이나 되는 자신에게 권속이라 부를 수 있는 존재. 그렇다. 수한이 교주로 있는 묵천마신교가 모시는 절대신이자, 팔라스 연합의 오대중급신, 그리고 파괴와 정화의 신이며 만마(萬魔)의 어머니이라 불리는 이블린(Evelyn). 눈앞의 여왕님은 바로 수한의 직속 상관(?)인 것이다.

'크억?! 신(神:God)?!'

거물인 줄은 어느 정도 짐작했지만 이거 해도 해도 정말 너무했다. 수한이 감히 건들 생각조차 못하는—가끔 그에 관한 망상을 하긴 하지만—카오틱 드래곤조차 레벨 1,200대다. 그런데 이번엔 대략 레벨 5,000대라고 알려진 절대절대절대 먼치킨인 신이라니?!

'허허허, 역시 나 정도 되는 사람이 계약을 하려면 이 정도는 나온다는 건가?'

수한의 혼백은 이제 현실 도피 겸 자아도취로 허공을 부유하고 있었다. 하지만 그런 수한의 사정과는 별개로 여왕님, 아니, 이블린은 이제 겨우 자기소개(?)를 마친 상태. 본론은 이제 겨우 시작일 따름이다.

—문제는 말이지, 네가 지금 한 계약 탓에 그 멍청한 데스로드가 남긴 힘을 어.느. 정.도 네 것으로 만들었다는 사실이야.

움찔.

이블린의 말에 급격히 몸으로 역소환되는 수한의 혼백. 얼핏 그녀의 말을 들어보니 자신이 계약을 통해 더욱 강해졌다는 듯하지 않은가? 그리고 그런 수한의 짐작이 사실이라는 것을 증명이라도 하듯 계속 이어지는 이블린의 자상한(?) 설명.

—그런데 그게 좀 곤란하거든. 그 정도 막강한 힘이라면 초월자 중에서도 중급 이상이라는 건데 비록 암천룡주라는 이름을 도용해 초월자만이 가질 수 있는 '존(尊)'이라는 호칭을

얻긴 했지만… 그래 봤자 준 초월자지, 진짜 초월자는 아니잖아?

자신에 관한 이야기이기에 모든 집중력을 동원, 그 내용 파악에 여념이 없는 수한. 그런데 가만히 이블린의 설명을 들어보니 뭔가 좀 앞뒤가 안 맞는 소리가 있다. 마치 자신이 초월자가 아닌 탓에 더 이상 힘을 주지 못한다는 말 같지 않은가?

"그럼 제가 초월자가 되면 되잖아요?"

화르륵! 뿌직! 뿌득!

수한의 철(?)없는 말에 불타는 눈동자와 혈관 마크, 그리고 이 갈기 삼종 세트로 자신의 불편한 심기를 드러내는 이블린. 이에 자연 수한의 입은 합죽이가 될 수밖에 없다. 하지만 이미 엎지른 물을 다시 담을 수 없는 노릇. 눈치 없음에 대한 대가는 곧바로 수한의 육신을 강타한다.

─극대염화(極大炎火)!

"크아아아아아악!"

지옥의 불길을 응축, 강화시켜 수한의 몸 위에 소환시킨 이블린. 이에 수한의 반응은 당연히 극히 열렬(?)할 수밖에 없다. 그리고 잠시 뒤, 장내에 구수한 냄새가 자욱히 퍼지자 그제야 사랑(?)의 체벌을 멈추는 이블린. 이어 장내는 험악한 쌍욕이 난무한다.

─이쌰~ 이 XXX끼가 지금 무슨 헛소릴 하는 거야?! 이걸 그냥 확 XXX해서 XXX해 버려? 불멸자는 죽었다 깨어나도, 아니, 그 시체가 분쇄되어 가루가 되었다가 다시 재생성되기를 수천, 수만 번 한다고 해도 절대 초월자가 되지 못한다는 거 너 몰라?

게임 설정상 유저들의 한계 레벨은 499. 그에 반해 초월자는 레벨 500이상의 천외천의 존재다. 자연 유저들이 초월자가 될 가능성은 전무. 만약 그게 가능하다면 게임 균형 자체가 붕괴되리라. 하지만 여기서 우리는 잊지 말아야 할 게 있다. 수한의 존재 자체가 바로 히든피스, 즉 '필멸자' 라 불리는 먼치킨 사기 캐릭이라는 사실을.

"하지만 전 필멸자인데……."

대체 어디서 그런 용기가 난 걸까? 방금까지 노릇노릇하게 구워진 주제에 다시 이블린에게 딴죽을 거는 수한. 주인공의 특권인 위기 관리 본능이 때마침 발동한 것이다. 그리고 그것은 지금 상황에 너무나 적절한 대응책.

─필멸자?

필멸자란 말에 신 주제에 화들짝 놀라는 이블린. 그녀조차도 수한이 필멸자라는 사실은 미처 몰랐던 모양. 이에 그제야 수한을 자세히 살피기 시작하는데…….

─어라? 이거 봐라?

신이 가진 권능 중 하나인 상대의 본질을 본다는 심안(心眼). 그를 통해 수한이 가진 능력치와 정보를 체크하기 시작하는 이블린. 눈앞에 펼쳐진 정보창 내용에 그녀의 입은 점차 벌어지기 시작했다.

―뭐야, 이거? 이건 벌써 초월자 수준이잖아. 거기다 능력치 분배 방식이… 법사도 아니고 전사도 아니고… 완전 잡검사잖아? 데스로드는 어디까지 마법사로 특화된 마왕인데 이게 뭐야?

신답지 않은, 그러나 마신(魔神)다운 귀차니즘으로 수한에 대해 관심을 가지지 않았던 이블린. 덕분에 이제야 수한의 진정한 가치(?)를 깨닫고 경악을 금치 못한다. 그리고 수한이 가진 필멸자로서의 능.력.에 평소 그녀답지 않은 고민에 빠져드는데…….

'이거 난감하네. 초월자는 단순히 레벨 상의 문제가 아니라 세상을 이루는 하나의 축이 된다는 뜻인데… 지금은 필멸자이되 본래 불멸자(유저)인 녀석이 그걸 감당할 수가 있으려나? 하지만 이미 반쯤 초월자가 된 놈을, 그것도 이미 자격을 갖출 대로 갖춘 놈을 거부하기엔… 아, 젠장. 하필 왜 이딴 놈이 내 권속이 되어서는……'

연신 이를 뿌드득 갈아대며 혼자만의 생각에 빠져든 이블린. 그런 살벌한 기색에 수한은 숨은 죽인 채 눈치만 살살 살피기 시작했다. 그리고 그렇게 얼마나 시간이 지났을까? 뭔가를 번뜩 떠올린 이블린은 마침내 타협안(?)을 찾아낸다.

─그렇군. 대.가.가 있으면 약간의 편법 정도는 용납되겠어. 크크크크, 왜 그걸 진작 떠올리지 못했을까?

사악무비한 불길한 오라를 내뿜으며 수한을 은근슬쩍 바라보는 이블린. 그 모습에 수한은 당연히 오금이 저린다. 이번엔 대체 또 뭘 할 속셈인지……. 하지만 어쩌겠는가? 그녀는 어디까지 그의 직속 상관인데.

─큼~ 오래 기다렸지? 뭐, 대충 정리가 됐다.

"꿀꺽~ 그럼 이젠 전 어떻게 하면……."

상황이 대체 어떻게 진행되는지는 모르겠지만 이제 뭔가 결정된 듯하다. 이에 마른침을 삼키며 이블린의 입만을 주시하는 수한. 그런 그에게 이블린은 예상 밖의 전혀 엉뚱한 말을 꺼낸다.

─네가 이번에 전직을 하는 건, 아니, 이 경우에는 승급[Preferment)]이라고 해야 하나? 어쨌든 데스로드의 힘을 흡수하는 건 그리 큰 문제가 없다. 다만 그럴 경우 네 허접한 스킬 몇 개가 내 심기에 거슬리는데… 이번 일을 계기로 적어도 마왕[The Devil]이 될 녀석이 그딴 쓰레기 같은 스킬을 지닌다면 내 체면이 뭐가 되겠냐? 그러니 그것들은 내가 회수해 가겠다.

"예? 허접한 스킬?"

이블린의 의외의 말에 자신이 가진 스킬 중 대체 뭐가 허접한지 생각에 잠기는 수한. 그러나 이블린은 그가 생각할 틈도 주지 않겠다는 듯 바로 몰아붙인다.

—쯧, 척하면 척이어야지. 생각할 필요도 없잖아! 그 구질구질한 녀석들, '구걸하기', '미친 척하기', '죽은 척하기' 말고 대체 뭐가 있겠냐?

"예? 그것들 말인가요? 하지만……."

필멸자가 되는 과정에 수한이 얻은 삼대궁극기. 그 세 개의 스킬 덕에 수한이 얼마나 많은 위기나 어려움을 극복했던가? 그런데 그런 스킬들이 허접하다고? 하지만 가만히 생각해 보니 영 틀린 말도 아니다.

구걸하기. NPC에게 불쌍히 보여 금전이나 음식을 지원받는 스킬. 과거 저 레벨에 돈 없고 춥고 배고프던 시절, 수한이 얼마나 애용했던가? 때문에 그가 습득했던 스킬 중 가장 먼저 마스터한 스킬이기도 하다. 하지만 지금은 월등한 능력치를 활용한 노상 강도를 했으면 했지 구걸할 일은 없으니 그리 쓸모가 없다고 할까?

미친 척하기. NPC에게 불안감 조성, 적대 성향 B급 이하의 존재들의 접근을 막아주는, 일명 대마물용 방어 스킬. 그리고 이를 통해 마물들이 넘쳐 나는 장백산맥에서 누구보다도 안전히 영약 채집에 열을 올릴 수 있었던 수한. 그러나 지금은 마족이 되어 마물 스스로가 접근 자체를 안 하는 상황이니 자연 쓸모가 없다.

그리고 마지막 남은 죽은 척하기의 경우엔…….

"저 앞의 두 스킬은 괜찮지만 마지막 건 좀……."

상대에게 죽은 것으로 인식되어 절체절명의 위기를 넘긴다는 죽은 척하기. 10분간의 강제 지속 시간 동안 모든 물리, 마법적 데미지 무효화시킨다는 이 절대 사기 방어 스킬은 수한이 지금까지도 애용하는 그만의 필살기다. 비록 카오틱 드래곤 같은 괴물에게는 통하지 않았지만 이것만큼 든든한 최후의 카드가 어디 있으랴? 당연 앞의 두 스킬과는 애착이 다를 수밖에 없다.

그러나 그것은 어디까지 수한의 사정일 뿐, 이블인은 가차 없었다.

―쓥~ 이게 권속 주제에 반항한다는 거냐? 거기다 마왕까지 시켜준다는 데 그딴 허접 스킬이 더 중요하다고?!

가뜩이나 날카로운 눈꼬리가 더욱 치켜올라 가며 수한을 압박하는 무시무시한 기세. 비록 게임이기는 하지만 역시 신은 신인지 수한은 도저히 감당할 수가 없다.

"크억! 알겠습니다. 그러니 제발 그만……!"

―쯧, 진작 그럴 것이지.

수한이 거의 납작포가 되어 울부짖으며 자비를 구하자 그제야 압박을 멈추는 이블린. 그러나 그런 그녀에게도 양심은 있다는 건가? 억울한 마음에 연신 훌쩍이는 수한의 모습이 약간 안 돼 보이는지 재차 타협안을 내놓았다.

─크흠! 아, 뭐, 그냥 가져간다는 건 아니야. 대신 진짜 쓸. 만.한. 스킬들을 무.려. 세 개씩이나 줄 테니…….

넓죽.

"깜~사합니다!!"

이블린이 뭔가를 준다고 하니 바로 오체투지로 자신의 신앙심(?)을 표현하는 수한. 이놈이 정녕 주인공인지 가끔 의문이 들 때가 있다. 어쨌든 그것으로 수한과 이블린 간의 협상(?)은 무사히 타결되었다. 그리고,

─크흠! 뭐, 만족한다니 다행이군. 그럼, 새로운 스킬은 나중에 돌아가서 확인하도록 하고… 시작해 볼까?

"예? 뭘 시작한……?"

우우우우웅!

수한이 딴생각을 가질 새도 없이 바로 일을 진행시키는 이블린. 수한을 중심으로 거대한 3차원 마법진이 생성된다. 이어 그의 전신을 옭아매며 빛을 내뿜는데 그 갑작스런 변화에 그저 당황만 하는 수한. 그런 그에게 이블린의 음성이 아련히 들리는 가운데 수한은 마지막 순간, 정신을 잃었다.

—좋아, 이것으로 넌 나의 진.정.한 다섯 권속 중 하나가 될 기회를 얻었다. 너 말고도 후보가 두 명이나 있으니 주의하고. 이왕이면 네가 되면 좋겠지만 말이야. 크크크크.

위이이이잉!

—권사에서 흑마법사로 전직하셨습니다. 전직에 따라 캐릭 정보가 수정됩니다.

—전직과 특정 조건을 완수, 한계 레벨을 넘어 레벨 500을 달성하셨습니다.

—레벨 500을 달성함에 따라 모든 스탯의 수치가 두 배가 됩니다. 지금부터 레벨 1업 시 보너스 스탯 10이 주어집니다.

—레벨 500을 달성함에 따라 상급 마족에서 마왕으로 승급하셨습니다. 승급에 따라 캐릭 정보가 수정됩니다.

—보유 중인 스킬, ‘구걸하기’, ‘미친 척하기’, ‘죽은 척하기’가 삭제되고, 새로운 스킬 세 개가 추가되었습니다. 스킬 창을 확인하십시오.

—캐릭 정보 수정이 진행 중입니다. 캐릭의 능력치 상승 보정 및 기타 정보 수정이 있사오니 한 시간 후 재접속해 주십시오.

기절한 수한을 중심으로 폭발할 듯 터져 나오는 빛과 장내를 뒤흔드는 기계음. 이블린은 그렇게 서서히 사라지는 수한의 몸을 바라보며—글 전개상 늘 그렇듯—혼잣말로써 미래에 대한 암시를 던졌다.

—태을이 말한 놈치곤 그리 믿음성은 없지만… 뭐, 저 사기 같은 운빨이면 어떻게든 되겠지. 그리고 나로선 필멸자 코드 중 일부를 회수했으니 손해는 없는 셈이고… 설마 필멸자 코드를 회수한 나에게 고.작. 초월자 인정 문제로 딴 놈들이 뭐라 하겠어? 그나저나 다른 필멸자 녀석은 어떡한다? 그놈도 곧 초월자 수준을 넘어설 텐데…….

잠시 뭔가 고민에 빠지는 듯한 이블린. 그러나 이내 그 특유의 귀차니즘으로 무시한다.

—뭐, 내가 신경 쓸 문제가 아니니까. 어차피 내 부하 직원(?)도 아니고…….

그녀의 의미심장한 독백은 앞으로 벌어질 파란만장한 일들을 예고하고 있었다.

*   *   *

삐이이익!

위이이잉~ 띠띠링!

마치 단발마의 비명성과 같은 날카로운 기계음과 함께 차례차례 꺼지기 시작하는 모니터들. 운영팀의 소속원들은 이 난데없는 횡액에 당황해 어떻게 복구하려고 하지만 그들로서도 속수무책. 그리고 그렇게 하나둘 꺼지기 시작하는 모니터를 바라보는 수영 역시 대책없긴 마찬가지다. 그나마 다행이라면,

"1인칭 시점의 시야는 그나마 건졌군. 역시 게임 캡슐 룸과 직접 연결하길 잘했어."

정면의 단 하나의 모니터. 새로이 초월자 No.283라는 숫자가 부여된 채 수한의 시점에서 바라보는 1인칭 시야권 모니터만은 무사했다. 비록 지금까지와는 달리 직접 옵저버들로 하여금 표적을 뒤쫓아야 할 수고를 해야겠지만 적어도 표적을 완전히 놓치는 최악의 상황만은 면한 것이다. 그리고 그런 작은 안도감 때문일까?

"그나저나 이거 정말 놀랍군요. 설마 유저가 초월자가 될 줄이야."

"후우~ 그래, 이건 나도 예상 못한 일이야. 전직에서 그치지 않고 승급까지 할 줄이야."

평상시라면 바로 징계를 내릴 최강준의 감탄에도 수영은 그저 담배 연기를 내뿜으며 동조했다. 아니, 동조하는 것은 어디까지 겉모습이고 그 누군가에 대한 원망으로 부글거리는 속내를 숨기는 중이다.

'그 미친놈은 대체 무슨 속셈으로 이딴 설정을 만든 거야?

그런데 눈치없기가 수한에 버금간다는 최강준은 그런 수영의 속사정도 모른 채 옆에서 염장을 질렀으니…….

"그런데… 저 이블린에 대한 설정은 대체 누가 한 겁니까? 왠지… 팀장과 많은 닮은 듯…….."

"까드득~"

이 가는 소리가 '으득' 도 '까드득' 이다. 최강준의 말은 가뜩이나 활활 불타오르는 수영의 분노에 화약과 기름을 들이붓는 내용. 자연 그 누군가에 대한 분노는 최강준을 향해 분출된다.

"누구긴… 바로 3운영팀의 오타쿠의 탈을 쓴 변태 녀석이지."

그 화가 클수록 평온해 보인다는 게 냉염마녀 수영의 특징. 차라리 길길이 날뛰는 게 훨씬 낫다는 뜻이다. 그러나 수영의 너무나 차분한 음성에 도리어 안도한 최강준은 마침내 원자폭탄을 투하하는데…….

"아, 역시! 그럼 혹시 다른 오대중급신 역시…….."

파아아아악!

최강준의 말이 채 끝나기가 무섭게 운영팀실을 잠식해 들어가는 검은 오라. 역시 핏줄은 속일 수 없는지 수한의 다크오라 이상의 사악한 그 무언가가 수영의 몸 주위에서 급속도로 뿜어져 나온다. 이에 자연 구석에도 오들오들 떨기 시작하는 운영팀 사람들. 그러나 어찌 그들의 공포가 수영의 정면에 있는 최강준의 그것에 비하겠는가?

"크크크크크, 당연하지. 암, 당연하고말고."

"팀… 장님?"

수영의 음산한 음성에 오토 진동의 그 극을 달리는 최강준의 몸. 그런 그에게 마치 사형수의 마지막 소원을 들어주겠다는 듯 수영의 차.분.한. 설명이 이어진다.

"크크크크, 그래. 본신(本身)이 존재하는 가장 고위급 신인 중급신들, 그들 다섯 명 모두 제각기 모델이 있지. 이블린의 경우엔 방금 봤다시피 나의 외모에 수진과 나의 성격을 합쳤다고 하.더.군."

"딸꾹딸꾹."

진정 최강 최악의 조합이 아닐 수 없다. 수영과 수진을 합친 캐릭? 그런 존재가 실제로 존재한다면 세상의 재앙이다. 그리고 그런 자신의 설명에 그 스스로 충격을 받았는지 시간이 지남에 따라 더욱 짙어지는 수영의 암흑 오라. 공포에 반쯤 혼백이 부유하는 최강준은 그저 딸꾹질로 자신의 상태로 표현한다. 하지만 이에 아랑곳 않고 더욱 주위를 패닉 상태로 몰아가는 수영.

"나나(Nanna)는 특.이.하.게.도. 수진의 외모에 세상에 존재하지 않은 천사표 인격을 집어넣었다더군. 그리고 발드르(Baldr)의 경우엔 우리 회사 사장인 원준 녀석을 그대로 모델로 삼았지. 그리고 프레이르(Freyr)는… 으드득~ 이런 XX 같은 설정을 만든 그 오타쿠 녀석의 외모와 성격을… 으드득~ 마지막으로 이슈타르(Ishtar)는… 이슈타르는……."

마지막 이슈타르의 설명에 가선 점차 사그라지는 수영의 암흑 오라. 그녀는 자신의 말에서 잊혀졌던 과거의 기억을 떠올려 그 스스로 폭주를 멈추었다.

지금의 'NEW WORLD'가 있기까지 가장 큰 역할을 한 네 명의 천재들, 일명 'Four Children'. 게임의 가장 밑바탕이 되는 가상 현실을 구축한 재훈, 그 토대 위에 게임의 설정을 책임진 길범, 그리고 게임의 관리를 맡은 수영, 마지막으로 이 모든 일을 자신의 재력으로 충당한 원준, 바로 이 네 사람이다. 그런데 그중 재훈은 병마를 이기지 못한 채 게임이 완성되기도 전에 세상을 떠났으니…….

"빌어먹을 녀석……."

억지로 잊으려 했던 일이 다시 생각난 탓일까? 평소 단 한 번도 보이지 않았던 수영의 약한 모습. 최강준을 비롯한 팀원들은 이 생소한 광경에 잠시 얼이 빠졌다. 하지만 그런 침울한 분위기도 잠시뿐.

"보다시피 표적이 승급했다. 따라서 우리는 이에 적응 기간을 갖고자 앞으로 한 달간 전 팀원이 무조건 야근을……."

"크억? 안 돼!!"

"이럴 수가?!"

수영의 분위기 쇄신을 위한 폭탄 선언에 이번엔 팀원들이 폭주를 한다. 그리고 그 격렬한 반응의 끝은 이 모든 사태에 직접적인 원인을 제공한 최강준에게 향했으니…….

"어, 어? 이봐, 정신들 차려."

저마다 연장(?)을 챙겨 든 채 흐느적거리는 모습으로 최강준을 압박하기 시작하는 팀원들. 그 음침한 다크 오라의 물결에 최강준은 결국 비명을 내질렀다. 그리고 그 모든 광경을 미소를 지은 채 내려다보는 수영.

"크크크, 이게 바로 진정한 차도살인지계(借刀殺人之計)지."

수한의 누나인 수영. 역시 그 핏줄은 어쩔 수 없는지 그녀의 사악함은 이미 하늘 끝에 닿아 있었다.

*   *   *

파아아앗!

"으윽! 돌아왔다."

게임 접속 시 늘 눈앞을 가리는 눈부신 빛. 수한은 그에 약간 미간을 찌푸린 채 멍하니 주위를 둘러보았다. 그러나 그런 멍한 표정도 잠시뿐, 전신에서 급속도록 내뿜어지는 다크 오라와 함께 수한은 오랜만에 악마의 날개를 펼친다.

"크크크크, 마왕… 마왕이란 말이지? 크카카카카카카카!"

장내를 뒤흔들다 못해 하늘과 땅조차 뒤흔드는 앙천광소. 상태창을 보지 않았음에도 온몸으로 느껴지는 엄청난 거력에 수한은 그 스스로 전율했다. 이 넘치는 힘이라면—카오틱 드래곤은 약간 무리겠지만—대륙 내 그 누가 자신을 상대할 수 있으랴?

"크크크크! 상태창!"

예기치 못한 큰 힘을 얻었으니 그 힘을 확인하고 싶은 게 인지상정. 그리고 이 게임 세상에선 몸으로 직접 체감하는 것보다 빠르면서도 쉽게 수치상으로 확인할 수 있다, 바로 캐릭정보창으로.

성명 : 수한[마왕(The Devil) : 모든 마 속성 스킬을 습득 제한 없이 습득 가능. 스킬 습득 시 숙련도 +99.9%]

칭호 : 데스 커맨더(Death Commander)

직업 : 네크로맨서(마왕, 묵천마신교의 교주) 성향 : 마(魔)(적대)

레벨 : 500(00.0%)

근력(STR): 4,660(+466)

민첩(DEX): 240(+24)

근골(CON): 2,400(+240)

지력(INT): 680(+68)

지혜(WIS): 680(+68)

마력(MEN): 4,880(+488)

운(LUCK): 376(+37)

보너스 스탯: 0

생명(HP): 137000/137000

마나(MP): 109,860/109,860[마 속성 스킬 운용 시 MP소모량 *1/3]

공격력: 5,508[마 속성 스킬 운용 시 *1.5]

방어력: 1389[*10] (+1000)

체력: 99% 포만감: 99%

"커어억?!"

역시 대단한 상태창 내용. 수한은 두 눈을 까뒤집고 그의 주특기인 유체이탈을 시도한다. 하긴 이건 해도 해도 정말 너무 하지 않은가?

능력치는 레벨 499일 때의 두 배로 상승. 거기다 로브의 특징상 그 10%가 다시 상승해 HP, MP 모두 십만 이상. 예전과는 단위가 다르다. 거기다 공격력은 기본 물리 데미지만 5,000 이상. 말만 드래곤 급이 아닌, 정말 드래곤과도 일 대 일 맞짱을 뜰 수 있을 것 같다. 그리고 상태창에 붙은 옵션들을 살펴보니 이것들 역시 장난이 아니었으니…….

얼마 전까지 마 속성 '무공'에 한해 습득할 수 있었던 제한이 이제 '모든' 마 속성 스킬로 변했다. 즉, 지금부턴 마법—마 속성에 한해—도 제한없이 습득할 수 있다는 의미. 어디 그뿐이랴? 아수라태천경에 한했던 옵션 역시 마 속성 스킬로 확대되어 마법—아직 습득하진 않았지만—운용 시 MP 소모량이 기본 소모량의 삼분지 일. 거기다 그 위력—공격력—은 1.5배로(아쉽게도 특수 기술은 무속성인 탓에 십방장환을 비롯한 강기류들은 그 목록에서 제외되었다).

그러나 정작 수한을 가장 기쁘게 만든 건 그런 능력치 상승과 적어진 MP 소모량, 그리고 공격력 강화 따위(?)가 아니었다.

과거 청 제국에서의—남성들의 진한 땀과 피에 핑크빛이 범벅이 된—특별한 경험 탓에 자신의 칭호에 나름대로 관심이 많았던 수한. 그런데 얼마 전, 無로 변했던 그의 칭호가 지금은 데스 커맨더(Death Commander)라는 너무나 마음에 드는—어디까지나 취향 문제다. 이건 정말 어쩔 수 없는 일인 것이다—명칭으로 변한 게 아닌가? 이에 자연 기쁨의 눈물을 주루룩 흘리는 수한.

일반인들이 음침하다 못해 왠지 기분 나쁘다고 울부짖어도 상관없다. 적어도 절.색.마.존.보다는 수천, 수만 배 나으니까.

그러나 지금 이 순간 수한은 중요한 사실을 간과하고 있었다. 마왕이 된 직후 뭐 하나 뚜렷이 한 일도 없는 그가 난데없이 '데스 커맨드'라는 거창한 칭호를 어떻게 얻을 수 있는지에 대해, 그리고 그런 칭호를 가진 존재가 대륙 내 그를 제외하고도 무려 두 명이나 더 있다는 사실은 더 더욱 알지 못했다.

어쨌든 암시 난발(?)은 여기서 스톱. 다시 현실로 돌아오자.

"크카카카카! 좋아, 이 정도라면 당장 돌아가서……."

자신이 가진 힘에 재차 자신감을 회복한 수한. 다시 한 번 왕실 보물 창고를 도모하고자 리오든으로 발걸음을 옮기려고 한다. 하지만 그런 경쾌한 발걸음도 잠시뿐, 웬일인지 이내 멈칫하는 수한. 하긴 얼마 전에 그렇게 호되게 당하고도 정신을 못 차리면 정말 주인공 자격이 없다는…….

"크크크! 이런, 실수. 그전에 새로 받은 스킬을 확인해야 하는데……."

정말 주인공 자격이 없는 인간이다. 하지만 그런 평가를 알

지 못하는 수한으로선 그저 두근거리는 마음으로 스킬창을
소환할 따름.

"스킬창!!"

[라이즈 스켈레톤(Raise Skeleton)]
하급 네크로맨서 전용 마법. 재료 아이템 뼈를 매개체로 삼
아 해골 병사를 소환한다.
매개체당 일정 개체 수 내 스켈레톤—뼈 원주인의 능력치
30%—을 일정 시간 동안 소환. 단, 뼈 원주인이 시전자보다 레
벨이 낮을 경우에만 소환 가능[스킬 마스터 시 스켈레톤 능력치
20% 상승, 소환 시간 증가, 랜덤으로 스켈레톤 메이지가 소환
가능] (숙련도 99.99%)

[애니메이트 데드(Animate Dead)]
중급 네크로맨서 전용 마법. 일정 범위 내 모든 시체들을 부
활, 시전자를 따르는 구울로 만든다.
MP 소모량에 따라 확장 가능한 일정 범위 내, 구울(본래 능
력치 50%)을 개체 유지 제한 시간 없이 소환. 단, 레벨 300이
하인 시체에만 한해 소환 가능[스킬 마스터 시 구울 능력치
30% 상승] (숙련도 99.99%)

[커럽션 오브 데드(Corruption Of Dead)]

언데드 계 마왕 전용 종속화 스킬. 상호 동의 하에 마력을 계약자에게 부여, 자신의 직계 권속(언데드 계)으로 만든다.

1회 시전 시 마력 300 소모(영구). 단, 계약의 대가로 계약자가 지닌 스킬 중 일부를 자동 습득(숙련도 無)

"어라? 이게 뭐야?"

왠지 기대치에 못 미치는 내용들. 기껏 두근거리던 수한의 가슴은 이내 차디차게 식어버린다. 앞의 두 개 스킬은 공격계도 아닌 소환계 마법인데다가 등급은 고작 중하급. 거기다 마지막 스킬은 종속화 스킬? 지금까지 사냥을 거의 솔플(솔로 플레이)로 해왔던 그에겐 그리 감흥이 없는 내용들이다. 특히 종속화 스킬의 경우엔 실망감이 크다 못해 배신감마저 느낄 지경. 쫄다구 하나 만드는데 마나(MP)도 아닌 마력(MEN)을 무려 300이나 소모한다니…….

말이 300이지 막말로 레벨 300인 고수가 단 한 번도 보너스 스탯을 쓰지 않아야 모을 수 있는 수치다. 수한이 지닌 먼치킨 마력을 고려한다고 해도 역시 큰 부담. 자연 쓰고 싶어도 함부로 쓸 수가 없다. 이에 자연 격렬한 수한의 반응.

"크아악! 사기닷!"

억울한 마음에 땅바닥을 데굴데굴 구르며 울부짖는 수한. 비장의 구명절초 죽은 척하기까지 포기하면서까지 얻은 스킬들이 이런 쓰레기라니……. 자연 그의 몸부림에 땅은 갈라지고 산은 평지가 된다(근력이 근력인 만큼). 그리고 그렇게 주위 평탄화 작업에 여념한 지 얼마나 지났을까? 수한은 지금껏 잊었던 중요한 사실을 번뜩 떠올렸다.

"어라? 사부님은?"

계약진을 운용한 뒤 이블린을 만나 이야기한 것이 대략 1시간, 캐릭 업그레이드를 위해 재접속을 한 것이 네 시간[G.T], 그리고 약간의 울분 해소를 하는 데 소요한 것이 다시 한 시간. 총 여섯 시간이 지나서야 자신의 두 번째 스승을 기억해낸 수한이었다. 그리고 그런 노력(?) 탓인지 금세 토일의 모습이 그의 시야에 포착되는데……

"쿨럭! 크으윽~"

"헉?! 사부님!!"

가뜩이나 노쇠한 몸으로 오늘내일하던 토일. 그런데 지금은 그런 조금 전 모습과는 비교조차 할 수 없을 정도로 처참하다. 하반신은 거대한 바위에 깔린 것처럼 짓뭉개져 있고, 그나마 형체가 유지된 상반신의 일부 역시 미라같이 바싹 말라비틀어진 모습. 지금껏 온갖 끔찍한 살육을 벌여왔던 수한조차 외면하고 싶은 모습이었다.

"이게… 대체 어떻게 된……?"

전혀 예상치 못한, 아니, 상상조차 못한 일이기에 말조차 더듬는 수한. 그런 그에게 토일은 억지로 씁쓸한 미소를 지으며 입을 열었다.

"크크크크, 제자의 역량을 잘못 판단한 사부의 말로지. 설마 네가 그렇게 대단한 녀석일 줄이야……. 계약진이 너를 감당 못한 탓에 이 모양 이 꼴이 되었구나."

"크윽, 그럴 수가……!"

척하면 척이다. 필시 이블린과의 계약 과정에서 그녀가 내뿜는 엄청난 마력으로 인해 계약진이 폭주한 탓이리라. 그리고 그 이유야 어쨌든 결국 자신의 업그레이드 탓에 이런 몰골이 되었다는 토일의 말에 수한은 순간 눈물을 찔끔한다(하는 행동은 악마 같지만 일말의 인성만은 유지하고 있는 모양). 거기에 한층 더 분위기를 고조(?)시키려는 생각인지 토일의 유언이 본격적으로 시작되는데…….

"쿨럭~ 자… 랑스럽구나. 내 제자가 이리도 대단한 존재가 되다니……. 느껴지는 마력을 보니 적어도 넌 마왕 급 존재가 된 것 같은데… 이제 흑마법사들의 한을 풀고 나의 숙원을 해결할… 쿨럭……!"

"크흑! 더 이상 말하지 마세요. 제가 어떻게든……."

"크크크, 내 몸 상태는 내가 잘 안다. 난 이미 늦었어. 허용

범위 이상의 마력 탓에 내부 장기가 다 뭉개지고, 생기(生氣)는 오래전에 고갈됐지. 아마 신전의 대사제가 직접 온다면 모를까……."

"그런……."

이런 외진 곳에서 대사제가 있을 리 없고, 설령 있다고 하더라도 흑마법사를 치료해 줄 리 만무. 결국 토일의 죽음은 기정사실이다. 그러나 그런 이유로 인해 토일은 담담히 수한에게 뒷일을 부탁할 수 있었다.

"너에게 해줄 이야기가 많은데… 할 수 없지. 그냥 요약, 정리(?)해 주마. 알다시피 난 흑마법사로서… (중략:대부분 늘 그렇듯 비슷비슷한 식상한 내용이다. 즉, 고아로서 죽도록 고생한 뒤 사부를 얻었는데 그 사부가 우.연.히. 흑마법사였고, 그 탓에 온갖 핍박을 받으며 살았다는 내용이리라)… 하는 것이 진정한 복수가 되겠지. 그러니 부디 넌 모든 흑마법사들의 꿈인 암흑제국의 건설을 이루어다오."

"예? 아, 예."

아무리 좋은 말이라도 그 내용이 지나치게 길면 듣는 사람 입장에선 괴로운 법. 그러나 숨이 꼴깍 넘어가기 직전인 주제에 끝끝내 할 말 다하는 토일이다. 덕분에 잠시 꾸벅거리던 수한은 그의 말이 끝나자 그제야 화들짝 놀라 대답하는 추태를 보였다. 이런 놈이 정말 주인공인지 정말 의심스럽다.

어쨌든 이로써 자신의 할 말을 다한 토일은 편안히 눈을 감으려고 하는데 그 쓸쓸한 모습에서 잠시 갈등하는 수한.

'아, 어떡하지? 이대로 보내야 하나?'

자신의 스승씩이나 되는 존재가 허무하게 회색으로 물들려는 상황. 반면 그 자신에겐 스승에게 새로운 삶을 줄 수 있는 능력이 있다. 물론 그 대가가 조금 만만치 않긴 하지만 어쨌든 할 수 있다는 게 중요하다.

'크윽~ 마력이 무려 300이나 날아가는데……. 하지만 사부님인데……. 가만, 그리고 보니…….'

한창 갈등을 하는 와중에 또 뭔가 번뜩 떠올리는 수한. 순간 그의 입가에 의미심장하면서도 사악무비한, 일명 악마의 미소가 걸린다.

'크크크크, 그렇군. 어차피 '그걸' 하려면 쓸 만한 수하 한 명 이상은 필요했는데……. 좋았어. 이번 기회에 쫄다구 한 명 얻지, 뭐~'

팔라스 연합으로 넘어오는 과정에서 틈틈이 구상했던 사업 계획. 문득 그중 하나를 떠올린 수한은 마침내 결단을 내린다. 그리고 토일이 서서히 회색으로 물들 시점, 지극히 마왕다운, 동시에 계약자를 유혹하는 악마의 음침한 음성으로 토일에게 말을 건네는데…….

"크크크크, 사부, 저와 계약하실래요?"

이로써 수한은 마왕이 된 이후 첫.번.째 권속을 거두게 되었다.

Chapter 3

드워프를 만나다

찌르르르릉!

"엉? 경보음?!"

회색산맥의 어느 깊숙한 동굴 안. 오직 정적만이 감돌던 그곳에서 별안간 귀청이 떨어질 듯한 고음이 터져 나왔다. 이에 꾸벅꾸벅 졸고 있던 짜리몽땅한 인영은 화들짝 놀라 우왕좌왕하는데… 하지만 평상시 워낙 호되게 훈련을 받은 탓일까? 이내 자신이 해야 할 일을 떠올리고 어디론가 부산히 달려갔다. 그리고 그로부터 20분 뒤, 보다 깊숙한 어느 비밀스런 공간.

"보고하도록."

종족 특징상 삐죽이 튀어나온 수염에도 불구하고 고집스럽게 뭔가 의미심장한 헬멧—이마에 달린 V자 모양의 뿔이 압권이다—과 눈 주위를 가리는 회색 마스크를 쓴 드워프. 상석에서의 그의 붉은 제복이 돋보이는 가운데 모종의 회의가 진행되고 있었다.

"옛, 함장님. 13시 24분 현재 메인 게이트 부근 신원 미상의 두 개체가 접근 중에 있습니다. 그리고 두 개체 모두 겉으론 휴먼 족과 유사한 형태를 취하고 있지만 저의 정보부 분석에 따르면 그중 한 개체가 97% 확률로 드래곤이라 판단되어집니다."

"판단의 근거는?"

"옛, 정찰 12조, 15조의 보고에 따르면 드래곤으로 짐작되는 개체가 오우거와 와이번을 비롯한 중형 몬스터들을 순수 육체적 능력만으로 제압하는 광경을……."

"음~ 그만."

더 이상 들을 필요도 없다는 걸까? 정보부 소속 드워프의 말을 끊는 붉은 제복의 드워프. 그리고 잠시 무거운 침묵으로 분위기를 잡은 뒤 별안간 자리를 박차고 일어나 그 특유의 굵은 목소리로 좌중을 제압한다.

"지금 이 순간 우리를 착취하고 억압하던 존재가 오고 있다. 그대들은 도망갈 것인가?"

벌떡!

"아닙니다!!"

붉은 제복의 드워프의 말에 일제히 일어나 격렬히 호응하는 드워프들.

"그럼 이대로 남아 노예가 될 것인가?"

"아닙니다!!"

재차 이은 물음에 회의실 전체가 떠나갈 듯 다시 한 번 울려 퍼지는 똑같은 대답. 붉은 제복 '로드 타이거'는 그제야 입가에 미소를 지으며 좌중을 향해 마지막 대미를 장식했다.

"지금 이 순간을 위해 노력한 것을 상기하라. 그리고 우리의 이상과 자유에 대한 갈망을! 도마뱀 없는 세상을 위하여!!"

"도마뱀 없는 세상을 위하여!!"

"도마뱀 없는 세상을 위하여!!"

그 누군가를 위한 위기 상황은 이렇게 착착 준비되고 있었다.

주위의 녹음과 조화를 이루며 보는 것만으로도 마음의 평화와 안식이 깃들 것 같은 푸른 하늘. 아무리 괴롭고 힘든 일이 있더라도 그 청명하기 이를 데 없는 모습을 보면 슬그머니 미소를 지을 것 같다. 물론 일반적인 경우에 말이다.

"크아악~ 젠장, 젠장……."

그렇게 마음의 안식을 강요(?)하는 청명한 하늘 아래, 연신 발을 구르며 자신이 열불이 터지는 상태임을 만천하에 알리는 인영이 있었으니……. 그로 인해 지면이 지진이라도 일어난 듯 쩍쩍 갈라지는 모습을 보건대 그 정체는 다름 아닌 수한이라. 그리고 그 격렬하기까지 한 울화의 원인은 바로 저기 멀찌막이 떨어진 채 연신 수한의 눈치를 살살 살피는 로브 차림의 인영 바로 한때 수한의 사부였.던. 토일이었다.

"크윽~ 빌어먹을!!"

쿠우우웅!

어느 정도 분기가 풀린 탓일까? 땅바닥에 제법 큼직한 발자국을 만듦으로써 자신의 화기(χ氣)를 어느 정도 연소시킨 수한. 하긴 이런 짓을 벌리는 것도 벌써 한 달 가까이 되었…가만, 한 달? 그렇다면 이런 식의 화풀이가 벌써 한 달씩이나 지속되었다는 의미?

물론 그럴 리가 없다. 아무리 수한이 쪼잔한 놈이라곤 하지만 설마 한.곳.에서 계속 그러겠는가? 그의 원대한 사업 계획을 위해 이동하는 틈틈이 토일의 모습을 볼 때마다 이런 식의 화풀이를 할 따름. 이런 속 깊은—그만큼 좁다는 의미—녀석을 봤나? 어쨌든 그렇게 수한의 분기가 풀리는 기색이 보이자 토일은 슬금슬금 말을 건넨다.

―크흠~ 마스터, 이만 자리를 옮기시는 게…….

서서히 하늘의 중심에 떠오른 태양 빛이 따가워서일까? 생자가 가질 수 없는 뭔가 이질적인 음성으로 수한의 이동을 종용하는 토일. 생각 같아서야 계속 눈치를 살피며 몸을 사리고 싶지만 그의 레벨 상 태양 빛은 아직 치명적. 결국 이렇게 나설 수밖에 없다. 하지만 그런 행동으로 인해 다시 한 번 수한의 가슴속에서 맹렬히 끓어오르는 화기.

"으득~"

차마 사부였.었.기.에 때릴 수도 없고 그저 자신의 치아 건강―치아가 건재함―을 조금 과격하게 알림으로써 토일의 입을 봉하는 수한. 대체 토일이 뭘 잘못했기에 그가 이런 반응을 보이는지 궁금해질 지경이다. 하지만 이런 수한의 행동은 몇몇 사람들이 짐작했듯이 매우 당연한 결과였으니…….

"으휴~ 정말 리치(Rich) 맞아요? 혹시 스켈레톤(Skeleton) 아녜요?"

―스켈레톤이 말하는 것 봤습니까? 전 분명 리치입니다.

몇 번이고 했던 질문을 다시 함으로써 재확인하는 수한. 이에 토일 역시 불편한 심기를 감추지 않은 채 자신의 정체성을 알린다. 그러나 태양 빛조차 버거워하는 그의 모습을 보건대 그 말은 그리 신빙성이 없었으니……. 그렇다. 놀랍게도 리치인 토일은 레벨은 51이었던 것이다.

한 달 전, 수한과 종속화 계약을 함으로써 새로운 삶을 얻게 된 토일. 자신의 눈으로 암흑제국의 건립을 보고자 하는 욕심에 기꺼이 제자의 권속이 된 그다. 그리고 계약을 맺음에 따라 서서히 변하는 그의 모습은 역시 마왕의 권속답게 상위 언데드라 알려진 리치.

하지만 막상 변환이 완료된 이후 수한에 의해 밝혀진 상태 창 내용은 그야말로 가관(권속이 일종의 펫 개념인지 수한은 토일의 상태창을 확인할 수 있었다). 백문이 불여일견이라, 일단 직접 보자.

성명 : 토일[마왕의 권속(The Devil's retainer) : 모든 마 속성 스킬을 습득 제한 없이 습득 가능. 스킬 습득 시 숙련도 +33.3%]

칭호 : 無

직업 : 리치(Lich). 성향 : 마(魔)(적대)

레벨 : 51(00.0%)

근력(STR) : 5

민첩(DEX) : 10

근골(CON) : 600

지력(INT) : 30

지혜(WIS) : 30

마력(MEN) : 40

운(LUCK) : 1

보너스 스탯 : 0

생명(HP) : 30,510/30,510

마나(MP) : 1,055/1,055

공격력 : 35

방어력 : 21

체력 : 無. 포만감 : 無

어느 정도 게임을 아는 사람이 보면 기겁할 내용들. 리치가 어떤 존재이던가? 타 PRG게임에서조차 최하 준 보스 급에 레어 급 희귀종 몹이다. 다시 말해, 엄청 강한 마물이란 뜻. 실제로 이 'NEW WORLD'의 설정에선 레벨 400대의 초절정고수(?)가 바로 리치다. 그런데 이게 뭔가?

근력과 민첩은 넘어간다고 치고, 법사형 캐릭인 주제에 지력, 지혜, 마력 어느 하나 제대로 된 게 없다. 이래서야 중급 마법이라도 제대로 시전할 수 있을지 의문. 아니, 하급 마법조차 마나가 부족해 빌빌거릴 게 뻔히 보인다. 결국 옆에서 공격 마법을 난사해 보조하거나 자신에게 그럴 듯한 버프를 걸어줄 법사형 수하를 원했던 수한으로선 괜히 마력 300을 날린 꼴.

그나마 위안으로 삼을 수 있는 건—과연 이것이 위안 삼을 만한 것인지 의문이지만—토일의 600에 달하는 근골 수치. 웬만한 전사형 캐릭을 능가하는 HP량은 비록 수한에 비할 바는 아니지만 일반 유저들과 NPC들의 기를 확실히 죽일 만한 수준이다.

물론 법사 캐릭이 그래 봤자 무슨 소용이 있겠는가? 그것도 몸빵의 극을 달리는 사기 캐릭인 수한에겐 하등 쓸모가 없는 내용이다. 거기다 수한의 분노를 더욱 부채질하는 건 이런 허접한 상태창 내용뿐만이 아니었으니… 그에게 가장 큰 실망감을 안겨준 것은 계약을 통해 얻은 대.가. 그 자체였다.

"헐~ 요즘 흑마법사는 이딴 거밖에 익히지 않나 보죠?"

자신의 스킬창을 바라보며 연신 헛웃음을 터뜨리는 수한. 지난 한 달간 수십 번이나 보인 그 모습에 잠시나마 발끈했던 토일은 재차 어설픈 합죽이가 될 수밖에 없다.

—그러니까… 당시 워낙 힘든 시기였기에…….

방금 전 말했다시피—실제론 본거지만—토일은 레벨 51의 하급 흑마법사다. 거기다 그가 흑마법사가 되었을 당시, 항마 전쟁의 여파로 한창 흑마법사 사냥이 열기를 띠고 있는 상황. 자연 제대로 된 가르침을 받았을 리 만무하고, 동시에 그나마 수습한 마법들 역시 별 볼일 없는 것들일 수밖에 없다. 결국 토일을 권속으로 받아들이는 계약의 대.가.로써 수한이 취한 스킬이 어떤 것들인지는 뻔할 터.

공격 마법은 그 기본적이다 못해 필수적이라는 매직 미사일조차 없고, 있는 거라곤 죄다 저주 마법. 그나마 슬리프(Sleep)이나 슬로우(Slow), 혹은 독 계열같이 전투 시 어느 정도 유용한 마법이라면 말을 안 한다. 넘겨받은 십여 개의 마법 전부가 일명 생활 저주 마법(?)이라 불리는 괴상망측한 것들뿐.

일단 이름은 거창하다. Malignant Eczema, Cutaneous Disease, Dyspepsy 등등. 얼핏 들으면 뭔가 있어 보이는 듯한 마법 시동어들. 그러나 그 실체는? 악성 습진, 피부 질환, 소화불량, 그밖에 기타 등등(발기불능에 이르러선 잠시 할 말을 잃었다). 고작 이런 것밖에 없는 주제에 자신을 제자로 거두려했다니, 토일의 실체를 알게 된 수한으로선 허파가 다 간질간질할 지경. 자연 사부 대접은 물 건너간 일이다. 하지만 그래도……

'에휴~ 뭐, 덕분에 마왕까지 됐으니……'

누나와는 달리 일말의 양심은 남아 있는 수한. 비록 자신을 상대로 사기(?)를 쳤다는 사실이 밉기는 하지만 덕분에 이룬 경지가 있는 만큼 직접적인—물리적—화풀이 대신 정신계(?) 타격으로 만족한다. 그리고 얼떨결에 얻은 이 새로운 수하를 어떻게든 유용하게 써먹기 위해 머리를 굴리는데…….

'뭐, 어차피 관리직을 시킬 생각이었으니 별문제는 없는
건가? 적어도 팔라스 연합에 관한 제반 지식은 튼튼해 보이니
까…….'

애초부터 토일에게 무력적 측면에 관해 큰 기대가 없었던
수한. 그 본인이 원체 먼치킨인 만큼 그저 소소한 지원 정도
가 기대의 최대치였다. 때문에 토일의 허약함에 화가 나긴 했
지만 실제론 큰 문제가 되는 것은 아니다. 단지 구상했던 모
종의 사업 계획안에 약간의 수정을 필요할 뿐.

그런 의미에서 다시 계획을 재점검해 볼까?

"크흠~ 그나저나 아직 도착하려면 멀었나요?"

한참을 가만히 생각에 잠겼던 수한이 별안간 입을 열자 토
일은 화들짝 놀란다. 원체 당한 게 많은지라 이젠 작은 일에
도 깜짝깜짝 놀라는 모양. 하지만 그 내용이 화풀이가 아닌,
앞으로의 여정을 묻는 것이기에 안도의 한숨을 내쉬며 선선
히 대답할 수 있었다.

―아, 예. 이제 조금만 더 가면… 아, 저기 보이는군요.

"응? 어디, 어디?"

화풀이하는 데 정신이 팔려 정작 목적지에 도달한 것도 몰
랐다. 어쨌든 토일의 앙상한 손가락이 가리키는 곳, 지난 며
칠간 목표를 삼아 걸어온 드래곤 산맥과 함께 팔라스 연합의

이대산맥으로 불리는 '회색산맥'의 어느 지점을 바라보는 수한. 그러나 그의 눈엔 그놈이 그놈이니 알 수가 있나? 그저 산맥 전체가 이전보다 가까워진, 아니, 그 내부에 들어선 느낌이 들 따름. 결국 재차 토일에게 도움을 청할 수밖에 없다.

"크흠~ 좀 구체적으로 말씀해 주실래요?"

방금 전 일이 있는지라, 연신 헛기침을 하며 몸을 비비 꼬는 수한. 그런 그의 모습에 속으로 쓴웃음을 지으며 토일은 보다 자세히 설명하기 시작했다. 하긴 그들 일행이 향하는 곳이 워낙 비밀스런 장소인지라 수한의 이런 반응은 어느 정도 예상했던 터다. 그리고 이것을 기회로 지난 한 달간 품어온 의문을 이제야 풀 수 있게 되었다.

'대체 왜 이곳을……?'

입으론 설명하면서도 머릿속으론 자신의 의문을 더욱 구체화시키는 토일. 자신의 제자, 아니, 마스터가 마왕이 된 뒤 가장 먼저 시행하는 암흑제국 건국의 사전 준비 작업—적어도 그의 생각엔 그러했다—인 만큼 그 기대도 컸다. 그런데 예상과는 달리 정작 마스터는 '그곳'을 가지 않고 전혀 엉뚱한 곳을 목적지로 삼았으니……

'왜 '그곳'에 가시지 않는 거지? 일단은 마왕으로서 완전히 각성하시는 게 중요할 텐데…… 지금 지니신 힘만으로 충분하다는 걸까? 하지만 드래곤 같은 초월자들을 상대하기엔

아직 부족한 듯…….'

흑마법사들만의 모종의 비사를 아는 탓에 수한의 행동에 더 더욱 혼란스러운 토일. 혹시나 해서 얼마 전부터 '그곳'에 대한 설명을 했음에도 수한은 도통 발길을 돌릴 기미가 보이지 않는다. 이에 결국 토일도 나름대로 계획이 있겠지 하는 마음에 더 이상 재촉하지 않게 되었으니…….

수한의 '사업 계획', 혹은 '돈을 향해 드리워진 검은 욕망'을 모르기에 가능한 일. 그리고 '진실'을 모르는 그로선 '왜' 자신의 마스터가 이곳에 집착하는지 전혀 눈치 채지 못한 게 당연지사. 만약 안다면 그는 수한을 계속 믿고 따를 수 있을까? 하지만 진실은 저 멀리 우주 끄트머리에 있는 상황. 결국 마스터의 진의를 모르는 토일로선 그저 맹목적으로 충성을 다할 뿐이다.

―저, 마스터.

"응? 왜요?"

거의 한 시간 남짓 이어진 설명 아닌 설명에 선 채로 꾸벅거리던 수한. 그는 토일의 단조로운 설명조가 아닌, 뭔가 조심스러운 음성에 번뜩 제 정신을 차렸다. 그리고 그런 그에게 속으로 고개를 설레설레 흔든 토일은 재차 입을 열었다.

―마스터, 앞으로 계획에 대해 좀 더 자세히 알려주시지 않겠습니까? 혹여 제가 준비해야 할 일이 있다면 보다 확실한

준비를…….

　일개 권속인 주제에―비록 단 하나뿐인 권속이긴 하지만―마왕에게 대놓고 물을 수 없는 탓일까? 조금 두루뭉술하게, 그러나 나름대로 생각을 많이 한 질문. 적어도 수한의 심기를 거슬리지 않는 방향에서 자신의 의문을 풀고자 노력하는 토일이었다. 이에 수한은 뭐라 입을 열려고 하지만 번뜩 떠오르는 생각에 재차 입을 다무는데…….

　'쯧~ 괜히 말했다가 또 무슨 잔소리를 들을려고? 차라리 말을 말자.'

　지난 한 달간 내내 들어온 토일의 잔소리, 마왕으로서의 의무와 앞으로 해야 할 일에 대한 설명, 그리고 지난 수십 년간 토일이 구상한 암흑제국 건국을 위한 준비 계획에 얼마나 학이 떼였던가? 어쩌면 수한의 과도한 화풀이는 그런 토일의 잔소리를 막고자 한 그 나름대로의 자구책일 수도 있으리라. 그런데 이 와중에 만약 자신의 계획을 밝힌다면?

　"크허험~ 아직 비밀입니다. 그곳에 도착한 뒤 본격적으로 협상을 할 생각이기에……. 아, 그리고 만약 협상이 결렬될 경우를 대비해……."

　내심 찔리는 게 많은지라 연신 헛기침을 하며 자신도 모르게 줄줄 흘러나오는 횡설수설. 그 본인도 이해할 수 없는 헛소리들과 의미 불명한 단어들의 무분별한 나열이다. 그래도 가만히 집중해서 정리, 요약하자면 그냥 잠자코 안내나 하라는 소리. 결국 토일은 마스터의 체면을 생각, 자신의 의문을 조용히 덮어둘 수밖에 없다. 게다가,

'뭐, 나름대로 생각이 있으시겠지.'

아무리 그래도 '마왕' 씩 이나 되는 존재가 '설마' 하는 믿음. 안타깝게도 토일은 자신의 마스터를 지나치게 너무 과대평가하고 있었다. 때문에 수한이 지금껏 드워프 연합의 본산인 '회색산맥' 을 고집했던 이유가 드워프들을 대거 포획, 아이템을 무한 생산 한다는, 일명 팔라스 연합 2차 사업계획안이자 수한중공업인 줄은 꿈에도 생각지 못했다.

"에, 그런 탓에……."

—알겠습니다, 마스터. 당신의 권속으로서 최선을 다해 보필하겠습니다.

토일의 끝없는 설명에 워낙 시달린 탓인지 수한의 횡설수설 역시 그 끝을 모르자 토일은 이내 수한을 진정시킨다. 어차피 권속으로서 절대적인 충성을 바쳐야 할 입장이니 그 이상 설명은 불필요하다는 태도. 이에 수한은 내심 안도의 한숨을 내쉬며 자신의 말발에 자화자찬하는데, 그러나 그런 그의 자만(?)이 기어코 불운을 불러온 탓일까? 그들 일행 앞에서 벌어지는 불길한 징조.

쿠쿠쿠쿠쿠쿠쿠쿵!

"헉? 저게 뭐야?!"

—아니, 저럴 수가?!

엄청난 굉음과 함께 눈앞에서 벌어지는 광경에 경악하는 두 사람—과연 이들이 사람일까—워낙 황당한 광경이기에, 그리고 상상조차 못한 일이기에 그저 입만 쩍 벌릴 뿐, 뭐라 대응할 수가 없다. 하긴 그럴 수밖에 없는 것이,

"산, 산이… 산이 갈라진다?

연신 떠듬거리는 수한의 눈앞에서 그 거대한 위용을 자랑하던 산맥의 일각은 서서히 갈라지고 있었다.

사방을 가득 메운 톱니바퀴와 마법진들. 그 빼곡이 둘러싸인 공간에서 그는 차분히 조종석에 자리 잡았다. 아니, 정확히 말하면 이 거대한 공간을 몸에 착.용.했다. 그리고 좌우를 휘휘 둘러보며 혹시 모를 이상을 점검하는 그.

"음, 좋군."

그의 예상에 한 치도 어긋남이 없게 원활히 돌아가는 톱니바퀴와 활성화된 마법진. 그는 지극히 만족스럽다는 듯 입가에 그 특유의 시건방진(?) 미소를 지었다. 그리고 슬슬 출.격. 준비를 하는 그, 아니, 로드 타이거.

"로드 타이거, 발진 스탠바이!"

덜컹!

자칭 '로드 타이거'라 칭한 그의 말에 크게 흔들리기 시작하는 톱니바퀴와 마법진의 공간. 하지만 이미 수 차례 경험한 일이기에 로드 타이거의 안색엔 조금도 변화가 없었다. 아니, 앞으로 벌어질 일에 기대감이 더욱 증폭되었다고 할까? 그리고 그런 기대감을 충족시키기라도 하듯 외부에서 들려오는 텁텁한(?) 사내들의 고함 소리.

"전 시스템 기동 확인 끝! 해치 해방! 사출 시스템 앤 게이지 확인 완료!"

쿠우우웅! 끼이이잉!

외부에서 알 듯 모를 듯한 의미심장한 단어가 난무하는 가운데 재차 들리는 거대한 굉음. 그가 준비했던 것이 모든 착착 들어맞는 것을 알리는 기계의 작동음들이었다. 하지만 그 매끄럽게 진행되는 과정에도 불구하고 못내 아쉬운 점이 남는지 연신 툴툴거리는 로드 타이거.

"칫~ 역시 어디서 엘프라도 잡아오든지 해야지, 이거야 원, 오퍼레이터(Operator)가 저딴 음성이니 이렇게 중요한(?) 장면에서 영 흥이 나지 않잖아."

하지만 바깥에선 로드 타이거의 그런 의미심장한 불만 사항을 모르는 듯 재차 사내들의 굵직한 합창 소리가 그의 귀를 더럽힌다.

"진로 클리어, 시스템 올그린. 벤전스, 발진해도 좋습니다!"

"끙~ 역시 바꿔야 돼."

은 쟁반에 옥구슬이 구르는 수준은 바라지도 않는다. 그
저 저 거칠고 텁텁한 음성이 보다 순화되길 바랄 뿐. 그러나
어쩌겠는가? 종족 특성상 여자나 남자나, 애나 어른이나 저
게 한계인 걸. 결국 로드 타이거는 체념의 깊은 한숨을 내쉬
며 오퍼레이터에 관한 로망을 포기했다. 하지만 대미를 장식
해야 한다는 의무감 때문일까? 이내 잠시 흐트러진 마음을
추스르고 마침내 격발 장치의 레버를 힘껏 당기는 로드 타이
거.

쿠콰콰콰쾅!

레버가 당겨짐에 따라 로드 타이거가 위치한 공간 뒤에서
일순간에 터져 나가는 대폭발. 그리고 로드 타이거가 탑승한
거대 물체가 출.격.하는 순간 타이밍에 맞춰 너무 절묘하게
터져 나오는 결정적 대사.

"로드 타이거 대드래곤용 결전 병기 Ver7.02 No.001 벤전
스, 지금 출격!!"

10톤에 달하는 화약과 출격을 위한 사출 장치 및 해치 건축
비 등, 총 백만 골드—참고로 수한이 청 제국 시절부터 지금껏 벌
어들인 돈은 천 골드가 조금 넘는 수준—가 소요된 출격 신은 그
렇게 마무리되었다.

수한은 황당했다. 아니, 황당하기에 앞서 어이가 없었다. 하긴 아무 생각 없이 걷고 있는데 눈앞의 멀쩡하던 산이 쩍 갈라진다면? 그리고 그곳에서 뭔가 메카닉틱한 분위기가 물씬 풍기는 거대 기체가 불쑥 튀어나온다면 누구라도 그런 반응을 보일 터.

뭐, 옛날 세간에 떠돌던 전설(?), 대통령 집무실의 어느 비밀스런 버튼을 누르면 한강이 갈라지면서 태권 브이가 출격한다는… 크흠~ 어쨌든 그런 유의 이야기에 단련된 사람이라면 모를까, 수한 같은 일반인(?)에겐 충격적인 장면임에 분명했다.

"허허허, 내가 요즘 게임에 미쳤더니 헛것이……. 역시 돈을 아끼는 것도 좋지만 영양 보충을 확실히 해야겠어."

워낙 기가 막힌지라 먼 산을 바라보며 현실 도피를 꾀하는 수한. 이런 식으로 현실을 외면하면 모든 게 정상(?)으로 되돌아올 것이라는 부질없는 희망을 가진다.

그러나 지금까지 늘 그렇듯 계속 현실을 외면하기엔 상황이 좋지 않았다. 그것도 그냥 안 좋은 정도가 아닌 최악의 극을 달릴 정도로 안 좋았다.

쇄애애애애애액!

대기를 찢으며 추락하는 거대한 무언가. 그 크기나 무게 어느 하나도 무시할 수 없는 힘의 잔인한 폭거. 거기다 그것은 정확히 수한의 머리 위로 낙하하고 있었으니……. 본능적으로 수한의 머리엔 빨간 불이 들어왔다.

이거 잘못하면 정말 큰일난다!!

"억?! 일단 피해야… 어라?"

정신을 차렸을 땐 이미 머리 위에 거대한 그림자가 드리워진 상태. 수한은 혀를 차며 재빨리 이형환위를 펼쳐 그 자리를 피하려고 했다. 그런데 아뿔싸! 그가 몸을 날린 반대 방향엔 여전히 멍하니 머리 위를 쳐다보는 토일이 있는 게 아닌가?

"이 쌍~ 거기서 대체 뭐 하는 거야?!"

이제 머리 위 거체가 지척도 채 남지 않은 상황. 이형환위를 펼친 자신은 어찌어찌 피한다고 하지만 아직도 상황 판단을 못한 토일의 경우엔 그야말로 정체절명의 위기 상황. 아무리 토일의 HP가 준 먼치킨 수준이라고 하지만 방어력까지 먼치킨이 아닌 만큼 저런 것에 정통으로 깔린다면 그 끝은 명약관화하다.

그리고 그 위기 만땅한 광경에서 오랜만에 요동을 치는 수한의 마지막 한 가닥의 양심. 누나 수영과 같이 진성 악마로서 미처 각성(?)하지 못한 그로선 도저히 토일을 내버려 둘 수가 없었다. 이에 결국…….

"이런, 젠장!!"

퍼억!

만약 0.001초의 시간이라도 더 있었더라면 토일을 역소
환한다거나 그대로 안고 피할 수도 있었을 터. 하지만 안타
깝게도 수한에겐 그럴 찰나의 여유조차 없었으니……. 결국
그 짧은 시간 동안 그가 할 수 있는 최선은 토일을 거체의
충돌 범위에서 벗어나도록 몸을 밀치는 정도. 대신 그 본인
은?

워낙 다급한 순간이었기에 십방장환은커녕 장막조차 구현
할 수 없었던 수한. 그나마 위안(?)으로 삼을 수 있는 건 평상
시에도 늘 호신강기를 펼친 상태라는 건데, 하지만 안타깝게
도 지금 이 순간 그를 덮친 건 그의 게임 생애 처음으로 겪는
그야말로 극악 중의 극악 데미지.

터어어어어어어엉!

"크아아아아악!!"

정체 모를 거체와 충돌하는 순간 허리까지 지면에 파고든
수한의 몸, 그리고 그를 중심으로 생성되는 반경 300여 미터
에 달하는 거대한 크레이터. 그것은 궁극기나 스킬에 의한 것
이 아닌 오직 중력장 내 엄청난 무게로 인한 순수 물리 데미
지로 인한 결과. 하지만 그 위력은 실로 가공하여 크리티컬도
아닌 단순 일발 격중 데미지로써 수한의 사기틱한 HP의 무려
절반을 날려 먹었다. 거기다 추락의 여파로 인한 지면의 잔물

결이 잦아들자,

끼기기긱!

"우에에에엑! 컥컥컥!"

수한의 최후를 확인할 속셈인지 가볍게(?) 비벼준 뒤 천천
히 물러나는 거체. 덕분에 수한은 아침에 먹었던 정체불명의
그 무언가까지 재확인하며 재차 엄청난 데미지를 감수해야
했다.

하지만 아직 이 정도론 그를 회색으로 물들이기에 턱없이
부족하다. 이미 청 제국 시절부터 인간인 주제에 웬만한 영
물을 능가하는 HP로 몸빵의 지존을 부르짖던 사기 캐릭. 그
리고 얼마 전, 마왕이 되어 그 먼치킨 초급(?)을 구가하던 HP
가 두 배로 늘어난 지금 어찌 이 정도에 무너지겠는가? 거기
다,

"으득, 이놈……."

머리를 짓누르던 엄청난 무게가 사라지자 서서히 두 눈
에 화염구를 키우는 수한. 난생처음 당한 굴욕감—하긴 누
군가 자신의 머리를 밟고 서 있다면 누구라도 그런 생각을 가지
리라—에 그의 가슴속엔 지옥의 불길을 연상시키는 분노가
타오른다.

상대가 누구든 상관없다. 내가 지닌 모든 전력을 다해 박살
을 내주리라.

마왕이 된 이후 본인이 지닌 엄청난 힘을 분출할 기회가 없어─겨우 한 달 전에 되었으니깐─못내 아쉬움이 많았던 수한. 그런데 이제 마음껏 폭주할 이유가 생겼다. 얌전히 제 갈 길을 가던 자신을 난데없이 습격하고, 이어 발로 머리를 비빈 이 빌어먹을⋯⋯.

"크으으으으~"

생각을 하면 할수록 더욱 불타오르는 분노의 불길, 이에 거품까지 물며 분노의 극을 달리는 수한. 이제 그가 땅속에 파묻힌 몸을 일으켜 세우기만 하면 이 근방은 진정한 지옥이 강림하리라.

단, 상대가 얌전히 기다려 준다는 가정 하에.

쿵쿵쿵!

"빌어먹을, 조금 기다려 주면 어디 덧나냐?"

땅속에서 버둥거리는 수한의 머리 위로 재차 드리워지는 거대한 그림자. 왠지 모를 식은땀이 등 뒤를 적시는 가운데 수한은 슬그머니 고개를 들어 그림자의 주인을 바라본다. 그리고 그런 그의 두 눈엔,

"허⋯ 허⋯ 허⋯⋯."

눈으로 보고 있는 걸 뇌로 이해하기까지 잠시 시간이 걸렸다. 대체 저게 뭐란 말인가?

"⋯이거 정말 너무하잖아. 아무리 게임이라지만 어떻게 저

런 걸……."

대충 높이만 50미터가 넘어 보이는 그것. 마치 모 특정 애니에 등장하는 메카닉과도 유사한 형태을 지닌 그것은 전신을 시뻘겋게 물들인 채 이마의 뿔로써 자신의 존재를 노골적으로 어필하는 거대 이족 보행 기체. 그리고 양손에 든, 그 거대한 몸체의 크기에 육박하는 방패와 그에 못지않은 해머의 모습은 수한을 일순간 공포로 물들이기에 충분했다. 다만 한 가지 아쉬운(?) 점은 그 거체의 신체 균형비가 뭔가 좀…….

"4등신 몸체?'

몸통의 그것과 거의 비슷한 크기인 떡 벌어진 어깨, 그리고 노골적으로 짧은 팔과 다리. 그 노골적인 신체 비율을 보건대 인간이 아닌 모 특정 유사 종족을 모델로 한 것이 분명하다. 그렇다면 설마?!

끼기기기긱!

"허걱?! 내가 이러고 있을 때가 아닌데!'

눈앞의 압도적인 광경에 잠시 넋이 나가 있던 수한. 그러나 거대 해머를 위로 치켜드는 메카닉 유닛의 모습에 이내 자신이 처한 입장을 자각한다. 아무리 상황을 긍정적으로 여긴다 해도 저 해머의 최종 종착지가 될 지점은 그 자신의 머리 위가 분명해 보이지 않는가? 그리고 그 크기가 웬만한 건물 크기인 저런 쇳덩이 망치가 정통으로 자기 머릴 후려갈긴다면?!

차마 상상하기도 싫다.

"크으으윽~ 이런, 빌어먹을……!"

시퍼렇게 질린 얼굴로 더욱 필사적으로 버둥거리는 수한. 그러나 어찌 된 노릇인지 지면에 파묻힌 그의 몸은 도통 빠져나갈 생각을 않는다. 그가 지닌 어마어마한 근력을 고려하건대 도저히 이해가 안 되는 상황. 거기다 몸에 힘에 주면 줄수록 머리가 어질어질 어지러운 것이 급기야 대낮에 별이 보인다는 말이 단순한 비유가 아닌, 있는 그대로의 사실임을 자각한다.

결정적으로 그렇게 해롱거리는 수한에게 이런 어처구니없는 상황을 너무나 단순명료하게 설명해 주는 기계음.

─상태 이상. 스턴에 걸리셨습니다.

"끄억?! 하필 이럴 때?!"

금강불괴를 달성한 탓에 크리티컬 확률이 90%나 감소했건만 지금 이 위기 상황에 어처구니없게도 스턴에 걸린 수한. 하긴 단 일격에 본신 HP의 절반이나 날려간 직후에 몸이 온전한 상태일 리 만무하다. 그리고 그 결과, 그의 머리통을 후려갈기기 위해 빠른 속도로 낙하하고 있는 거대한─그것은 실로 거대하다는 말밖에 할 수 없었다─해머를 그저 바라만 보는 신세가 될. 뻔.했다.

"아차, 내가 지금 뭐 하고 있는 거지?"

워낙 정신이 없게 당한 탓에 자신 역시 상대를 공격할 수 있음을 그제야 기억해 낸 수한. 피하는 것만이 능사가 아니건만 상대의 덩치에 주눅이 들어 맞받아칠 생각을 하지 않은 것이다. 하긴 천하의 그가 스턴 상태에 빠질 정도의 충격을 연이어 받았으니 이런 촌극도 어느 정도 이해도 된다(물론 사람에 따라 다르겠지만). 어쨌든 이 절체절명의 위기에 마침내 수한은 자신의 필살기를 드러내는데,

"십장장환 트리플!!"

화아아아아아악!!

콰콰콰콰콰쾅!!

주위 어딘가 널려 있을(?) 토일조차 깡그리 잊은 채 전력을 다해 십방장환을 날리는 수한. 최근 마왕으로 승급함에 따라 거의 두 배나 상승한 십방장환의 데미지는 순식간에 장내를 뒤덮었다. 그 공격력의 총 데미지는 적어도 십만 이상. 이 정도라면 저 메카닉 유닛의 공격을 무마시키는 것은 기본이고, 아예 형체조차 남아 있지 않게 만들리라. 하지만,

끼끼끼낔!

"이, 이럴 수가⋯⋯!"

십방장환의 여력이 차차 잦아드는 장내의 그 중심. 형형색색의 마법진이 그려진 방패를 앞세운 붉은 거체는 여전히 자신의 건재한 모습을 어필하고 있다. 그리고 그 모습에서 수한

은 그제야 자신이 또 한 번 제대로 걸렸음을 직감했다.

*   *   *

"아아악!! 저게 뭐야?! 누구든 어서 3운영팀에 가서 그 오타쿠 녀석 좀 말려!! 어서 빨리!!"

모니터상에 드러난 거대 기체의 모습에 자신도 모르게 경호성을 내지르는 수영. 평상시 감히 상상조차 못할 그녀의 행동이었지만 주위의 그 누구도 동요하지 않았다. 아니, 그녀와 동일한 이유로 우왕좌왕할 뿐, 그런 것에 신경 쓸 여유조차 없었다. 그나마 다행이라면 부팀장인 최강준이 의외로 냉정을 유지했다는 점.

"일단 회색산맥 근방의 에이전트에게 연락해! 3운영팀장이 접속 상태인 만큼 3운영팀에서도 방법이 없긴 마찬가지야. 차라리 게임 내에서 직접 상대하는 게 빨라!!"

"아, 예! 그럼."

"아, 그리고 혹시나 모르니까 힐링포션를 지닌 에이전트 전부를 회색산맥으로 집결시켜!"

"옛, 알겠습니다."

연신 부들거리는 손으로 담배를 찾는 수영을 대신해 재빨리 조치를 취한 최강준. 평상시 수영에게 당하던 어리버리한 모습과는 너무나 다르다. 하긴 이 정도 능력이 없었더라면 애초부터 부팀장이 되지도 않았을 터. 어쨌든 그의 냉철한 지휘하에 4운영팀은 다시 평정을 되찾았다. 그곳의 최고 책임자인 수영을 제외하고.

"후우우~ 빌어먹을… 1년 전 우주 전함(?)은 그렇다 치고, 언제 또 저런 걸 만든 거야?"

욕설과 담배 연기가 반반 뒤섞인 한숨을 내쉬며 여전히 안정을 되찾지 못하는 수영. 진작 상대를 손보지 않은 것에 후회하고 또 후회한다. 그러나 이미 때는 늦었으니…….

오타쿠의 끝없는 집념과 돈지랄의 합작으로 이루어진 거대 기체. 타칭 게임 폐인, 자칭 뉴 타입이라 칭하는 변태 오타쿠의 폭주를 그저 바라만 볼 수밖에 없었다.

*   *   *

대륙 역사상 그 유례를 찾아볼 수가 없는 몸빵들의 빅매치!

홍 코너, 최근 마왕으로 승급한 중급 먼치킨의 주인공. 기본 방어력만 일만이 넘는 몸빵의 최종 진화판 캐릭으로서 이제 저주 캐릭의 늪에서 벗어나고자 안간힘을 쓰는 불운의 미소년.

반면 청 코너, 전장 50미터에 좌우 너비 50미터인 거대 기체. 비록 그 정체는 알 수 없지만 수한의 필살기인 십방장환 조차 정면으로 받아냄으로써 몸빵의 지존임을 증명한 강철 거인.

…이렇게 설명을 들으면 왠지 박빙 승부가 될 거 같지만, 이 싸움은 애초부터 수한에게 턱없이 불리했다. 만약 서로 간에 체구와 무게가 비등했다면 세기에 남길 특촬물 빅매치가 되겠지만 아쉽게도…….

끼끼끼끽!

"젠장, 빌어먹을……!"

재차 치켜 올라가는 해머를 바라보며 수한의 입에선 절로 욕설이 튀어나왔다. 지닌 바 근력이 드래곤 급이라곤 하지만 이렇게 덩치 차가 나는 마당에 맞받아치는 것은 그야말로 만용. 거기다 이미 HP의 절반이 날아간 마당에 괜한 모험은 자제해야 한다. 그런데 문제는 몸이 제대로 말을 듣지 않는다는 것.

방금 전, 십방장환으로 지면에 파묻힌 몸을 꺼내긴 했지만, 스턴의 영향은 아직 그대로. 덕분에 두 다리는 여전히 제멋대로 트위스트를 추고 있다. 이래서야 이형환위는커녕 신법조차 운용할 수 없는 상태.

휘이이이잉!

"으허허헉~"

쿠콰콰콰콰쾅!

빠른 속도로 다가오는 거대한 쇳덩어리를 무협지에서 흔히 말하는 뇌려타곤을 써 간발의 차이로 피한 수한. 신법의 달인이라는 자신이 처한 현상황이 너무 비참해 눈물이 눈앞을 가릴 지경이다. 마왕출도(?)을 선언한 이후 첫 교전에서 이다지도 처참한 몰골로 땅바닥을 나뒹구는 신세가 될 줄이야……. 역시 처음 일격을 그대로 허용한 것이 너무나 뼈아픈 실수.

쾅쾅! 콰쾅!

"으득~ 스턴 상태가 풀리기만 한다면……."

바퀴벌레 전용 퇴치 병기 신문지 뭉치라도 된다는 듯 쉴 새 없이 수한을 노리는 거대 강철 망치. 수한은 그 인정사정없는 공세를 피하며 이를 갈아붙인다. 하지만 지금은 일단 피하고 볼 일.

"으헉?! 으허허헉!"

콰쾅! 콰쾅! 콰콰쾅!

진(眞) 바퀴벌레류 회피술로 뿔뿔거리며 거대 강철 망치의 공세를 간발의 차이로 피하는 수한. 이에 강철 거인은 더욱 열이 올라 인정사정없이 망치를 휘두른다. 자연 수한의 간담은 콩알 단계에서 지나 좁쌀로 축소, 응축될 수밖에 없었고, 마지막 순간 강철 망치로 인해 초토화된 지면 어느 움푹 파인

곳에 수한은 발이 걸려 넘어지는데…….

"으악! 하필 이때?!"

바나나 껍질에 넘어지면 그나마 개그라도 되겠지만, 이건 정말 운이 나빴다고밖에 할 말이 없다. 결국 그 결정적인 빈틈을 노려 정말 멋진 폼(?)으로 수한을 후려갈기는 강철 거인. 하필 그 각도상의 절묘함으로 인해 수한의 몸은 납작 콩이 되는 대신 방망이 맞은 야구공, 혹은 골프 채에 맞은 골프 공마냥 저 멀리 지평선을 날아가는 신세가 된다. 그리고 종국에 이르러선,

콰콰콰쾅!

어느 산 중턱에 정통으로 박혀 버린 수한의 몸.

그 모습에 강철 거인도, 아니, 내부의 로드 타이거도 아차 한다.

"아뿔싸, 이런 실수가……. 본체로 화한 다음에 작살 내야 하는데… 이래서야 출격한 보람도 없잖아."

드래곤의 사체는 그야말로 보물 중의 보물. 때문에 최후의 일격은 폴리모프 마법이 풀린 다음 날릴 생각이었다. 그런데 때려잡는 데 너무 열중한 나머지 그 사실을 깜빡하고 만 것이다.

"쯧, 할 수 없지. 일단 어느 동네의 도마뱀인지 조사한 다음에 레어 털이나 해야……."

이미 회색으로 물들었을 드래곤을 포기하고 대신 빈집털
이로서 아쉬움을 달래려던 로드 타이거. 하지만 이제 다 끝났
다는 그의 생각은 너무 성급했던 모양이다.

"크아아아아아아아아아아!"

쿠콰콰콰콰쾅!

상처 입은 야수의 포효성과 함께 마치 화산 폭발이라도 하
듯 붕괴되는 산자락의 일각. 바로 수한이 추락했던 지점이다.
그리고 그곳에서 작은 점 하나가 빠른 속도로 로드 타이거를
향해 날아오는데…….

"호오~ 썩어도 준치라고, 역시 드래곤이란 말이지? 좋아,
그럼 나도 그에 걸맞은 대우를 해주지."

― '응징의 해머'를 준비하도록!

―옛, 함장님.

엄청나게 빠른 속도로 다가오는 점을 응시하며 통신을 통
해 뭔가 심상치 않은 것을 지시한 로드 타이거. 그 순간 수한
의 반격이 시작되었다.

"으아아아아아아~"

콰콰콰콰쾅!

저주 캐릭 주제에 약간의 운빨은 남아 있었는지 방금 전 강
렬한 일격에 오히려 스턴 상태에서 벗어난 수한. 조금 전까지
그를 속박하던 제약이 풀리자 아예 괴성을 지르며 반쯤 미쳐

날뛴다. 하긴 그의 성질상 그렇게 당해놓고 그냥 조용히 사라진다면 그게 바로 비정상일 터. 때문에 처음부터 이형환위에 십방장환을 비롯한 자신이 아는 모든 스킬을 난사한다.

하지만 상대의 방어력은 몸빵 최종 진화판인 그조차 훨씬 능가하는 수준.

콰콰콰콰쾅!

"헥헥, 젠장! 왜 안 깨지는 거야?!"

수한이 아무리 열심히 때리고 밟고 꼬집어(?)도 끄덕도 하지 않는 강철 거인. 하긴 서로 간의 크기나 무게를 비교할 때 단순 육박전으로 견적조차 뽑을 수 없다. 무게 차가 대체 얼마인데…….

그래도 수한의 근력이 근력인 만큼 이 정도로 두들겨 패면 팔다리가 떨어져 나간다거나 뭔가 붕괴의 조짐이라도 보여야 하건만 외갑의 일부만 찔끔 부서지는 강철 거인은 진실로 사기 아이템(?)의 전형. 결국엔 날뛰는 수한이 오히려 지쳐 나가떨어질 판이다.

하지만 곤란하긴 로드 타이거도 마찬가지.

"이거 참, 이렇게 빨라서야 공격할 방법이 없잖아. 대드래곤용 전술 내용에 일부 수정이 불가피한데?"

수한의 공격에 느긋이 맞아줄 정도의 외갑과 내갑을 지니긴 했지만, 그렇다고 한도 끝도 없이 맞아만 줄 순 없는 노릇.

일단은 자신도 좀 때려야지 공평하지 않겠는가? 그러나 그 엄청난 속도로 인해 눈에 보이지도 않는 상대로 이 거대한 체구가 제대로 위력을 발휘할 리 만무. 그저 때리면 때리는 대로 맞아줄 따름이다. 거기다 그렇게 계속 맞고만 있다 보니 점차 피해가 누적되어 겉으론 문제없어 보이지만 엄청난 무게를 지탱하는 관절 부분이 삐걱거리기 시작, 이대로 가다간 자체 내부에서 그대로 붕괴될 가능성이……

삐이이이익!

"아이구, 깜짝이야! 벌써 시간인가?"

조종석 옆, 휘황찬란한 마법진의 날카로운 경고음에 화들짝 놀라는 로드 타이거. 그는 그제야 자신이 잊고 있었던 중요한 사실을 상기했다. 지금은 자체 붕괴 따위를 걱정할 때가 아닌데……

드래곤을 때려잡기 위해 만든 이 말도 안 되는 방어력과 그에 버금가는 공격력을 지닌 사기 만땅의 거대 기체. 이 엄청난 존재에 약점이 없을 리 없다(등가법칙을 잊지 말자). 바로 기동 운용 시간의 제약. 막말로 초당 중급 마나석을 하나씩 집어먹는, 이 돈맛을 제대로 아는 거대 기체가 언제까지 움직여 줄지는 그 설계자인 로드 타이거조차 알 수 없는 일인 것이다.

"쯧, 그렇게 계량했는데도 고작 30초 정도 더 기동 시간이 늘어난 건가? 이래서야 무당 도마뱀과의 일전은 텄군. 역시나 응징의 해머를 준비하길 정말 잘했어."

에너지 공급을 종용하는 마법진의 빨간 경고등에 연신 자신의 선견지명에 감탄하는 로드 타이거. 그는 마침내 최후의 일격을 위한 준비 작업에 착수했다.

"자, 그럼 시작해 볼까?"

터텅!

로드 타이거의 음흉한 미소와 함께 양손에 있던 방패와 망치를 버리며 양팔을 벌리는 강철 거인. 그 무방비한 모습에 수한은 멋도 모르고 이제야 자신의 타격기가 효과를 본다고 희희낙락이다. 그리고 더욱 열심히 강철 거인을 두들기는데, 바로 그때, 뭔가 수상적은 기음이 강철 거인의 내부에서 들려온다.

위이잉! 철컥철컥!

"크크크크크! 드디어 한계에 도달한 모양이군. 하긴 그렇게 두들겼는데 제 놈이 배겨?"

아직도 수상한 점을 눈치 못 챈 수한. 역시 매에는 장사가 없다며 더욱 손발을 바삐 놀리기만 한다. 그리고 이 험난한 세상에 그런 순진함이 얼마나 위험한지 직접적인 교훈이 내려졌다.

쿠콰콰콰콰쾅!

"케에엑?!"

무방비하게 서 있는 강철 거인을 마음껏 유린―적어도 그의 생각엔―하던 수한. 그런 그의 코앞에서 난데없이 폭발해 사방으로 그 파편을 날리는 강철 거인.

마침내 외갑을 뜯어내고 내갑의 일부가 드러나자 얼굴 전체에 희색이 만연하던 수한에게 정말 난데없는 날벼락이 날아든 것이다. 그리고 갑작스런 폭발의 여파에 휘말려 수한이 대략 십여 미터로 튕겨져 나가 지면에 처박히자 강철 거인의 가슴 부위에서 냉큼 튀어나와 저 멀리 지평선으로 사라지는 붉은색 탈출선.

역시 로드 타이거는 탈출의 미학을 아는 녀석이었다. 그리고 그렇게 로드 타이거가 사라지고 어느 정도 지나서야 제정신을 차리는 수한. 그런데 왠지 몸이 잘 움직여지질 않는다?

―상태 이상. 스턴에 걸리셨습니다.

"끄응~ 젠장! 이게 뭐야?"

방금 전, 폭발로 인한 충격 탓인지 다시 스턴 상태가 된 수한. 혹시나 하는 마음에 상태창을 확인해 보니 정작 피해는 대략 1,000가량. 방심한 상태에서 창졸지간에 당한 것치고는 그 데미지가 생각보다는 훨씬 약했다. 그래서 수한은 더 더욱 화가 치밀어 오른다.

적어도 자폭까지 했다면 초반에 보인 엄청난 공세를 고려하건대 뭔가 특별한 게 있어야 할 게 아닌가? 누굴 우롱하는 것도 아니고 대체 무슨 의도를 가지고 이런 짓을…….

"응? 무슨 소리지?"

한참 강철 거인을 욕하며 구시렁거리는데 뭔가 이상한 소리가 사방에서 들려온다. 이에 의아해져 그 소음의 방향을 쳐다보니 이게 대체 뭔가?

"…이거 정말 해도 해도 정말 너무하는군."

쿠쿠쿠쿠쿠쿠쿠쿠쿠쿠쿠쿠!

저 멀리 탈출정이(?) 사라진 지평선 너머, 뭔가가 서서히 일어나 수한을 향해 점차 낙하하고 있었다.

그것은 말 그대로 하나의 경이이자 전율. 보는 것만으로도 숨이 턱 막히는 초거대 망치였다. 그 크기가 무려 10㎞에 달하는…….

"…도망가긴 틀렸겠지?"

스턴 상태에 빠져 잘 뛰지도 못하는 상태에서 피하긴 예전에 글렀다. 하지만 왠지 담담하기만 한 수한. 워낙 비현실적인 광경을 본 직후인지라 지금의 상황을 미처 받아들이지 못하는 모양이다. 그리고 그런 그의 머리 위로 물리 데미지가 극대화시키는 마법진이 그려진 초거대 망치, 일명 응징의 해머. 그 드래곤의 브레스와도 맞먹는다는 드래곤용 쥐덫(?)은 수한을 포함한 지면을 강타했다.

쿠콰콰콰콰콰콰콰콰콰콰쾅!!

"아, 난 이제 죽었구나."

문득 정신을 차리고 보니 오직 어둠만이 가득한 공간. 그 공간에서 수한은 그렇게 생각했다. 게임에서 단 한 번 죽어본 적이 없는지라 현 상태가 어떤 것인지는 알 수 없지만 적어도 정상적인 상황이 아님은 분명했기 때문이다. 그렇다면 역시,

"휴우~ 역시 십방장환 트리플 연속기로도 부족했나 보군."

십방장환은 본래 공격기이면서 동시에 최강의 방어 스킬. 때문에 마지막 순간, 한 가닥 미련에 모든 마나를 쏟아 부어 방어막을 구현했었다. 그러나 역시 그 터무니없는 망치 앞에선 어쩔 수 없었던 모양. 그리고 그런 현실을 받아들이는 순간 수한의 두 눈에선 갑자기 뜨거운 눈물이 솟구쳐 올랐다.

"흐흑~"

이로써 독립의 유일한 희망이 깨끗이 사라졌다. 이제 대체 수로 빚을 갚을 수 있을까? 앞으로 벌어질 마녀와의 일전(?)을 생각하면 오직 절망과 좌절만이 존재할 뿐.

하지만 정작 수한을 가장 슬프게 만든 건 게임 속의 또 다

른 자기 자신이 완전히 소멸되었다는 사실. 이제 묵성을 비롯한 정든 수하들과는 다시는 만날 수 없고, 지금껏 지녔던 엄청난 힘을 다시는 발휘할 수 없다는 현실은 그야말로……

"크흐흐흐흑!"

뭐라 설명할 수 없는 너무나 격렬한 감정, 그리고 복받쳐 오르는 눈물. 처음 시작할 때만 해도 단지 돈을 벌기 위한 수단만으로 여겼던 게임이 어느새 그의 인생에 너무나 큰 영향력을 행사하게 된 것이다.

"크흑, 좋아. 비록 처음부터 시작해야겠지만 다시 하겠어."

지금까지 돈벌이에 집중하며 애써 외면해 왔던 사실을 이제야 인정한 수한. 'NEW WORLD'는 그에게 단순한 돈벌이 수단이 아니었다. 또 하나의 인생인 것이다. 그러니 캐릭이 소멸되었다고 해도 게임을 이대로 그냥 그만 둘 순 없었다.

"다시 한 번… 다시 한 번 캐릭을 키워……"

파아아아악!

"윽! 뭐… 지?"

뭔가 중대한 결심을 하고 마음을 가다듬으려는데 두 눈이 번쩍한다. 그리고 어디선가 희미하게 들려오는 말소리.

"야! 아… 살… 있다. 어서… 들… 부어!!"

"다… 이군요. 역시… 하길 잘……"

띄엄띄엄 들려오는 탓에 대체 무슨 말인지는 잘 모르겠다.

하지만 분명한 사실은…….

"내가 아직 살아 있어?!"

난데없는 깜짝 선물(?)에 놀라 자신도 모르게 소리치는 수한. 그 순간, 그는 게임 속 현실로 되돌아왔다.

"캑캑! 이게 뭐야?"

막혔던 숨을 토하며 정신을 차리자마자 수한이 본 것은 넘쳐 나는 퍼런색의 찐득찐득한 물의 공세. 어떻게 된 노릇인지 그의 몸은 뭔가 수상쩍은 액체가 가득 찬 풀장에 둥둥 떠다니고 있는 게 아닌가? 그리고 풀장 주위엔 수십여 명의 짜리몽땅한 체구의 인영들이 쭉 둘러싸고 있었으니……. 그들 중 짜리몽땅한 몸에 잘 맞지도 않은 이상야릇한 뻘건 군복차림의 인영이 수한에게 말을 건넨다.

"어때, 이제 정신이 좀 드냐? 하긴 지금 네가 떠다니고 있는 물이 100mL에 대략 1골드짜리 천연 웰빙 힐링포션이니 그 정도는 효과가 있어야지."

"헉, 그럼 이게 대체 얼마… 아니지. 당신은 누… 구십니까?"

뻘건 군복의 말과 풀장의 넘쳐 나는 물에 잠시 돈 다발 속에서 헤엄치는 망상을 하던 수한. 그러나 이내 지금은 그럴 때가 아님을 자각하고 상대의 정체 파악에 들어간다. 이에 씨익 웃으며 답하는 뻘건 군복, 아니, 로드 타이거.

"고작 1년밖에 지나지 않았는데 아직도 모르겠나? 함.장. 이다."

"설마 당신은……?"

이 익숙한 띠거운 음성과 전신에서 풍기는 오타쿠의 오라. 그렇다. 저자는 바로…….

"요즘은 우주 전함 말고, 로봇도 만드나 보죠?"

"클~ 로봇이 아니라 전술용 기동 갑.옷.이다. 아, 그리고 수진이 이 일 때문에 나중에 따로 보자더라."

"아아악!"

로드 타이거의 마지막 말에 비명을 내지르는 수한. 그 순간 그의 머릿속을 가득 메웠던 온갖 의문들이 일시에 사라진다. …역시 수한에겐 수진이 쥐약이란 건가?

*   *   *

"어라? 저놈, 아직도 길범 녀석을 기억하네?"

수한이 길범, 아니, 로드 타이거를 기억하는 모습을 보이자 수영이 고개를 갸우뚱한다. 1년 전 단 한 번밖에 만나지 않았는데 단지 그 이름만 듣고 기억해 내다니……. 평상시 세상만사에 무관심하던 동생의 모습이 아니다.

"뭐, 그럴 수밖에요. 아무리 한 번이라지만 그 만남이 그렇게 강력했었는데…….”

“그렇군. 그걸 깜빡했어.”

일 년 전, 수한이 정파와 마교의 배신자가 구축한 거대 포위망에 갇히자, 그를 구하기 위해 수영이 동원한 조커. 그것이 바로 로드 타이거다. 그리고 당시 로드 타이거는 거대 우주 전함(?)을 이끌고 수한을 포위망에서 벗어나게 해줬었다. 역시 그런 엄청난 경험을 했는데도 못 알아보면 오히려 비정상인 건가?

“그나저나 정말 간발의 차이군요. 만약 마지막에 그 웅징의 망친지 뭔지를 멈추지 않았다면…….”

“후우~ 그래, 이번엔 정말 큰 활약을 했어, 부팀장.”

“헤헤, 뭘 그런 거 가지고…….”

생전 칭찬 한번 안 하던 사람이 칭찬을 하자 받은 입장에선 기분이 묘한 모양이다. 연신 뒷머리를 긁적이며 쑥스러워하는 최강준. 그러나 이번엔 확실히 그가 한 건 했다. 만약 그가 침착히 게임 속 에이전트에게 지시를 내리지 않았더라면, 그리고 그 에이전트가 필사적으로 회색산맥으로 달려가 로드 타이거를 만나지 않았더라면 수한은 진작 회색으로 물들었을 것이다.

“그나저나 이 일로 내가 길범 녀석에게 빚을 진 셈인가? 이거 왠지 골치 아픈데……. 으득, 역시 수진만으론 징벌의 수

위가 너무 낮은 거 같아."

철없는 동생 탓에 가장 껄끄럽게 여기던 존재에게 차후 한 번 양보해야 할 처지가 된 수영. 연신 이를 갈며 수한을 원망한다. 그런데 그런 그녀에게 슬그머니 희소식을 전하는 최강준. 오늘 이 일을 기회로 확실히 점수를 얻으려는 모양이다.

"저, 그 빚에 관한 건데… 3운영팀장님께서 전하신 말입니다. 이번 일에 대해선 그냥 없던 걸로 하자는……."

"응? 설마 그럴 리가? 그 오타쿠 녀석이 이 좋은 기회를 넘길 리 없는데?"

마치 태양이 서쪽에서 떠올랐다는 듯, 혹은 바다의 물고기가 하늘을 날고 있다는 듯 눈을 휘둥그레 뜨는 수영. 그녀가 아는 길범이라면 이것을 기회로 청 제국의 희귀 광석을 왕창 뜯어낼 인물이지, 결코 이렇게 잠자코 있을 녀석이 아니다. 그런데 그냥 없던 것으로 하자고?

"정말 아무런 조건 없이 그랬단 말이지?"

"아, 예. 사실은……."

역시 뭔가 있긴 있었군. 수영은 내심 안도(?)의 한숨을 내쉬며 최강준의 다음 말을 기다렸다. 그리고 그 내용을 다 들은 뒤, 미간을 잔뜩 찌푸린 채 생각에 잠겼다.

'대체 무슨 속셈으로…….'

                    *   *   *

 "그나저나 제가 상대했던 거대 로봇, 아니, 골렘은 대체 뭡
니까?"

 찐득거리는 힐링포션의 여운을 깨끗이 지운 뒤 수한이 로
드 타이거에게 가장 먼저 건넨 말이다. 하긴 마왕인 자신조차
능가하는 방어력에 공격력을 지닌 존재에 의문을 가지지 않
을 수 없을 터. 이에 로드 타이거는 그 통통한 배를 앞으로 쑥
내밀며 자랑한다.

 "크크크, 글쎄, 로봇이 아니라니깐. 당연히 골렘도 아니고.
그건 전술용 기동 갑.옷.이야."

 "예? 갑옷?!"

 힐링포션의 풀장에서도 얼핏 들은 기억은 있었지만 그저
잘못 들은 줄 알았었다. 그런데 정말 갑옷?

 "그래, 조.금. 크긴 하지만 일단은 갑옷이지. 그래야 입고(?)
있는 사람의 능력치에 갑옷의 옵션이 추가되거든. 만약 착용
하는 게 아니라 탑승한다는 개념이면 골렘의 능력치만 계산될
걸. 음~ 다시 말해, 저걸 착용함으로써 본신 능력치를 능가하
는 능력치 상승을 꾀할 수 있지."

 "…그걸 입고 움직인다고요?"

 "아, 물론 착용자—탑승자가 아닌 착.용.자.다. 유념하자—가

혼자 힘만으로 저런 무게를 감당해 낼 리 없지. 그래서 내부에 동력원이 따로 있어."

"…그런 게 갑옷이라고요?"

"쓉~ 자식이 말이 많아. 여긴 판타지 세상이지 SF세상이 아니라고!"

결국 로드 타이거의 호통에 수한은 현실(?)을 잠자코 받아들이기로 했다. 그리고 자신이 구상했었던 사업 계획안을 과감히 포기하는데…….

'에휴~ 그런 괴물 같은 갑옷을 만들어낼 줄이야(거기다 수진과 친분이 있다는 사실이 특히 중요하다). 역시 수한 중공업 계획은 포기해야겠어. 하지만…….'

드워프들을 대량 포획하여 공장식 대규모 가내수공업 계획을 접는 대신, 또 다른 계획을 구상하는 수한. 그의 입가에 뭔가 심상치 않는 미소가 그려진다. 그리고 그 계획을 들은 로드 타이거는 입을 쩍 벌린 채 수한의 악마성에 감탄해마지 않는데…….

"크크크크, 그런 재미있는 것을 계획했다니… 역시 핏줄은…….."

"응? 핏줄이라뇨?"

"아, 아무것도 아니야. 그나저나 그로 인해 내가 얻는 이득은?"

"에, 저… 일단은 사업장을 만들어주시고 토지 임대료도 있으니깐… 그냥 반반씩 하는 게……. 그래도 역시 직접 뛰는 사람은 저니까 그 정도는 해야 저도 좀……."

계획안은 좋지만 일단 사업 협상에 들어가자 말문이 막히는 수한. 역시 소규모 벤처 사업의 초반은 이런 문제가 있다. 하지만 그에게 다행스럽게도 로드 타이거는 대재벌(?)이 가지는 여유로써 자잘한 돈 문제는 깨끗이 무시해 버린다. 대신,

"클, 돈은 됐다. 하지만… 세상엔 공짜가 없다는 것 알지? Give & Take, OK?"

듣는 사람으로 하여금 뭔가 불안감을 안겨주는, 오타쿠의 탈을 쓴 진성 변태의 미소를 지으며 서서히 본론으로 들어가는 로드 타이거.

"뭐, 일단 이곳은 게임 속 세상이니 그냥 퀘스트나 하나 받아라."

역시 게임은 게임이란 건가?

Chapter 4

기사를 얻다

쿠쿠쿠쿠!

거대한 나무들 사이로 거친 콧소리와 함께 뭔가를 열심히 파헤치는 거체. 3미터가 넘는 체구와 날카로운 어금니, 그리고 근육으로 뭉쳐진 다부진 몸은 눈앞의 어떤 것이라도 일격에 쓰러뜨릴 것 같은 강한 힘이 느껴진다.

이 거구의 정체는 숲의 폭군이라 칭해지는 흑멧돼지. 그 크기나 주위를 경계하지 않는 모습을 보건대 이 근방 영역을 지배하는 주인임에 분명했다. 하긴 이 1톤에 육박하는 거구가 저돌적으로 돌진한다면 간담이 서늘하지 않을 존재가 어디 있으랴? 하지만 오늘 이 주인 녀석은 운이 아주 나빴다.

사사삭!

쿠룽?

머리 위에서 들리는 작은 소음과 몸 전체를 경직시키는 섬뜩한 느낌. 흑멧돼지가 먹이 채취에서 사주 경계로 신경을 돌렸을 땐 이미 때는 늦었다.

쿠쿵!

쿼에에엑?!

재빨리 멧돼지의 등 뒤를 점하는 거구. 이어 그 두터운 팔뚝으로 멧돼지의 목을 감싸 안고 터질 것 같은 근육이 불끈하는 순간,

우드득!

강인하면서도 억센 근육과 튼튼한 뼈가 무색하게 어이없이 꺾인 흑멧돼지의 목. 그렇게 단숨에 흑멧돼지를 처리한 존재는 이내 승리의 함성을 터뜨렸다.

쿠오오오오오!

숲 전체를 뒤흔들며 간만에 잡은 먹잇감에 지극히 만족을 드러내는 존재. 바로 진.정.한—이럴 수가? 흑멧돼지는 대체 뭐란 말인가?—숲의 폭군이라는 오우거다. 그것도 성체가 되어 독립한 지 십여 년이 지난, 최절정기를 구가하는 진짜 오우거 중의 오우거.

우걱우걱! 크르르르륵!

흑멧돼지의 뒷다리를 뜯으며 연신 특유의 흥소를 짓는 오우거. 자신의 영역을 벗어나 먼 곳까지 원정 온 보람을 느끼는 모양이다. 이럴 줄 알았으면 진작 척박한 자기 영역에서 벗어나 이곳으로 오는 건데…….

쿠쿠쿠쿠쿠!

우드득!

배가 매우 고팠는지 씹기보다 삼키기에 바쁜 오우거의 식욕에 그 몸집의 절반 크기나 되는 흑멧돼지는 금세 뼈만 나뒹굴게 되었다. 하지만 아직도 뭔가 양이 부족한 오우거.

크르르르르!

연신 주위를 둘러보며 뭔가 또 다른 건수를 살피지만 이제막 살육이 벌어진 곳에서 멀쩡히 돌아다닐 동물이 있을 리 없다. 결국 오우거는 입맛만 쩝쩝 다신 뒤, 재차 다른 먹잇감을 찾아 이동하려고 했다. 그런데 바로 그 순간, 오우거의 머리위에 드리워지는 거대한 그림자.

크릉?!

뭔가 이상함을 느낀 오우거는 머릴 갸우뚱거리며 위를 쳐다봤고, 그런 오우거의 눈에 비친 건 거대한 생물체의 입.

딱!

크어엉!

오우거는 거의 순간적인 위기 본능으로 몸을 날렸다. 그리고 그런 그가 있던 장소엔 강철처럼 단단하면서 부드러운 검푸른색의 비늘, 살기와 분노로 화염같이 불타는 두 눈, 오우거의 족히 서너 배 크기에 육박한 거대한 체구. 바로 육상형 블루 드레이크가 자리 잡고 있었다.

그야말로 간발의 차이. 만약 조금 더 늦었더라면 오우거의 몸은 드레이크의 입에서 갈가리 찢겼을 터.

오우거는 자신도 모르게 식은땀을 주르륵 흘린 뒤 뒤도 돌아보지 않은 채 내달렸다. 그리고 그런 오우거의 뒤를 분노의 포효를 내지르며 쫓는 드레이크.

쿠오오오오!

쿠다당! 우직!

특유의 탄력적인 근육과 무지막지한 힘으로 한번 도약에 족히 4, 5미터를 이동하는 오우거. 거기다 지금같이 생존의 위기를 느꼈을 경우, 그 속도는 평상시보다 더욱 빠른 게 당연지사. 하지만 상대는 족히 20미터에 달하는 중급 거대 마수. 바로 등 뒤에서 느껴지는 콧김은 오우거의 등골을 서늘하게 만들기에 충분했다. 그나마 날개가 없는 순수 육상형 드레이크이기에 망정이지, 그렇지 않았다면 진작 이 술래잡기 아닌 술래잡기는 끝이 났으리라.

크르르르룽!

공포와 분노에 찬 거친 숨을 내쉬며 앞으로 질주하는 오우거. 그는 이제야 왜 이곳이 금지 아닌 금지인지 이해했다. 같은 오우거들이 이곳을 꺼려 할 때 눈치를 챘어야 하는 건데, 괜히 자기 영역을 벗어나 이 고생이다. 그리고 그렇게 한탄 아닌 한탄을 하는 오우거의 눈앞에 점차 그 모습을 드러내는 절벽.

크아아앙!

쿠오오오오!

오우거는 절망에 찬 울부짖음을, 드레이크는 기쁨의 포효를 내지른다. 이제 더 이상 오우거가 도망갈 곳은 어디에도 없었다. 하지만 생존에 대한 욕구는 가끔 상식을 뛰어넘는 법.

크아아아아앙!

드레이크에게 산 채 찢겨 죽는 것보다 차라리 절벽에서 뛰어내리는 게 생존 확률이 높다는 걸까? 비명 같은 괴성을 내지르며 질주하는 속도 그대로 허공에 몸을 날리는 오우거. 드레이크는 절벽의 가장자리에서 분노의 노호성을 내지르며 오우거의 날갯짓(?)을 바라만 봐야 했다. 그리고 마지막 순간, 만유인력의 법칙에 따라 추락하는 오우거.

쿠우웅!

크아아아앙!

지면과 충돌하는 순간, 한쪽 다리가 부러져 뼈가 근육을 찢고 튀어나왔다. 그 아픔에 비명을 지르며 고통스러워하는 오우거. 그러나 이 정도 피해야 예상했던 일. 도리어 살아 있는 것만 해도 다행이다.

크르르르륵!

고통에 찬 신음성을 토하며 억지로 몸을 일으킨 오우거. 절뚝거리면서 이 자리를 벗어나기 위해 안간힘이다. 하긴 드레이크가 바보가 아닌 이상 언제까지 절벽 위에서 멍하니 있을 리 만무. 아마 영역을 침범한 그를 응징하기 위해 이곳으로 내려올 공산이 크다. 때문에 한시라도 빨리 이곳을 벗어나야 할 터. 때문에 오우거는 자신의 한쪽 다리를 포기하는 것까지 염두에 두며 무리를 하기 시작했다. 그런데 바로 그때,

크릉?!

순간적으로 오우거의 전신을 엄습하는 경각심. 확신은 할 수 없지만 뭔가 위화감이 든다. 그리고 그 위화감이 보다 구체화되는 순간,

크아아아앙!

우직!

일순간 사방에서 들려오는 포효. 그리고 오우거를 향해 쇄도하는 거대한 거체들. 오우거의 사지가 찢기고 내장이 사방

으로 튀는 등, 온갖 하드코어적 장면이 연출된다. 그리고 그 장면의 주인공을 맡은 드레이크의 수는 무려 십여 마리.

크르르르르르!

쫄깃쫄깃한 오우거 고기에 만족스러운 듯 기분 좋은 울음 소리를 내며 다시 원래 자리로 돌아가는 드레이크들. 절벽 위 드레이크는 그런 그들을 내려다보며 별식을 같이 먹지 못한 것에 분개하고 있었다. 하지만 그 밑바탕에 깔린 건 무리로 인한 든든함과 여유. 뭐, 어차피 본래 목적인 영역을 침입한 존재에 대한 응징인 만큼 큰 불만도 없다.

크르르르르!

그 누가 자신들에게 대적하랴? 그나마 드래곤이면 조금 가능성이 있겠지만 그 엉덩이 무게만 족히 만 근이 넘은 게으름의 산 표본들이 이런 외진 곳까지 찾아올 가능성은 그야말로 전무. 결국 회색산맥의 진정한 주인은 그 짜리몽땅한 난쟁이들이 아닌, 이 우람한 덩치와 주체 못할 힘을 지닌 자신들인 것이다.

"이햐~ 무슨 놈의 드레이크들이 무리 생활을 하냐?"

수풀 사이에 몸을 감춘 채 오우거가 사냥당하는 광경을 지켜보던 수한. 그는 십여 마리의 거대 마수가 어슬렁거리는 눈앞의 광경에 절로 입이 벌어졌다. 강한 몹일수록 단일 생활을

하는 게 일반적인 게임 패턴—그래야 사냥을 할 게 아닌가—이
건만 가뜩이나 강한 레벨 400짜리 놈들이 십여 마리나 뭉쳐
다녀?

—확실히 일반적인 경우가 아니군요. 제가 알기에도 드
레이크는 두 마리 이상 모여서 지내는 일이 없는데……. 아
마 이들을 이끄는 우두머리에게 뭔가 특별한 게 있나 봅니
다.

수한의 옆에서 역시 몸을 숨긴 채 드레이크를 관찰하는
토일. 그 역시 수한의 말에 공감하며 놀라움을 금치 못했다.
그러나 그 두 사람의 놀람은 어디까지 이미 귀로 들은 일을
눈으로 재차 확인하는 과정에서 겪는 미약한 감정의 동요.
즉, 약간 미심쩍어했던 것이 진실로 밝혀짐에 따른 당혹이
었다.

"쯧~ 뭐, 사실이긴 하군요. 하지만… 그 골렘인지 갑옷인
지로 밀어붙이면 될 걸 왜 우리한테 부탁하는 건지……."

—허허, 마스터. 이미 얘기를 듣지 않으셨습니까? 그 갑옷
을 작동시키는 데 드는 천문학적인 금액을……. 아니, 돈이
문제가 아니라 그 소모되는 마나석 양이라면 아무리 드워프
라 할지라도 쉽게 충당하기 어려울 겁니다.

남이 시켜서 일한다는 사실이 영 못마땅한지 계속 투덜대
는 수한. 그러자 토일이 수한을 살살 달래며 이번 의뢰의 정

당성(?)으로 그를 설득한다.

"칫, 할 수 없지. 뭐, 어차피 우리도 이번 일을 통해 얻는 게 있으니……."

영 찜찜하긴 하지만 그래도 손해 볼 게 없다는 생각 때문일까? 결국 수한은 로드 타이거가 준 퀘스트, 드워프 연합과 가일 공국 교역로 중간에 둥지를 튼 십여 마리의 드레이크의 섬멸 의뢰를 완전히 받아들였다. 다만 문제가 있다면,

"역시 수가 좀 많은데……."

이미 드래곤 산맥에서 저놈들보다도 강한 포이즌 드레이크─그놈은 날개까지 달렸었다─를 사냥한 적이 있고, 거기다 지금은 그 당시보다 훨씬 강해진 상태. 하지만 로드 타이거와의 일전에서 워낙 크게 당한 터라 왠지 몸을 사리는 수한이다.

"아, 일 대 일이라면 모를까, 다굴은 정말 싫은데……. 거기다 십방장환도 쓰면 안 되잖아."

무슨 이유인지는 모르겠지만 필살기조차 금제당한 걸까? 수한은 왠지 십방장환의 활용을 꺼리는 모습을 보인다. 이에 수하로서 잠자코 있을 수 없는지 잠시 머릴 굴리던 토일. 이내 품 안에 웬만한 방패 크기의 큼직한 책을 끄집어내는데…….

─흠, 제 스승님에게 물려받은 책인데… 한번 참고하시겠습니까?

"호오~ 그게 뭐죠?"

범상치(?) 않아 보이는 책의 크기에 홀딱 넘어간 수한. 일단 토일에게서 책을 받아 그 겉표지부터 살펴본다. 거기엔 역시 범상치 않은 제목과 문구가 있었으니…….

'단기 속성 한 달, 대형 마물 사냥법'.
당신도 헌터가 될 수 있다.

"…역시 출판계 시장의 전략은 어디서나 똑같다는 건가?"

너무나 노골적인 광고 문구에 잠시 한 달을 잊은 수한. 그러나 지금의 그에겐 너무나 절실한 내용을 담겨 있는 듯하기에 일단 펼쳐 본다. 그러나 책을 구입할 땐 광고 문구에 넘어가기 전에 내용 파악이 우선이라 했던가?

〈페이지 534, 드레이크 사냥법〉

1. 함정을 판다(함정의 깊이와 너비는 제각기 표적의 크기 1.5배, 2배가 적당하다).

2. 함정 밑바닥에 드레이크 비늘을 뚫을 수 있는 말뚝을 박는다(마법검을 적극 추천한다).

3. 미끼를 통해 드레이크를 유인, 함정에 빠뜨린다(미끼가 되

는 사람은 최소한 시프 마스터 정도의 도주 실력을 지녀야 한다).

4. 드레이크가 함정에 빠지면 주위에서 화살을 쏜다(보우 마스터가 아닐 시, 드레이크에게 큰 피해를 주지 못하니 유의할 것). 반드시 화살을 고집할 필요는 없다. 융통성을 가지자. 큰 바위를 던져 넣는다면 효과만점.

5. 위 사냥법은 어디까지 지상형 드레이크에 한한다. 만약 날개가 달린 드레이크가 목표라면 공중형 마물 사냥법 목록—페이지 845—을 참고하라.

뭐 나름대로는 유용한 내용이다. 그러나 그 대상은 어디까지 일반인—마법검을 지닌 보우 마스터와 시프 마스터가 일반인이라면—을 위한 것. 지금의 수한에게, 그것도 십여 마리의 드레이크를 코앞에 둔 사람에겐 하등 쓸모가 없었다.

"으이그~ 역시 이래서 겉표지에 속으면 안 된다니까……."

—죄송합니다, 마스터.

길길이 날뛰는 수한에게 그저 죄송합니다만 연발하는 토일. 그리고 그 모습에서 더욱 열불이 터지는 수한. 결국 수한은 혼자서—토일은 애초부터 전력으로 치지 않았다—공룡(?) 십여 마리를, 그것도 육박전으로 상대하는 신세가 되었다. 하지만 너무 바싹 조이면 주인공이 좌절할 것을 우려한 그 누군가의 배려일까? 마지막 순간 수한 일행은 새로운 돌파구를 얻게 되는데…….

─저, 마스터. 비록 미약하긴 하지만 약간이나마 도움이 되는… 그러니까 제게 방법이…….

"으르릉! 그게 뭐죠?"

수한에게 영 미안한지 결국 새로운 묘책을 떠올린 토일. 수한은 그런 그가 미덥지는 않지만 방법이 전혀 없는 탓에 받아들일 수밖에 없었다.

쿠르르르르르! 콰콰쾅!

크릉?!

별안간 뱃속에서 들려오는 괴이쩍은 소음. 무리의 한 드레이크는 기성을 토하며 고개를 꺄웃했다. 그리고 시간이 지남에 따라 살살 아파오는 배에 더욱 어리둥절해졌다. 쇳덩이조차 소화시키는 튼튼한 그의 내장이 뭔가 문제를 일으킨 것이다.

크르르릉~

곧 나아지겠지 하고 생각하기엔 너무나 괴로운 복통. 거기다 꼬리 밑 부분에서 살살 풍기는 거북스런 냄새와 모종의 건더기(?)를 고려할 때 무리에서 이탈해야 할 것 같았다. 물론 생각 같아서야 이 자리에서 그냥 해결하고 싶지만…….

쿠룽쿠룽!

쿠오옹쿠오옹!

주위에서 연신 코를 벌름거리며 외면하는 동료들을 볼 때, 차후 매우 곤란한 일이 생길 것 같다. 결국 단체 생활 중 가장 기본적인 에티켓을 위해 어슬렁어슬렁 무리에서 벗어나는 소화불량 드레이크. 조금 전 먹은 오우거가 틀림없이 뭔가 병이 걸린 놈일 거라 자위하며 무리에서 멀찍이 떨어진 곳에 슬슬 자리를 잡는다.

그리고 그것이 그 드레이크의 마지막이었다.

우드득!

"어휴~ 냄새! 이 방법에 이런 부작용이 있을 줄이야."

덜렁거리는 드레이크의 목을 놓자마자 코부터 감싸 쥐는 수한. 역시 아무거나 잘 주워 먹는 녀석은 그 냄새도 정말 고약하다. 한편 수한이 연신 방독면을 부르짖으며 온몸을 떨어댈 때, 냄새를 맡을 수 없다는 언데드의 장점(?)을 지닌 토일은 아무 거리낌 없이 드레이크에게 다가가 뭔가 의미심장한 일을 개시하는데…….

"스포일(Spoil)!"

토일의 짧은 시동어와 함께 회색으로 물들어가던 드레이크가 급속도록 작아지기 시작한다. 그리고 마지막 순간, 토일의 앞에 남겨진 것은 한 무더기의 뼈.

"이햐~ 대단한데?!"

설마 했었는데 눈앞의 광경은 정말 놀라웠다. 속성상의 특
징으로 인해 몸을 잡아봐야 먼지가 풀풀 날리던 수한. 그런데
방금 전 그가 잡은 따끈따끈한 드레이크의 시체에서 뼈 무더
기가 나왔다.

—허허허, 마법 실험 재료가 늘 부족한 마법사들에겐, 특히
국가에 예속되지 않은 마법사들에겐 이런 기술이 필수지요.
뭐, 드워프에 비할 바는 아니지만 일단 그 시체만 온전하면
이 정도쯤이야. 마스터의 계약 때 수집한 재료들도 전부 이것
을 통해 얻었습니다.

"크크크, 좋아, 좋아. 아주 좋아. 이런 식으로 계속 가자구
요."

—예, 마스터.

아무 쓸모도 없다고 늘 구박을 받던 토일. 그러나 오늘만큼
은 확실히 주가를 올려 상한가를 친다.

"그럼 다시 한 번 더!"

—예, 디스펩시(Dyspepsy:소화불량)!!

뭔가 이상야릇한 시동어를 외치며 한가롭게 되새김질을
하던 드레이크 중 한 마리를 손가락질하는 토일. 순간 삼대
생활(?) 저주 중 하나에 걸린 드레이크는 뭔가 불편한 기색이
역력해지더니 이리저리 몸을 비비 꼬기 시작한다. 그리고 방

금 수한에게 희생당한 드레이크와 같은 수순—주위를 두리번
거리다 이내 체념하고 자리를 옮긴다—을 밟더니 어느 으슥한
곳을 향하는 게 아닌가?

"크크크, 이번엔 저쪽이군."

파곽!

드레이크가 무리에서 떨어지자마자 토일을 업고 몸을 날
리는 수한. 이형환위가 괜히 이형환위가 아니라는 듯, 드레이
크들은 그의 움직임을 전혀 눈치 채지 못했다. 그리고 이번
역시 체내 청결도 문제를 한창 해결 중인 드레이크의 널따란
목 위에 살포시 착지한 수한.

"끙차!"

우드득!

뭐, 그 다음은 아주 간단하다. 수한의 그 가냘픈 팔이 드레
이크의 강철 같은 목을 끌어안은 채 살짝 비틀어주면 끝. 이
어 드레이크는 단발마의 비명조차 내지르지 못하고 회색으로
물든다. 역시 남자는 힘이다!

각설하고, 이와 같은 과정을 거쳐 토일의 스포일에 의해 역
시 뼈 무더기를 내놓고 사라지는 두 번째 드레이크. 그렇게
쌓여만 가는 드레이크의 뼈를 바라보는 수한의 입가는 이미
주체를 못할 지경이다.

"크카카카카! 망둥이도 뛰는 재주는 있다더니… 역시 제

첫 번째 권속이 될 자격이 있어요!!"

―허허허, 영광입니다, 마스터.

원래 있던 속담을 묘하게 뒤틀어 말도 안 되는 신조어까지 만들어가며 토일을 칭찬(?)하는 수한. 이젠 계약 당시 투자한 마력 300이 전혀 아깝지가 않다. 그리고 그런 수한의 생각을 더욱 공고히 하듯 토일의 활약은 연이어 이어져 결국 드레이크의 수는 고작(?) 여섯 마리만 남게 되었다. 그러나 역시 평소 패턴대로 무난한 마무리는 결코 이루어지지 않았다.

크릉?!

다른 드레이크보다 족히 1.5배는 되어 보이는 거대한 체구, 거기에 짙은 비늘 색에선 은은한 광채까지 나는 게 때깔이 장난이 아니다. 한마디로 보스 몹이자 이 드레이크 무리의 우두머리란 뜻. 그리고 그 우두머리가 지금 뭔가 이상함을 느꼈다. 아까부터 화장실(?)를 간다고 무리를 이탈했던 애들이 도통 돌아올 생각을 하지 않는 게 아닌가?

쿠오오오오오!

혹시나 하는 마음에 애들 집합용 포효를 내지르는 우두머리. 그러나 주위의 다섯 애들만이 모여들 뿐 정작 화장실 간 녀석들은 감감무소식. 우두머리는 그제야 위기를 느꼈다.

크르르르르릉!

무리를 반 이상 잃었다는 분노와 보이지 않는 그 누군가를 향한 위협. 우두머리의 울음엔 자연 살기에 실렸고, 그것은 나머지 다섯 드레이크에게 전염되었다. 이미 며칠 전 무리의 두 마리가 철 금속을 든 원숭이 녀석들에게 당했었는데 이번에도 또?

크르르르르릉!

쿠르릉!

철을 사용하는 원숭이, 즉 인간에 대한 살기를 감추지 않은 채 주위를 두리번거리기 시작하는 드레이크들. 그들의 뇌리엔 오직 복수만이 존재했다. 그리고 그 광경에 아쉬움의 입맛을 다시는 수한.

"쯧~ 저것들이 눈치 깠잖아?"

바싹 군기가 든 이등병들마냥 사주 경계에 여념이 없는 드레이크를 보니 이젠 생활 저주 전법도 더 이상 통하지 않을 것 같다. 그럼 이제 정공법으로 나가야 하나?

"휴우~ 아깝지만 역시 십방장환을……."

뭐, 이제 방금 전보다 절반에도 미치지 못하는 숫자이니 수한이 전력을 다한다면 그리 문제될 게 없다. 다만 아쉬운 것이 있다면 사체의 손상이 적을수록 채취되는 아이템이 많아진다는 것. 십방장환을 남발했다간 뼈 하나 건지기도 어려울 것이다.

"뭐, 그래도 방법이 없으니……."

드레이크가 경계를 풀 때까지 언제까지나 죽치고 앉아 있을 순 없는 노릇이기에 슬슬 몸을 풀며 준비를 하는 수한. 일단 드레이크 중앙에 가서 십방장환을 날린 뒤, 한 마리씩 남은 놈들을 차근차근……. 이렇게 혼잣말을 중얼거리며 수풀 밖으로 나서려고 한다. 그런데 바로 그때 슬쩍 말을 건네는 토일.

─저, 마스터. 한 가지 의문이 있는데…….

"응, 뭐죠?"

─지금까지 드레이크의 목을 그리 쉽게 꺾으시는 것을 보건대 마스터의 힘은 저들을 훨씬 능가하는 것으로 보입니다만…….

"크크, 당연하죠."

청 제국 시절부터 가장 신경 써서 올린 스탯인 만큼 수한의 가장 큰 장점이자 자랑이 바로 근력이다. 역시 남자는 힘!!

─그리고 리든 왕국에서의 일과 드워프 연합의 기동 갑옷과 겨루시던 것을 볼 때 최상급 스킬과 마법이 아닌 한 전혀 타격을 입는 일이 없을 걸로 알고 있습니다.

"크카카카카! 당연하죠!!"

토일의 칭찬(?) 아닌 칭찬에 더욱 기고만장해지는 수한. 하지만 계속 이어지는 토일의 말에 그대로 땅바닥에 꼬부라질 뻔한다.

─그럼 대체 뭐가 걱정이십니까? 드레이크보다 힘이 세고 드레이크들의 공격에 전혀 타격을 입지 않는데⋯⋯. 그렇다면 그 십방장환이라는 광역필살기는 쓸 필요 없이 그냥 맨몸으로 싸우셔도 별문제가 없지 않습니까?

"어라?"

가만히 듣고 보니 그렇다. 정말 하등 문제될 게 없다. 그렇다면 지금까지 드레이크의 덩치와 숫자에 지레 겁을 먹고 뺄 짓을 했다는 건가?

"크크크크크, 그렇군. 그랬던 거야."

전혀 생각지도 못한 진실에 충격을 먹고 고개를 푹 숙인 채 그 여운을 즐기는(?) 수한. 그러다 어느 순간 벽력같은 괴성을 지르며 드레이크들을 향해 돌진한다.

"크아아아아아아아!"

콰콰콰쾅!

쿠오오오오오!

만약 수한의 몸이 지금보다 열 배 정도 더 컸더라면 특촬물 최고의 명장면이 되었을 텐데⋯⋯. 그러나 그런 걸 바라는 것 자체가 무리가 있으니, 그냥 지금에 만족하자. 어쨌든 수한은 그렇게 덩치 차가 거의 수십 배나 되는 상대로, 그것도 일 대

일이 아닌 일 대 육의, 특촬 히어로물의 전설이 될 만한 장면이 연출했다. 그리고 그렇게 십여 분 뒤,

오직 근력 하나만으로 드레이크들을 짓눌러 버린 수한. 쌍방 간에 덩치와 무게 따윈 그 압도적인 힘의 차이 앞에선 아무런 소용이 없었다. 그리고 이로 인해 수한은 새삼 자신의 힘을 자각하게 되었으니…….

카오틱 드래곤이나 로드 타이거의 경우는 어디까지 아주 특.별.한 경우일 뿐, 즉 다시 말해,

"역시 난 약한 게 아니었어!!"

잠시 동안이나마 자신감을 잃었던 수한은 그렇게 드레이크의 시체 위에서 포효하며 마왕으로서의 자신감을 되찾았다.

"크크크크크! 크카카카카카카!"

수한은 마치 실성이라도 하듯 웃음을 주체 못했다. 그렇다. 자신은 약한 것이 아니었다. 어디까지 상대가 나빴을 뿐. 자신은 여전히(?) 천상천하유아독존, 진정한 먼치킨 주인공인 것이다.

…하지만 모든 일에는 과유불급이라 했던가?

─저, 마스터. 뼈 채취는 이미 끝났습니다만…….

"크크, 에?"

한참 웃는 데 정신이 팔려 있다, 토일의 말에 간신히 제정
신을 차린 수한. 그는 그제야 지금 시간이 석양이 지는 저녁
무렵임을 깨달았다. 즉 자기 만족에 취한 나머지 반나절을 홀
라당 날려 먹은 셈.

"큭~ 이런, 내가 조금 흥분했군. 결국 노숙을 해야 하
나?"

─예, 아무래도…….

공무원도 아닌 주제에 낮 시간 외에는 상대해 주지 않겠다
던 로드 타이거. 아마 지금 돌아가 봤자 문전박대가 뻔하다.
결국 여기서 하룻밤을 보낸 뒤 내일 아침에 드워프 연합으로
돌아가는 게 가장 최선의 선택일 듯 보였고, 수한 역시 그에
그리 신경 쓰지 않는 분위기다.

"뭐, 하루 정도야……."

어차피 노숙이라면 그 방면에 프로 중의 프로인 수한으로
선 별문제가 되지 않는 일. 그저 퀘스트 완수에 따른 보상을
늦게 받는다는 사실이 조금 아쉬울 따름이다. 그런데 주인공
의 앞길엔 반드시 사건 사고가 뒤따른다고 했던가? 드레이크
의 둥지 근처에 자리를 편 수한이 막 잠이 들려는 순간, 뭔가
이상한 일이 벌어지는 게 아닌가?

우우우우우우!

"어라? 이게 무슨 소리야?"

어둠이 깔린 사위로 별안간 들려오는 사람들의 울부짖음. 마치 지옥 망자의 호곡성마냥 수한의 공포심을 맹렬히 자극한다. 이에 잔뜩 겁을 집어먹는 마왕(그것도 언데드의 군주가!!), 수한.

"으허헉! 귀신?!"

이미 말했다시피 수한은 공포물이 매우 약한 면모를 드러내는 소심한 남자였다. 자연 토일을 끌어안은 채 부들부들 떨기 시작하는데, 그러다 우연히 바라본 토일의 얼굴, 어둠의 오라가 듬뿍 담긴 해골바가지를 보고 거품을 물고 쓰러진다.

"커헉!"

—아니, 마스터! 대체 왜……?!

두 눈을 까뒤집고 유체 이탈을 시도하는 수한과 그런 그의 모습에 당황해 안절부절못하는 토일. 그렇게 야밤에 벌어진 코미디 아닌 코미디에 장내가 어수선하던 바로 그때!! 그 두 사람 앞에 '그것', 허연 그 무언인가가 모습을 드러냈다.

—원원원통통통하하하도도도다다다!

"으허허허헉! 귀, 귀신이다!!"

음향 효과만으로 기절까지 한 주제에 뭔가가 등장하자마자 바로 정신을 차리는 수한. 역시 이 녀석은 마음 편히 기절도 못할 녀석이다. 결국 못미더운 마스터를 대신해 상대를 경

계하는 토일. 언데드의 장점, 겁이 없다—일단 한번 죽었으니
깐—는 사실을 십분 활용해 낯선 상대에게 건네는 가장 일반
적인 질문으로 대화의 장을 연다.

　—누구냐?!

　—나나나는는는 원원원통통통하하하다다다!

　토일의 물음에 제대로 된 대답은 안 하고 최고의 호러물 음
향 효과로써 답하는 상대. 이에 수한은 더욱 겁에 질려 땅바
닥에 엎드린 채, 바들바들 떨기만 한다. 그러나 아까도 말했
다시피 과유불급이라 했다. 묻는 말에 대답은 안 하고 계속
원통하다만 반복하길 수 차례. 결국 수한도 그 음향 효과의
영향에서 벗어날 수 있게 되었다.

　—원원원통통통하…….

　"아씨~ 그래, 원통한 건 알겠는데… 그래서 우리보고 뭘
어쩌라고?!"

　조금 전까지 겁에 질려 있던 주제에 지금은 버럭 소리를 치
며 대드는 수한. 그런 그의 모습에 유령도 기가 막힌 걸까? 잠
시 말문을 잇지 못하며 조금씩 흔들리는 유령의 희미한 몸체.
그러나 이내 또 같은 음향 효과를 반복 재생함으로써 자신도
한 고집(?)하는 유령임을 재차 주장한다. 결국 그렇게 한도 끝
도 없이 평행선을 그리던, 유령은 노래(?)하고 수한은 고함을
치던 상황은 토일이 재차 앞으로 나설 때까지 계속 이어졌다.

─강력한 원한이 휩싸여 환원되진 않았지만 그 원한이 지나친 나머지 다른 모든 것을 기억해 내지 못하는 모양입니다. 이럴 경우엔 초혼의식을 통해 보다 자세한 정보를 얻을 수가…….

　"으이그, 속 터져! 그런 게 있으면 진작 말하시지!"

　유령의 고집(?)에 지칠 대로 지친 수한. 그는 토일의 말에 반색을 하며 마법진을 그리는 것을 도왔다. 그리고 그렇게 잠시 뒤, 마법진이 발동하자,

　<u>스르르르륵!</u>

　초혼의식을 위한 마법진 중앙, 척 보기에도 범상치 않아 보이는 기사가 등장했다. 바로 방금 전까지 원통하다만 반복하던 희미한 유령, 그 존재가 보다 실체화된 것이다.

　"어라, 뭔가 제법 있어 보이는데?"

　2미터에 육박한 키에 잘 잡힌 자세, 그리고 주위를 일시에 제압하는 묵직한 기도. 제 딴에 제법 안목을 키웠다고 자부하는 수한조차 감탄할 정도의 분위기다. 그 모습을 보건대 이자는 틀림없이 생전에 대륙 내 손꼽히는 강자임에 분명했다. 그리고 그런 수한의 짐작을 증명이라도 하듯,

　─감사합니다. 이 보잘것없는 기사, 시드의 부질없는 말에 귀 기울여 주셔서…….

　─헉, 시드?

"엑, 시드?! 설마 그 시드?!"

상대의 소개 아닌 소개엔 기겁하는 토일과 수한. 그럴 수밖에 없는 것이, 상대는 놀랍게도 나인스타 중 한 명인 트루 나이트(True Knight) 시드였던 것이다.

"어떻게?!!"

─당신이 어떻게 이런 곳에서 이런 모습으로……?

너무 놀란 나머지 할 말도 채 잇지 못하는 수한과 옆에서 그의 말을 자세히 풀어놓는 토일. 그 두 사람의 만담 아닌 만담에 쓴웃음을 지으며 시드는 재차 입을 열었다.

…뭐, 일단 설명이 길면 지루해지니 간략히 줄여보겠다.

프로인 왕국의 왕실 기사단의 단장인 시드. 기사 중의 기사라 칭해지며, 항마전쟁 이후 점차 쇠락하는 프로인 왕국을 지탱하던 유일한 기둥. 그러나 잘난 사람은 꼭 시기하는 무리가 있는 법. 가뜩이나 망해가는 왕국인 주제에 시드의 인기를 질투한 나머지 시드에게 괜히 어려운 임무를 맡겨 죽음으로 몰아넣는 왕. 결국 시드는 달랑 견습 기사 두 명을 이끌고 이곳에서 드레이크 십여 마리와 싸우다 장렬히 전사하고 말았다.

─하지만 기사는 주군에게 절대 충성하는 것이 의무. 비록 그 일이 부당하다고는 하나 저는…….

나름대로 분위기를 잡으며 애수에 젖는 시드. 하지만 바로 그 옆엔 딴지 대마왕 수한이 있었다.

"웃기고 있네!! 그런 녀석이 원통하네 뭐네 하며 잠자는 사람을 깨워?!"

방금 전까지 발발 떨었던 게 못내 억울한지, 시드를 지금 당장이라도 씹어 먹을 듯한 수한. 심지어 유령인 시드가 순간 움찔할 정도다. 그러나 일단 할 말은 해야 하는 법.

─으음~ 그것은 오해입니다. 저는 어디까지… 휴우~ 역시 다 말씀드려야겠군요. 본래 저는 드레이크에게 죽임을 당한 뒤, 그대로 세상에 환원될 생각이었습니다. 그런데 서서히 환원되던 저에게 갑자기 낯선 음성이 들려와 한 가지 제안을 하더군요. 누군가 이곳으로 와 제가 못다한 임무를 대신한 것이니 대신 그의 기사가 되라는…….

─응?!

"엥? 그게 뭔 헛소리야?"

아닌 밤중에 홍두깨라, 이건 또 무슨 소린가?

─솔직히 기사 된 신분으로 언데드가 되고 싶지는 않았지만… 임무를 마치지 못하고 환원되기엔 너무 원통한 나머지 결국 전 그 제안을 받아들였습니다. 그 결과, 지금과 같이 원혼이나마 지상에 머물게 되었지요. 사실… 여러분에게 나타난 것은 그런 사정을 이야기하기 위해서였는데, 원혼의 한계상 그런 식으로밖에…….

―잠깐, 그게 정말이오?!

시드가 한참 방금 전 일을 부끄러워하며 몸을 비트는데 갑자기 토일이 그의 말을 제지한다. 그리고 다급, 격렬히 사실 여부를 캐묻는데…….

―아, 예. 그렇습니다만…….

―으음~ 설마… 그런 건가? 하지만 왜? 그럼 마스터는 혹시…….

시드가 긍정하자마자 연신 의미심장한 혼잣말을 하며 좌중을 의문의 도가니탕으로 밀어 넣는 토일. 하지만 정형적인 전개 패턴에 늘 그렇듯 그 내용에 대해서는 수한이 물어도 끝끝내 함구한다.

"아씨~ 거 되게 궁금하게 하네."

―죄송합니다, 마스터. 저는 예전에 침묵의 서약을 한 탓에 그것에 대해서만큼은 입을 다물어야 합니다.

"칫! 알았어요, 알았어!"

입으론 알았다고 하지만 삐친 게 뻔히 보이는 수한. 그러나 이미 수한의 패턴(?)을 어느 정도 파악한 토일은 이내 딴 곳으로 그의 관심을 돌린다.

―마스터, 그것보다 중요한 일이 있습니다!!

"엥? 뭐가요?"

토일이 일부러 호들갑을 떨며 목청을 높이자 금세 관심을 가지는 수한. 역시 단순한 녀석. 어쨌든 이로써 당사자인 시드를 쏘옥 빼놓은 두 사제 간의 만담이 본격적으로 시작되었다.

　—데스 나이트(Death Knight)입니다!! 데스 나이트를 만드는 겁니다!!

　"엥? 그게 무슨?"

　—지금 눈앞에 최강의 데스 나이트를 만들 수 있는 원혼이 있습니다. 그것도 그 스스로 마스터의 권속이 되길 원하는……

　"아!!"

　토일의 벽력같은 고함에 수한은 금세 동화되었다. 그렇다. 데스 나이트! 흑마법사들의 로망이라는 데스 나이트를 만들 수 있다. 그것도 나인스타씩이나 되는 절대강자를 재료로 해서!!

　"크카카카카! 그래, 데스 나이트를 만드는 거야!! 그리고 나서는… 저, 그런데 데스 나이트를 어떻게 제조하는지 아세요?"

　데스 나이트를 휘하에 거느린 채 있는 대로 폼을 떡 잡는 자신의 모습을 그리던 수한. 그러다 문득 떠오르는 의문에 토일을 바라본다. 이에 역시 어리둥절한 표정으로 수한을 바라보는 토일.

—허허, 마스터도 아시면서……. 제가 지닌 마법적 지식은 어디까지 저주계열과 지극히 일반적인 것밖에 없습니다. 데스 나이트 제작이라는 고등 흑마법은 도리어 네크로맨서이신 마스터께서…….

"끄응~ 역시나……."

마왕이 된 기념으로 마신에게서 달랑 마법 세 개 배운 수한이다. 그런 그에게 데스 나이트 제작은 너무나 먼 저 우주 저편의 이야기.

데스 나이트를 만들기 위해선 일단 계약을 해야 한다. 그리고 그런 계약을 하기 위해선 그에 합당한 원혼이 필요하다. 다시 말해, 타락한 기사라거나 원한에 사무친 채 구천을 떠도는, 뭐, 그런 종류의 상급 기사가 말이다. 그런 면에서 볼 때 수한은 나인스타라는 최상급 재료(?)를 얻은 셈.

하지만 아무리 식재료가 좋더라도 가스렌지조차 켤 줄 모른다면 전혀 쓸모가 없는 법. 그런 측면에서 볼 때 수한은 육신이 없는 시드를 데스 나이트는커녕 구울로조차 만들 방법이 없었다.

결국 잠시나마 기분 좋게 만들던 망상의 반작용으로 수한의 기분은 급격히 다운된다. 기껏 최고의 데스 나이트를 제작한 재료가 생겼건만 정작 그 제작 방법을 모르다니……. 그런데 그런 수한의 모습에 토일은 도리어 어리둥절해한다.

—마스터, 대체 왜 그러십니까?

"으이그, 왜긴 왜겠어요? 데스 나이트 제작 레시피(?)를 모르니까 그러죠!!"

짜증이 나 열불이 터지는 사람에게 선풍기를 틀어주는 토일. 이에 자연 수한은 버럭 짜증을 내며 불편한 속내를 감추지 않는다. 그러나 이런 반응에 더욱 어리둥절해하는 토일.

—아니, 모르시다니요? 그럼 저는 어떻게 리치로 만드신 겁니까?

"그거야… 어라?"

토일의 말에 재차 짜증을 내려던 찰나, 번뜩 떠오르는 발상의 전환. 그렇다. 왜 데스 나이트 제작을 정석(?)대로 해야 한단 말인가? 어차피 자신의 권속이 되면 데스 나이트가 되는데.

"크크크크, 그렇군. 그랬었어."

마력 300의 희생이 따르긴 하지만 나인스타에 버금가는, 아니, 능가하는 데스 나이트를 거둘 수 있다면…….

흑마법사의 로망이 무엇이던가? 마법을 준비할 때 자신을 지켜줄 튼튼한 몸빵이자 호위인 데스 나이트를 거느리는 것이 아니던가? 그런데 이제 마왕씩이나 되는 자신이 고작 스켈레톤과 구울들을 거느릴 수는 없는 법. 특히 저주 마법, 그것도 뭔가 이상한 생활 저주 마법만 아는 리치인지 스켈레톤인

지도 구분 안 되는 권속보다는 뭔가 뽀대가 나는 데스 나이트
가 훨씬 자신에게 어울리지 않겠는가?

'적어도 허섭 법사보다는 확실히 밥값, 아니, 마력 값을 할
게 분명해. 거기다 지금 구상 중인 '사업장'에 든든한 문지기
가 필요했었는데, 이거 정말 잘됐군.'

속으로 토일에 대한 불만을 토로함과 동시에 데스 나이트
의 매력에 더욱 빠져드는 수한. 그리고 잠시 뒤,

계약은 순조롭게 이루어졌고, 수한은 자신의 두 번째 권속
을 거두게 되었다.

정확히 5분이었다. 정말 덜도 말고 더도 말고 딱 5분 만의
일이었다. 수한이 시드를 권속으로 받아들인 뒤 자신의 선택
에 절규하며 땅바닥을 데굴데굴 구르는 것이 말이다.

"크아아아아!! 이건 사기야!! 왜?! 어째서?! 어째서?!"

지금 이 경우를 뭐라 할까? 복권에 1등 당첨되어 가난한 살
림에 거금 들여 잔치를 벌였더니 그 당첨 번호가 지난 회의
것이었다? 뭔가 조야한(?) 표현이지만 어쨌든 현재 수한의 심
정이 그러했다. 어떻게 나인스타 중 한 명이라는 녀석이……

설명조차 구차하다. 그냥 일단 보자, 현재 시드의 상태창
을.

성명 : 시드[마왕의 권속(The Devil's retainer) : 모든 마 속성 스킬을 습득제한 없이 습득 가능. 스킬 습득 시 숙련도 +33.3%]

칭호 : 無

직업 : 데스 나이트(Death Knight) 성향 : 마(魔)(적대)

레벨 : 55(00.0%)

근력(STR) : 20

민첩(DEX) : 15

근골(CON) : 30

지력(INT) : 20

지혜(WIS) : 20

마력(MEN) : 600

운(LUCK) : 5

보너스 스탯 : 0

생명(HP) : 2,010/2,010

마나(MP) : 12,275/12,275

공격력 : 55

방어력 : 30

체력 : 無 포만감 : 無

뭐, 대충 이런 식이다. 그야말로 기대한 만큼 좌절을 안겨 주는 내용들. 어떻게 나인스타, 적어도 레벨 400대 후반이라 알려진 기사의 상태창이 이 지경이란 말인가? 기사라면 적어도 근력과 근골에 넉넉해야지, 왜 엉뚱하게 마력이 먼치킨이냐 말이다!! 더더군다나 계약의 대가로 수한이 얻은 건 고작 레벨 150대 견습 기사용 무급 제식 검술뿐.

"왜, 대체 왜?!"

하늘을 향해 절규하며 자신의 이 지긋지긋한 불운을 원망하는 수한. 그 옆에선 토일과 시드가 연신 안절부절못하며 수한의 눈치만 살살 살핀다. 하긴 토일로선 옆에서 권한 죄가 있고, 시드는 그 존재 자체만으로도 큰 죄였으니…….

하지만 아무리 생각해도 뭔가가 이상하다. 토일은 그 본체가 워낙 약해서 그렇다지만 어떻게 나인스타 중 하나인 시드가 이 지경이란 말인가?

"으아아아아아!! 이건 사기야!! 어째서 마왕씩이나 되는 내가 이런 수모(?)를 당해야 하느냐고?!"

하등 상관 없는 것까지 연관 지어 온갖 불평불만을 울부짖는 수한. 그런데 그것이 의외로 지금 문제의 실마리로 작용했다.

—아, 설마?!

"뭡니까? 혹시라도 해결책이 생각난 겁니까?"

뭔가 깨달은 듯 안광을 번뜩이는 토일의 모습에 수한이 후닥닥 달려든다. 마치 지금의 일이 일종의 버그이고, 토일이 그 해결책을 찾아냈다는 듯. 그러나 이어지는 토일의 설명은 절망적이었다.

―으음~ 마스터. 이건 아무래도…….

토일 특유의 설명을 위한 설명. 왠지 엄청 이야기가 길어질 듯하니 간략히 요약해 보자.

마왕의 권속. 마왕의 권위를 대행하는, 즉 마왕의 힘을 빌려 쓰는 존재. 쉽게 말해 최고 상관인 마왕이 빌빌거리면 그 부하 직원인 권속도 같이 빌빌거린다는 소리다. 그렇다면 얼마 전, 갓 마왕이 된 수한의 경우엔? 당연 그 권속인 토일과 시드 역시 갓 마족이 된 것마냥 약할 수밖에 없다.

"그럴 리가?! 비록 마왕이 된 지 얼마 되지 않았지만 이래 봬도 난… 아!"

토일의 설명에 잔뜩 흥분하며 자신의 강함을 역설하려던 수한. 그러다 문득 떠오른 생각에 두 눈을 부릅뜬다.

'NEW WORLD'를 시작할 당시, 보다 정확히 말하자면 본격적으로 능력치를 올릴 당시 수한이 가장 먼저 올린 스탯은? 영약 오남용으로 인해 근골만 왕창 올려, 몸빵 캐릭의 선두 주자로 등극했었다.

근골을 올릴 만큼 올린 뒤 재차 집중적으로 올린 스탯은? 마공의 연성을 위해 내공에만 중창 보너스 스탯을 투자했었다.

초반의 영약 오남용 시절의 자신과 마법사 주제에 근골만 비정상적으로 높은 토일.

마공 연성을 위해 내공만 키우던 자신과 기사이면서 마나 탱크 신세인 시드.

왜 그들 사이의 관계가 이렇게까지 매치가 되는 거지?

순간, 수한은 깨달았다. 마왕의 권속은 마왕의 힘에 의존할 뿐만이 아니라 그 마왕의 특징에도 영향을 받음을. 때문에 수한은 결국 시인할 수밖에 없다.

"그래, 내가 죄인이다."

수한은 고민했다. 마법사 주제에 근골만 좋은 열혈 몸빵 토일. 그리고 나인스타 중 한 명으로 꼽히며 기사 중의 기사라 불리던 마나 탱크 시드. 과연 이들을 어떻게 써먹어야 될지를……. 하긴 마력을 일부 희생하면서까지 거둔 애들(?)을 가만히 놀려둘 순 없지 않은가? 때문에 뭔가 수를 내서라도 쓸만하게 만들어야만 했다.

그리고 그렇게 장고를 한 끝에 수한은 마침내 주인공답게 새로운 돌파구를 찾아냈다.

"으휴~ 어차피 팔 수도 없는 물건이니… 차라리…….."

행랑창 구석, 지금까지 잠시 잊혀진 물건을 꺼내는 수한. 그의 손엔 두 개의 비급이 들려 있었다. 바로 혼원천마경(混

元天魔經)의 심법편과 금마철갑피(金魔鐵甲皮).

혼원천마경의 심법편. 일부 손상된 탓에 오직 내공을 늘리는 심법만이 담겨진 비급.

금마철갑피. 내공이 아닌 오직 근골 스탯과 방어력만을 늘려주는 심법서.

그 어떤 무공 비급이라도 다 받아준다는 묵천마신교에서조차 경원시하는 두 개의 비급이다. 그 이유는 두개의 비급서를 익힐 경우, 타 무공을 전혀 익힐 수 없기 때문. 그러나 눈앞의 두 명이라면, 모든 마 속성 스킬을 습득 제한 없이 습득 가능한 이들이라면 아무런 문제가 없을 터. 정작 고민은 누구에게 무엇을 주느냐이다.

일반적인 경우라면 마법사에게 내공 심법서가, 기사에게 근골 심법서가 가는 게 정상. 하지만 지금은 그런 일반적인 경우가 아니질 않는가?

"하아~ 이거 미치겠네."

수한은 고민하고 또 고민했다. 그리고 마침내 결단을 내렸다.

"역시 적성을 살려야 해!!"

이 순간, 어처구니없게도 그 특유의 개똥철학을 발휘하는 수한. 고정관념 타파라는 미명 하에 토일에겐 근골 심법서인 금마철갑피를, 시드에겐 내공 심법서인 혼원천마경을 건네준다. 단지 그 초기 능력치 배분만을 생각하고.

마법사가 근골을 늘려서 뭘 할 생각인지, 그리고 기사가 마나빨이면 무슨 소용인지 하등 고려하지 않는 수한의 선택. 하지만……

그의 지금 이 행동은 그가 지금까지 한 것 중 가장 탁월한 선택이었다.

*   *   *

"이거, 이거… 한 번도 아니고 두 번씩이나……"

모니터를 응시하는 수영의 두 눈은 차디찼다. 한 번이라면 우연이라 생각할 수 있다. 하지만 이로써 두 번째다. 그렇다면 결코 단순한 우연이 아니란 의미.

"흑마법사에 이어 기사라……. 이거 정말 노골적으로 수한 측 전력을 증강시키는데?"

"하지만… 이번에 얻은 나인스타는 그 능력치가 고작 레벨 50랩니다. 그래서야 무슨 쓸모가……"

"큭, 과연 그럴까?"

"예?"

최강준의 의문에 뭔가 의미심장한 미소를 짓는 수영. 궁금

중에 못 이겨 애원하는 듯한 최강준의 시선을 외면한 채 재차 모니터로 고개를 돌린다. 하지만 그 태연한 신색과는 달리 정작 그녀의 머릿속은 복잡하기 이를 데 없었으니…….

'누굴까? 누가 수한을 이렇게 지원하는 거지?'

아무리 기억을 더듬어도 그럴 만한 후보는 전무. 그나마 가능성이 있다면 수한을 그곳으로 인도한 길범이 있긴 하지만…….

'정작 동기가 없단 말이야.'

자신의 일 이외에는 전혀 관심이 없는 전형적인 오타쿠인 길범. 그가 과연 수한을 이런 귀찮은 방식으로 도움을 줄까? 수영이 생각하기엔 그것은 거의 불가능한 일. 그렇다면 대체 누가?

"후우~ 좋아, 이번에도 그냥 넘어가 주지. 정.말. 우연일 수도 있으니까."

어차피 손해 본 것은 없다. 도리어 도움을 받았다면 모를까. 하지만 담배 연기에 둘러싸인 수영의 두 눈은 여전히 차디찼다.

Chapter 5

사업을 시작하다

청 제국에서 갖은 고생을 하며 팔라스 연합으로 넘어온 수한. 그가 팔라스 연합의 땅을 밟으며 가장 먼저 결심한 것은 바로 평범하면서도 정상적인 게임 생활을 한다는 것이다(물론 그보다 우선시 된 것은 돈을 버는 일이었지만). 하지만 세상은 그런 그의 소박한 희망을 무참히 짓밟아 버렸으니, 결국 지금에 이르러선······.

정상적인 게임? 이미 버릴 대로 버린(?) 몸. 여기서 더 주저해 봤자 무슨 소용이랴? 차라리 끝까지 가보는 거다. 그래, 이번 기회에 진짜 악마가 되어보는 것도 좋은(?) 경험이겠지. 어차피 난 마족이니까.

라고 생각을 완전히 바꾼 수한. 하지만 세상일이 생각처럼 쉬울 수만은 없는 노릇이다. 그렇게 결심을 했다고 해서 예전 청 제국 시절 때처럼 난장판을 벌였다간 또 무슨 일을 당할지 알 수 없는 일. 그가 아무리 강하다고 해도 다굴엔 장사가 없는 법이다. 특히 리튼 왕국에서 호된 경험을 상기한다면 더더욱 위험을 자처할 수는 없는 법. 때문에 보다 안전 지향적이면서도 원활한 사업(?)을 위해선 특별한 그 무언가가 필요했다.

"…바로 이것처럼 말이지. 크크크크크."

입가의 미소를 도무지 주체 못하는 수한의 등 뒤로 그 장엄한 모습을 드러내는 거대한 탑. 마치 마법사들의 마탑을 연상시키는 그것은 그 높이가 무려 13층. 팔라스 연합 내 현존하는 가장 높은 건물이었고, 동시에 드워프 연합이 만든 건축물 중 가장 최고의 역작이었으니……. 지금 이 순간부터 그 탑의 주인은 바로 수한이다.

"크크크크, 수고하셨습니다."

"에휴~ 그 어울리지도 않는 웃음소린 그만 두고… 옛다, 여기 열쇠."

연신 켈켈거리는 수한의 모습에 로드 타어거는 탑의 열쇠를 건네주며 고개를 흔들었다. 하지만 그런다고 간만의 득템―이걸 과연 득템이라 할 수 있을까―에 정신을 혼미한 수한이 제정신을 차릴 리 만무. 빛의 속도로 열쇠를 취하되 여전히 두 눈은 풀린 상태다. 결국 보다 못한 로드 타이거가 자신의 애병으로 전심전력을 다해 수한의 머리통을 후려갈긴다.

빠각!

"케에엑~"

―아니, 로드!?

머리통만 한 혹이 생성되는 것과 동시에 지면에 풀썩 나뒹구는 수한. 그 광경에 놀란 시드는 다급히 검을 뽑아 로드 타이거에게 겨루었다. 천생 기사인 그로선 자신의 군주를 암살(?)한 상대를 도저히 용납할 수 없었을 터. 하지만 옆에 있는 토일은 그저 고개를 휘휘 저으며 그런 시드를 진정시킨다.

―걱정 말게. 마스터를 믿어.

―예? 그게 무슨?

방금 전의 일격은 생전의 자신조차 바로 회색으로 물들 것 같은 위력을 지녔었다. 그런데 체력 약한 마법사인 로드가 어떻게……. 하지만 그런 시드의 걱정을 비웃기라도 하듯 자리에서 벌떡 일어나는 수한.

"아야~ 아프잖아요! 말로 하면 될걸 꼭……!"

"쯧, 그 정도는 돼야 네놈이 제정신이 들 게 아니냐?"

"뭐, 하긴……."

크리티컬이 뜨면 단숨에 1, 2만이 날아갈 것 같은 일격. 하지만 그에 대한 반응은 그저 '아프잖아요!' 가 다다. 거기다 그 망치질의 주인은 여전히 뻔뻔하기 그지없고, 피해자 역시 그에 수긍하고 있었으니 옆에서 그 광경을 보는 시드로선 기가 찰 노릇. 토일은 그런 그가 안쓰러운지 '이제 앞으로 적응해야 할 거야' 라는 말로 위로(?)한다. 그리고 그렇게 소요가 잦아들자 그제야 본론으로 들어가는 로드 타이거.

"그나저나 탑 이름은 뭘로 할 생각이냐?"

"에? 그리고 보니⋯⋯."

이렇게 멋진 탑에 이름이 없다면 장인인 드워프의 입장에선 정말 용납할 수 없는 일일 터. 자연 로드 타이거 역시 탑의 이름에 민감한 반응을 보인다. 그러자 잠시 고심에 고심을 거듭하던 수한은 문득 뭔가를 떠올리는데⋯⋯.

"아~ 그게 좋겠어요. 바로 그거! 그거 말고도 도저히 이 탑에 적합한 이름이 없을 거예요."

"호오~ 대체 뭔데 그러냐?"

너무나 자신만만한 수한의 모습에 귀가 솔깃해지는 좌중의 모든 사람들. 이에 그의 패턴을 잘 아는 몇몇 사람들의 기대(?)를 전혀 배신하지 않는 수한.

"돈탑!"

"⋯⋯."

수한의 그 한마디에 장내는 오직 침묵만이 존재한다. 대체 어떤 식으로 살아오면 그런 극악적인 작명 센스를 지니게 되는지 두려울 지경. 자연 그 작명 센스에 대한 반작용은 격렬할 수밖에 없다.

"죽을래? 그게 언젯적 만환데 지금 튀어나와? 너, 디즈니사에서 돈이라도 받아먹었냐?"

탑 안에서 헤엄칠 만큼 돈을 쌓아두겠다는 그 나름대로의 의지 표출이겠지만 건설주의 입장에선 도저히 용납할 수 없다. 세상에 아무리 그래도 돈탑이라니?! 결국 주위의 무유언적 압박에 굴복, 다시 고민에 빠지는 수한. 그러나 그의 머리론 도무지 '돈탑' 이상의 이름이 떠오르질 않는다. 결국 그렇게 다섯 시간에 걸친 장고와 몇 번의 말다툼 끝에 결정되어진 탑의 이름은…….

"어둠의 탑!!"

"에휴~ 어쩔 수 없군. 그나마 가장 무난한 이름이니 넘어가자. 그래, 그걸로 해라."

허접하다 못해 대충 지은 느낌이 여실히 느껴지지만 어쩌겠는가? 저 작은 머리통 속엔 저것이 한계인데……. 그래도 적어도 돈탑보다는 낫지 않은가? 로드 타이거는 그렇게 수한에 대해 모든 것을 포기하고 이제 슬슬 발걸음을 돌리려고 했다. 그런데,

"그나저나 고작 한 달 만에 이런 건물을 짓다니… 혹시 날 림공사라거나 뭐 그런 거 아니죠?"

세상엔 할 말 안 할 말이 있는 법이다.

"후우~ 감히 드워프에게 그런 말을 하다니……."

뭔가 분위기가 심상치 않다. 둔하기 이를 데 없는 수한조차 오싹한 한기를 느낄 그 무언가가 서서히 로드 타이거를 중심 으로 일어선다.

"장착! 페이즈 시프트 아머(Phase Shift Armor)!! 빔배틀액 스(Beam Battle Axe)!! 플라즈마 캐논(Plasma Cannon)! 빔 라 이플(Beam Rifle)!"

철컥철컥!

뭔가 불길한 오라를 내뿜으며 천천히 무장을 하는 로드 타 이거. 겉모습은 분명 짜리몽땅한 드워프이건만 왠지 너무나 거대해 보인다. 그리고 그렇게 점차 장내를 뒤덮는 '오타쿠 의 혼'에 수한과 토일, 시드 등은 구석에서 오돌오돌 떨기 시 작했다.

약간의 불미스런 사건으로 인해 어둠의 탑은 그로부터 사 흘 뒤, 정식으로 문이 열 수 있었다.

*　　　　*　　　　*

"크크크, 그럼 이제 슬슬 손님을 받아볼까?"

대륙 곳곳에 수천 군데에 체인점(?)을 거느린 던전 회사의 회장을 꿈꾸는 수한. 그런 그의 본점 개시 선언은 그렇게 음충맞은 괴소와 함께 시작되었다. 그리고 그렇게 한 달이 흘렀다.

철썩!

쿠쿵!

거대한 파리채가 빛살 같은 속도로 건물 벽을 두들긴다. 그러자 파리채의 그 약한 재질에도 불구하고 굉음과 함께 잠시 흔들리는 벽. 대체 파리채의 주인이 누구이기에 이런 만화 같은 일이 벌어지는 궁금할 지경이다.

그러나 그런 거창한 파리채 스윙에도 불구하고 정작 파리채에 걸리는 것은 아무것도 없으니……. 파리도 없는데 파리채를 들고 설치는 수한. 즉, 먼지만 날리고 있음을 직, 간접적으로 드러내며 자신의 불편한 간접적으로 표현하는 퍼포먼스다.

"젠장, 왜 이렇게 손님(?)이 없는 거야?!"

탑에서 기거하며 이곳을 찾아올 겁대가리없는 모험가 파티를 기다린 지 벌써 한 달 하고도 일주일. 그러나 탑 내부는 커녕 탑 근처에 접근하는 사람들조차 없다.

아니, 대체 어째서? 왜? 평범한 잡목림 중앙에 이렇게 높다란 탑이 떡하니 서 있는데 오는 사람 하나 없는 거지? 호기심에라도 한번 들러주는 게 예의가 아닌가?

그렇다면 이 탑 위치가 사람들의 왕래가 거의 없는 아주 외진 곳에 위치했느냐? 그럴 리가 없다. 창업 시 가장 중요한 것이 위치 선정인 만큼 수한이 탑 위치에 나름대로 신경을 썼으니… 그 결과, 현재 탑의 위치는 회색산맥 내 주요 상단의 이동 경로와 고작 십여 킬로미터밖에 떨어지지 않았다. 즉, 상인들의 입소문을 통해 탑의 존재가 충분히 알려졌을 터. 그런데 왜?!

"큭, 역시 단순한 입소문으론 한계가 있다는 건가? 역시 어느 정도 광고를……."

―저, 로드.

"응? 왜?"

초조한 나머지 방 안을 왔다 갔다 하며 주위를 불안하게 만드는 수한. 그런 그에게 마지못해 시드가 입을 연다.

―탑 주위에 배회하는 몬스터의 수가 너무 많은 것이 아닌지……. 솔직히 어제도 탑 근처까지 접근하던 모험가 일행이 전멸…….

"어허~ 그런 잔챙이는 취급하지 않는다니까. 이 탑의 규모를 보면 몰라? 우린 어디까지 고급화 전략으로……."

시드의 말에 자신의 마케팅 계획을 역설하며, 얼마 전까지의 쪼잔함에서 크게 탈피한 모습을 보이는 수한. 한마디로 최소 레벨 200대 이상의 고객만 받겠다는 그의 굳은 의지가 엿보인다. 심지어 잡상인과 어중이떠중이를 막기 위해 탑 주위에 일부러 다수의 몹들을 방목(?)시킨 그다. 덕분에 멋모르는 떠돌이 초급 모험가들은 탑 근처에도 못 오고 횡액을 당한 게 벌써 십여 건이 넘었으니…….

그러나 정작 수한이 원한 건 그런 자잘한 놈들이 아닌, 돈이 되는 확실한 거물들뿐.

"에휴~ 이대론 안 되겠어. 역시 창업의 성패는 그 입지 조건도 중요하지만 홍보 활동에 달려 있는데……."

잠시 머릴 쥐어뜯으며 고민하는 수한. 그러다 문득 떠오른 아이디어에 회색이 만연하며 시드에게 묻는다.

"이봐, 여기서 가장 가까운 큰 도시가 어디 있지?"

*   *   *

"으아아아악!"

잭은 비명을 지르며 자리에서 일어났다. 식은땀이 범벅인 채 옵션으로 숨까지 거칠게 헐떡이는 그의 모습은 척 보기에도 뭔가 끔찍한 악몽을 꾼 듯한 모양새.

"젠장, 이젠 잊을 때도 됐는데……."

잭은 거친 욕설과 함께 침대 옆에 있는 냉수를 들이켰다. 하지만 여전히 떨리는 그의 두 손은 도통 진정이 되질 않는다. 그 '악마'의 손에서 벗어난 지 벌써 몇 달이나 되었건만, 아니, 얼마 전부턴 더 이상 이런 악몽도 더 이상 꾸지 않았었는데…….

"빌어먹을, 틀림없이 그 정신 나간 황녀 때문일 거야."

마음속 깊숙한 곳에서 속삭이는 불길한 예감을 애써 외면하며 잭은 애꿎은 그 누군가를 탓했다. 아니, 어쩌면 그의 말대로 그 황녀라 지칭된 존재가 이 불길한 악몽의 원인일 수도 있다. 그가 보기엔 그 황녀 탓에 온갖 번거로운 일에 시달리게 되었으니까.

"큭, 죽고 싶어서 환장을 했나? 고작 그 정도 병력을 가지고 적성국이나 마찬가지인 이곳으로 오다니……. 아니, 신성 나티아 제국도 횡단한 여자니까 별문제없으려나? 큭큭큭, 역시 미친 여자가 분명해."

뭔가 알 수 없는 말로 독자들을 한껏 궁금하게 만드는 잭. 그러나 정작 잭은 그런 의문을 풀어줄 생각이 없는지 이내 자기 할 일에 몰두했다. 뭐, 그래 봤자 특별한 것은 없지만…….

"이봐, 아무도 없나?"

스윽!

"부르셨습니까?"

잭의 부름에 자신이 닌자라도 된다는 양 땅바닥에서 불쑥 치솟는 검은 복면의 인영. 만약 상대가 간담이 약한 사람이라면 그 즉시 심장마비 내지 그와 유사한 일을 겪게 만들 놈이다. 하지만 그런 행동이 하루 이틀의 일이 아니기에 별다른 반응을 보이지 않는 잭. 도리어 그런 완벽한 은신술이 믿음직스럽다고나 할까?

"저번에 말한 것은 어떻게 됐지?"

"예, 길드장님께 반하는 녀석들의 명단은 이미 준비되었습니다. 여기……."

복면인이 내미는 종이 쪽지를 거칠게 낚아챈 잭. 그 내용을 훑어본 뒤 이내 입가에 잔인한 미소를 머금기 시작했다.

"크큭~ 전 길드장이 죽은 지 한 달이 넘었건만 아직도 이런 놈들이 있다니… 역시 피가 모자란 모양이야."

시뻘건 피바다를 예고하는 살기등등한 잭의 음성. 지난 수십 년간 뒷골목 생활을 해온 복면인조차 간담이 서늘할 정도다. 하긴 그의 눈앞에 있는 존재가 누구던가?

대륙 '삼대재앙'에 버금간다던 블랙 울프단의 두목이자 최악의 연쇄 살인 수배범으로 악명 높은 블러드 울프 잭. 그런 거물 중의 거물이 왜 이런 중소 도시의 도둑 길드를 접수했는지는 알 수 없지만 그 피에 젖은 악명을 생각할 때 일개 도시의 도둑 길드원들은 한낱 개미만도 못한 존재였다.

'불쌍한 놈들…….'

전 길드장에 대한 의리로 반란을 꿈꾸는 고지식한 길드원들. 그런 그들을 생각하며 복면인은 속으로 고개를 흔들었다. 하지만 사적인 감정으로 일을 처리할 순 없는 노릇. 길드의 미래를 생각한다면 잭을 길드장으로 인정하는 게 최선이었다. 그리고 그 탓에 자신이 잭에게 충성하는 것이고.

"…없지. 그래, 거사 일은 언제지?"

"그들의 움직임을 볼 때 사흘 뒤로 예상되어집니다."

잠시 딴생각을 하는 사이 잭이 뭐라 한 모양이다. 하지만 그 내용은 뻔할 터. 복면인의 입에선 담담히 길드원들의 반란 계획에서 가장 중요한 정보가 흘러나왔다.

"크크, 좋아. 사흘 뒤가 기대되는군."

앞으로 벌어질 살육에 희희낙락하는 잭. 그의 그런 모습에 복면인의 생각도 잠시 흔들렸다. 그러나 이미 돌이킬 수 없는 일. 일단 선택을 한 이상 끝까지 밀고 나가야 한다.

"아, 그리고… 그 황녀 일행은 아직 여전한가?"

잠시 속으로 손맛을 즐기던 잭. 별안간 떠오른 생각에 그 기세가 주춤했고, 잭의 질문을 들은 복면인 역시 불편한 심기를 감추지 못한다.

"예, 늦어도 일주일 후면 이곳에 도착할 겁니다."

천하의 잭조차 말꼬리를 흐리고 냉정하기 이를 데 없는 복면인 역시 안색을 찌푸리게 만든 존재, 바로 제국의 황녀.

"빌어먹을, 반란만 제압하고 나서 그년이 사라질 때까지 잠수를 타야 하나?"

제국의 황녀씩이나 되는 존재가 이 도시를 지나간다. 자연 힘없는 공국의 입장에서 비록 제국과 적대적 관계라 할지라도 그녀의 안전에 만사를 제쳐 두고 신경을 쓸 터. 자연 도시 내 불건전적인 요소, 예를 들어 잭이 장악한 도둑 길드를 사전에 집중 소탕할 것이 분명했다.

물론 잭이 지닌 악명과 힘을 고려할 때, 일개 도시의 치안 경비대와 기사 취급도 받지 않는 공국들의 기사단 따윈 무시하면 그만. 하지만 지금의 잭은 과거 블랙 울프단을 거느리던 그가 아닌, 홀홀 단신. 그리고 그 '악마'와 만난 이후 최대한 보신주의로 돌아선 그로선 섣부른 모험을 최대한 자제하고 싶었다.

"쯧~ 일단 사흘 뒤 한 판 벌린 뒤 최대한……."

콰콰콰쾅!

"크아아악! 끼아악!"

속이 쓰리긴 하지만 결국 선택을 내린 잭. 그가 막 복면인에게 잠수에 관한 지시를 내리려는 찰나 별안간 외곽에서 연달아 폭음과 비명성이 들려온다.

"헐~ 결국 사흘을 못 참고 지금 일을 벌이려는 건가?"

갑작스런 소란에도 불구하고 오히려 입가에 미소를 머금는 잭. 쇼 타임을 흥얼거리며 손마디를 풀기 시작했다. 그런데 뭔가가 좀 이상하다?

"아아악! 끼아아아!"

"나를 지지하는 길드원이 이렇게 많았던가? 왜 이리 싸움이 길어?"

반란도가 문을 박차고 뛰어들어 오길 벌써 십 분이나 기다렸건만 도통 끝을 모르는 비명성. 현재 도둑 길드 내에 잭을 지지하는 성원이 고작 십여 명 남짓이고, 반란에 가담하거나 방관하는 이가 압도적으로 많은 것을 비추어보건대 도무지 이해를 할 수 없는 일. 잭을 지지하는 도둑들이 일당백이라면 모를까, 이건 뭔가 잘못된 게 분명하다.

"큭, 이거 아무래도 손님이 온 모양이군."

잭은 그제야 반란으로 인한 내부 항쟁이 아닌, 길드에 외부의 적이 온 것임을 깨달았다. 어쩐지 단순한 비명이 아닌, 폭음도 들린다 했더니, 가만, 외부의 적?

"젠장, 설마 길드 소탕을 위해 기사단이라도 들이친 거 아니야?"

별안간 떠오른 생각에 왈칵 미간을 찌푸린 뒤 다급히 자신

의 애병을 집어 드는 잭. 소음의 강도나 거리를 볼 때 피하기
엔 너무 늦었다. 차라리 정면으로 치고 포위망을 뚫는
게…….

콰콰콰쾅!

잭이 막 방에서 뛰쳐나가려는 순간, 건물 전체를 뒤흔드는
폭음과 함께 문을 산산조각 내며 천천히 안으로 들어서는 인
영. 이런 마법사?! 잭은 이를 악물며, 황급히 그 인영에게 달
려들려고 했다. 하지만 그 인영의 모습을 보는 순간, 피식 꺼
져버리는 잭의 기세.

'설마……?'

몇 달 전 자신을 농락하던, 아니, 지옥 체험 풀코스를 경험
하게 만든 악마, 아니, 드래곤. 왜 어째서 저자가 이 자리에
있단 말인가?

덜덜덜덜.

방금 전까지 혼자서 천 명을 상대할 수 있을 듯 의기충천했
던 잭. 하지만 지금은 게다리춤의 극의를 선보이듯 쉴 새 없
이 떨리는 두 다리를 자랑하는 겁쟁이일 따름이다. 심지어 얼
마나 진동이 심한지 그 다리의 잔상이 보일 지경. 거기다 별
안간 핑하고 사방이 소용돌이치는 것이 이는 필시 중년 남성
의 전형적인 증세인 극도의 스트레스로 인한 현기증?

'역시 방금 전 그 꿈은 예지몽이었어.'

그것이 수한을 보자마자 졸도한 잭의 마지막 생각이었다.

"이놈, 뭐야? 왜 갑자기 기절해? 어라? 이 녀석, 어디서 많이 본 녀석인데?"

난데없이 쓰러진 도둑 길드장의 모습에 황당함을 금치 못하는 수한. 도둑 길드장에 대한 나름대로의 환상(?)을 품었던 그의 입장에선 그야말로 허탈 그 자체다. 하긴 이곳까지 찾아온다고 얼마나 고생을 했던가?

모종의 일을 처리하기 위해 도둑 길드를 찾던 수한. 그는 일단 도시에 들어선 뒤 판타지 소설의 정석대로 소매치기를 당하려고 했다.

왜 소매치기를 당해야 하는지는 묻지 말자. 어디까지 소매치기를 족쳐 도둑 길드를 찾아낸다는 수한 나름대로의 머리굴림이니까.

어쨌든 다시 이야기로 돌아와, 소매치기를 당하기 위해 방만한 자세로 거리를 어기적거리기 시작하는 수한.

물론 소매치기를 당할 리 없다. 음침한 검은 로브를 푹 뒤집어쓴 다크 오라의 화신인 그에게 어느 미친 소매치기가 접근하겠는가? 소매치기는커녕 일반인들조차 접근하지 않는다. 결국 도둑 길드를 찾기 위한 전략은 저녁 무렵이 되어서야 재차 수정, 이번엔 도시 내 술집을 공략하는 수한.

도둑 길드는 술집이라는 공식이라도 있나 보다. 하지만 수한이 운빨 캐릭으로 거듭나는 건지, 아니면 글 전개상 어쩔 수 없는 건지 운이 좋게도 술집 중 하나가 정말 도둑 길드였다. 뭐, 그 와중에 벌어진 일들, 예를 들어 십여 곳의 술집이 초토화되었고, 그 과정에서 도시 경비대가 수한의 압도적인 폭력에 굴복, 그날 하루만은 도시 치안이 100% 공백 상태가 되었다는 사실은 무시하자. 어쨌든 목적을 달성했지 않은가?

"헤헤헤, 무슨 일로 친히 이곳까지 왕림하셨습니까?"

조금 전까지 강도업계의 일대 거두답게 무게를 잡던 잭. 그러나 지금은 마치 파리마냥 양손을 비비며 수한에게 아부다. 하긴 수한을 드래곤으로 아는 그로선 그게 최선일 듯. 그리고 그 광경에 복면인은 잭에게서 완전히 마음이 떠나 그 즉시 반란 세력에 몸담을 것을 굳게 결심한다.

"뭐, 여러 가지 일이 있긴 하지만 일단 소문을 하나 내줬으면 해."

"예? 소문요?"

'고작 소문 내는 데 왜 이곳까지 와서 이 X랄이야' 라는 말이 잭의 목구멍까지 치솟았다. 그러나 상대가 상대인 만큼 억지로 눌러 참는다. 그리고 그런 잭의 속내를 모른 채 본격적으로 이야기를 시작하는 수한. 그의 입에선 정말 황당하기 그지없는 계획이 흘러나왔다.

"내가 이번에 어둠의 탑이라고… 던전을 하나 개업(?)했거든. 위치는 여기 종이에 그려두었으니까 그 탑 꼭대기 층에 보물이 무진장 많다는 식으로 홍보(?)를 좀 해줘."

"…예?"

워낙 터무니없는 내용인지라 귀로 들은 정보가 미처 뇌에 제대로 전달되지 않은 모양이다. 수한의 말에 감히 반문을 하는 잭. 당연히 그에 대한 응징―수진이 고개를 흔들고, 수영이 외면할 정도의―이 내려졌고, 잭은 잠시 뒤 미친 듯이 고개를 끄덕였다.

"흐흐흑, 알겠습니다. 걱정하지 마십시오. 정말입니다. 반드시 해내겠습니다."

"쯧~ 진작 그럴 것이지. 꼭 맞아야 정신을 차려."

잭으로선 억울한 노릇이지만 어쩌겠는가? 그저 약한 놈이 억울할 따름. 어쨌든 이로써 볼일을 마친 수한. 한껏 거드름을 피운 뒤 자리에서 일어나 밖으로 나가려고 했다. 그러다 우연히, 결코 글의 진행을 위한 필연이 아닌 우연으로 잭의 책상에 수북이 쌓인 정보 목록 중 하나를 읽고 말았으니…

"어라? 이게 뭐야?"

"예? 아, 예. 그것은 자이드 제국의 정신 나간 황녀에 관한 정보입니다."

"자이드 제국? 저 대륙 끝에 있는 나라의 공주가 뭐?"

현재 수한이 위치해 있는 가일 공국은 대륙의 최북단인 '어둠의 숲'에 인접한 나라, 그리고 자이드 제국은 그 영토 대부분이 대륙 남단에 위치했다. 즉 서로 간의 거리가 대륙의 끝과 끝이라는 의미. 그런데 그 멀리 있는 곳의 황녀에 관한 정보가 왜 이 자리에 있단 말인가?

이거 혹시 여기가 단순한 도둑 길드가 아니라 무슨 비밀결 사인 거 아니야? 현실에 전혀 부합되지 않는 망상에 수한의 심장은 점차 두근거리기 시작했다.

…물론 그런 증세는 이내 자취를 감추었다.

"아, 그것이……."

왠지 신세 한탄 비슷한 어조로 시작된 잭의 넋두리. 그 내 용을 간결하게 줄이면 자이드 제국의 이 철없는 황녀가 단순 한 심심풀이로 각국을 유람한다는 것과 현재 그녀의 행로가 이곳을 향하고 있어 도둑 길드로서 애로사항이 많다는 것. 그 런데 그렇게 잭의 설명 아닌 설명이 끝나는 순간,

"크크크크크! 크카카카카카카!"

허파에 바람이라도 들어간 듯 도저히 주체를 못할 광소를 터뜨리는 수한.

"그래, 황녀란 말이지? 크크크크크, 이렇게 절묘한 타이밍 에 이런 좋은 건수가……."

일순 수한의 등 뒤에서 활짝 펼쳐지는 악마의 검은 날개와

어둠의 아우라. 이번엔 또 무슨 짓을 저지를지 감히 상상조차
안 된다.

　얼마 전, 자신감을 되찾은 이후 간덩이가 부을 대로 부은
수한. 그는 지금 이 순간, 해선 안 되는 정말 무서운 계획을
구상하고 말았다.

　　　　　　*　　　　　*　　　　　*

　기사 중에서도 최고의 기사라는 로얄 나이트, 그리고 자이
드 제국의 제1황위 계승자 후보이자 제1황녀인—그것도 엄청
난 미인인—밀리네 황녀의 호위기사. 하지만 그런 영광스러운
지위에 있는 반은 현재 한숨만 푹푹 내쉬는 비관론자일 뿐이
었다.

　'스스로의 신분은 신경 쓰지도 않고, 마족까지 횡행하는
요즘같이 불안한 시기에 이런 무모한 짓을……'

　지나친 부국강병정책과 노골적인 대륙통일 전략으로 동맹
을 맺은 말론 왕국을 제외한 대륙의 모든 왕국들과 적대적 관
계인 자이드 제국. 그런데 그런 자이드 제국의 다음 대 여황
이 될 사람이 철없이 적성국들을 차례차례 유람이나 하고 있
었으니……. 이번 외유를 틈타 황녀의 안위를 노릴 적대 세력
들은 둘째 치고, 외유 자체로 인한 여파가 더 큰 걱정이었다.

아니, 그런 것을 전부 무시한다고 해도 최근 리든 왕국에서 대규모 혈겁을 일으킨 마족을 생각하면 자다가도 벌떡 진저리가 쳐질 지경인 반이었다.

"휴우~ 일 년 전에는 이렇지 않았었는데… 이게 다 재상이 준 팔찌 때문이야."

과거 그 어떤 여자보다 아름답고 현숙했던 황녀. 그러나 어느 순간부터 그 미모는 비록 그대로이되, 안하무인하면서 독선적인, 그리고 이기적인 마녀가 되었다.

'역시 힘을 가지면 사람은 이런 식으로 변하는 건가?'

뒤쪽에서 따라오는 황녀의 마차를 힐끔거리며 왠지 모를 철학적인 질문에 혼자만의 세상에 빠져드는 반. 그런데 바로 그때, 황녀가 탄 마차가 번쩍하고 빛을 내뿜는다.

"이런, 또……."

다그닥다그닥!

잠시 행렬을 멈추게 한 뒤 황급히 말을 몰아 마차로 다가간 반. 그는 예의를 갖추는 것도 잊은 채 마차 문을 벌컥 열어젖혔다. 순간, 마차 안에서 불어오는 싸늘한 냉기. 지금 여름 날씨에선, 그것도 갑갑한 마차 안에선 도저히 있을 수 없는 현상이다.

"팔찌의 힘을 쓰신 겁니까?"

"아, 반. 어서 와요. 어때요? 시원하죠? 마차 안이 너무 더

워서 어쩔 수 없었어요."

반의 물음에 마치 아무 일도 없다는 양 천연덕스럽게 말하는 황녀 밀리네. 그녀는 단지 덥다는 이유 하나만으로 한 달에 한 번만 쓸 수 있는 절대 권능을 낭비한 것이다. 이에 속으로 한숨을 내쉬는 호위기사 반.

"황녀님, 제발 그 힘을 함부로 쓰지 마십시오. 그 힘은 어디까지……"

"그만! 잔소리하지 말아요! 이건 어디까지 '선택' 된 내게 부여된 힘! 그러니 어떻게 쓰든 내 마음이에요!! 호위기사면 호위기사답게 호위에나 신경 써요!!"

탁!

"…알겠습니다, 황녀."

반의 말이 채 끝나기도 전에 자기 할 말만 하고 마차 문을 닫는 황녀. 반은 잠시 멍하니 마차 밖에 선 채 닫힌 문만을 바라봤다. 얼마 전까지 자신을 친오빠 같이 따르던 밀리네 황녀. 그러나 지금은… 반은 이제 인정할 수밖에 없었다, 지금의 황녀는 과거 그 천진무구한 밀리네가 아님을.

"휴우~ 출발!!"

언제까지 대로에 서 있을 수 없기에 반은 이내 행렬을 출발시켰다. 그리고 이내 비관론자(?)답게 앞으로의 여정에 대해 더욱 걱정하기 시작했다.

"큭, 앞으로 한 달간 버티는 게 관건이군. 아니, 한 달 뒤라도 안심할 수 없는 건가?"

현재 황녀의 일행은 로얄 나이트 서른 명에 백오십 명의 베테랑 기사, 그리고 삼백 명에 달하는 시종과 시녀들이 전부였다. 물론 얼핏 들으면 제국의 황녀의 외유에 걸맞는 호위 병력과 인원들이다. 하지만 온통 적들만이 존재하는 현 상황을 고려할 때 그 숫자에 제각기 0이 하나 더 붙어도 부족하다는 게 반의 생각. 그러나 그런 전력을 지닌 채 이동했다간 타국의 영토를 통과조차 못했을 터. 결국 지금의 인원이 타국을 자극하지 않는 최대 인원인 것이다.

때문에 반은 황녀가 지닌 팔찌의 힘에 은연중 의지하고 있었다. 그 절대 권능의 힘이라면 어떤 위기가 닥치더라도 황녀 한 명 정도는 무사히 제국에 귀환할 수 있기에. 그러나 황녀는 그 힘을 너무 남용하고 있었다. 심지어 방금 전에는 조금 덥다는 이유만으로 그 절대적인 힘을 부채 대용으로 쓰기까지 했다. 결국 팔찌의 힘을 쓸 수 없는, 이번 한 달간은 이 일행의 초라한(?) 호위 병력만으로 견뎌야 한다는 의미.

"휴우~ 아무 일도 없으면 좋겠는데……."

앞으로의 일정을 정리하며 행렬의 선두에 선 채, 반은 그렇게 한숨만 푹푹 내쉬었다. 그런데 그런 그의 걱정이 정말 현실화된 것일까? 어느 순간, 그의 눈에 대로의 중앙에 떡 버티고 선 검은 로브 차림의 인영이 들어왔다.

'이런, 생각하자마자 바로 일이 터지는군.'

스릉!

무려 제국의 황녀의 행차다. 그런 대규모 행렬이 지나가는
데, 바로 그 앞에서 버티고 서 있다는 건 결코 좋은 의도가 아
니란 뜻. 설령 딴 뜻이 있다고 해도, 황녀의 안위가 걸린 문제
다. 아무리 경계해도 도리어 뭔가가 부족하게 느껴질 상황.
때문에 반은 다짜고짜 검부터 뽑아 들었다.

…하지만 상대는 그런 반 이상으로 성질이 급한 모양이다.

우우우웅!

콰콰콰콰쾅!

"아아악! 크악!"

그 거창한 등장과 달리 왠지 맥이 풀리게, 양손으로 허공을
허우적(?)거리는 검은 로브. 그러자 순간 반의 좌우에서 폭음
이 들리더니, 일순간에 호위 전력의 절반이 회색으로 물들었
다. 그리고 재차 몸을 날리는 검은 로브의 신형은 로얄 나이
트인 반의 동체시력으로도 뒤쫓을 수 없는 극쾌의 움직임.

"이런, 막아!!"

엄청난 속도로 황녀의 마차를 접근하는 검은 로브. 그의 모
습에 경악한 반은 고래고래 소리를 내질렀다. 그러나 호위대
장인 반조차 제대로 대응 못한 상대에게 다른 이들이라고 별

수가 있겠는가?

콰쾅!

"까아아악!"

검은 로브의 가벼운 손짓에 산산조각난 마차 문. 그리고 그 안으로 들어가 황녀를 낚아챈 검은 로브.

"이, 이놈!!"

그 모든 것이 실로 눈 깜짝할 사이에, 막말로 반을 제외한 호위기사 전원이 멍하니 있는 사이에 벌어진 일. 반은 분노와 치욕에 떨며 검은 로브를 향해 말을 내달렸다. 하지만 상대는 그가 지금껏 접하지 못한 천외천의 존재.

파팡!

히이이잉!

"크윽!"

검은 로브가 로브 자락을 가볍게 떨치자 반의 신형은 말과 함께 뒤로 튕겨져 나가 지면에 거칠게 나뒹굴었다. 웬만한 베테랑 기마병이라도 축사망, 혹은 빈사 상태가 될 충격. 하지만 역시 로얄 나이트의 이름값을 하는지, 그 막강한 몸빵을 내세워 반은 이내 몸을 일으켰다. 그리고 그런 그의 눈앞에 펼쳐진 광경은……

"아아악!"

"크아아악!"

황녀를 구하기 위해 검은 로브를 향해 몸을 날리는 로얄 나이트들과 베테랑 기사들. 그러나 그들의 신형은 방금 전, 반처럼 검은 로브의 가벼운 손짓에 달려드는 속도 이상으로 튕겨져 나갔다.

너무나 압도적인 전력 차, 아니, 실력 차. 대체 저 검은 로브는 누구란 말인가?

그런 반의 의문을 알아차린 탓일까? 지금껏 침묵의 미를 자랑하던 검은 로브가 마침내 그 음침한 음성을 드러냈다.

"크크크크, 이거 실망이군. 무려 50년 만에 대륙에 나왔건만 이 나를, 흑마법사인 나를 상대할 자가 정녕 없단 말인가?!"

"컥! 흑마법사?!"

항마전쟁 이후 금기시되어 온 존재, 아니, 그 훨씬 이전부터 마신을 제외한 모든 이들에게 저주받아 온 존재, 그 악덕의 상징이 지금 눈앞에 등장했단 말인가?

"크크크, 황녀는 내가 데려가겠다. 그리고 그 황녀를 구출할 용사들을 기다리지. 바로 이 나를 만족시킬 강.한.(레벨이 높고 아이템이 빵빵한) 용사들 말이다!!"

"크윽, 그런……."

마치 무력한 자신을 비웃는 듯한 상대의 말에 반은 분기를 참을 수 없었다. 그러나 어쩌랴. 상대의 말대로 자신과 호위

기사들은 너무나 무력했다. 그리고 그렇게 반과 기사들이 절망하는 동안 회색산맥 내 어떤 위치한 '어둠의 탑'에 대해 '광고'를 늘어놓는 검은 로브.

대충 그 내용을 요약하면 이 어둠의 탑에 도달해 자신을 쓰러뜨리면 황녀를 구출했다는 영광과 더불어 옵션으로 탑 꼭대기에 있는 산더미 같은 보물들을 차지할 수 있다는 내용이었다(대체 이게 무슨 뻘 짓인지…).

그리고 그런 설명 아닌 설명은 황녀의 호위기사들과 하인, 하녀들이 달달 외울 때까지 계속 이어졌고 그 뒤, 좌중의 사람들이 그 내용을 완전히 숙지하는 듯하자 마침내 훌쩍 몸을 날려 사라지는 검은 로브. 반을 비롯한 호위기사와 황녀의 수행원들은 멀어져가는 황녀 납치범을 그저 멍하니 바라만 볼 수밖에 없었다.

"크카카카카카카!"

수한은 정신을 잃고 축 늘어진 황녀를 옆구리에 낀 채 정신없이 내달렸다. 그리고 달리는 와중에도 연신 앙천광소를 터뜨리며 앞으로 벌어질 일에 대해 크나큰 기대를 드러냈다. 심지어 자신의 이 기발한 아이디어에 그 스스로 자화자찬까지 하는데……

'크카카카카! 역시 마왕 정도 되면 공주를 인질로 잡는 게 정

석이지.'

그렇다. 수한은 설정의 틀에서 자유롭지 않은 일반인(?)이었던 것이다.

*　　　*　　　*

제국의 황녀를 납치해? 그것도 대륙 최강국인 자이드 제국의? 비록 그것이 게임 내의 일이긴 하지만 이거 정말 보통 큰일이 아니다. 게임의 전체적인 균형과 관리를 맡은 운영팀으로선 비상사태가 걸려도 모자랄 게 없는 대사건.

자연 수한의 폭주로 인해 팔라스 연합이 경동하는 바로 그 시각, 동생의 엄청난 삽질에 대해 그 누나의 반응은 지극히 당연하게도…

"좋아, 잘했어. 이 녀석이 간만에 한 건했군."

"본래 계획과는 다른 진행이지만 그 이상의 성과를 볼 수 있겠습니다."

"그나저나 설마 이런 짓을 벌릴 줄이야… 역시 내 동생이야."

뭔가 좀 분위기가 이상하다? 왠지 수한의 폭주를 칭찬하는 분위기?

"그럼 큐티 보이의 계획에 약간 더 양념을 쳐볼까? 도둑 길드만 믿지 말고 옵저버들과 에이전트를 총동원해서 소문을 퍼뜨리도록."

"예, 알겠습니다."

수영의 지시에 즉시 어디론가 달려가는 최강준. 홀로 남겨진 수영은 골초지존답게 이내 품 안에서 담배를 꺼내 입에 물었다. 그리고 계획에 대한 재점검인지, 그 누군가에 대한 설명인지 모를 혼잣말을 중얼거린다.

"후우~ 큰 변화를 겪은 청 제국과는 달리 팔라스 연합은 지나치게 평온했어. 이래서야 팔라스 연합의 유저들이 불쌍하지. 거기다 자이드 제국의 폭주도 조금 신경 쓰이고… 그래서 일부러 널 불러들인 건데, 이렇게 큰 이벤트를 만들다니……. 덕분에 유저들이 심심하지는 않겠군. 거기다 이번 일로 자이드 제국을 견제할 수 있으니, 일석이조인가? 좋아, 수고했어, 수한."

결국 마녀의 방관과 은근한 지원 아래 마왕의 검은 날개는 평화로운 팔라스 연합을 뒤엎기 시작했다.

Chapter 6

신위를 펼치다

"헉헉헉!"

입에선 연신 그칠 줄 모르는 거친 숨소리. 마음속으론 이래 선 안 된다고 생각하지만 검을 든 팔과 다리는 천근만근이라 도 되는 듯 무겁기 그지없다. 거기다 자신을 이렇게까지 몰아 붙이는 상대 외에 그와 비등한 존재가 무려 백여 명이나 되는 지금 상황에선…….

실낱같은 희망을 대신해, 오직 절망과 좌절만이 존재한다. 하지만 기사로서의 의무와 책임을 생각할 때 여기서 포기할 순 없는 노릇. 이에 검을 쥔 손에 억지로 힘을 주는 자신.

"이야야야얍!"

거의 절규와 같은 기합성과 함께 눈앞의 상대에게 달려들었다, 이 마지막 일격에 모든 것을 걸고. 하지만 상대는 지금처럼 지칠 대로 지친 자신이 결코 감당해 낼 존재가 아니었으니…….

스걱!

"컥!"

털썩!

상대의 일격에 단발마의 비명조차 내지르지 못한 채 그대로 쓰러지는 자신. 그리고 점차 어두워지는 시야. 마지막으로 보이는 건 상대의 몸을 이루는 앙상한 뼈와 얼굴 부위를 차지한 해골뿐. 그 모습에 가일 공국 소속 가고일 기사단의 단장은 최후의 순간까지 이런 생각을 했다.

'어떻게 이런 곳에 용아병이 있을 수 있는 거지?'

"에계~ 벌써 끝난 거야?"

점차 정리되는 전장의 분위기에 수한은 자신도 모르게 그런 말을 내뱉었다. 이거 상대가 너무 약하다고 해야 하나? 어떻게 된 게 스켈레톤 100기를 감당하지 못하고 일개 기사단과 천여 명의 병사가 전멸할 수 있단 말인가?

―기사단이라곤 하지만 가일 공국은 대륙 내 최약국으로

취급받고 있습니다. 그런 곳인 만큼 기사단 전력 역시⋯⋯.

"흐흠~ 그래도 기사로 인정받았다면 어느 정도 실력이 돼야 하는 거 아니야? 어떻게 스켈레톤조차 상대 못하는 거지?"

―⋯⋯.

수한의 반문에 말문이 막힌 시드. 확실히 견습 기사조차 상대할 수 있다는 스켈레톤을 최약국이라곤 하나 공국의 최정예 기사단과 병사들이 감당해 낼 수 없다는 건 이상한 일임에 분명했다. 그러자 옆에 있던 토일이 연신 키득거리며 입을 열었다.

―크크크크, 그거야 당연한 일입죠. 저들이 어디 보통 스켈레톤입니까? 무려 마스터께서 소환한 스켈레톤입니다. 거기다 그 소환의 매개체는 드레이크의 뼈. 제 생각엔 아마 용아병과도 비견될 겁니다.

"호오~ 그래?"

생각지도 못한 스켈레톤의 유용함에 절로 입이 벌어지는 수한. 덕분에 귀찮게 일일이 손님(?)을 맞이하러 갈 필요가 없어졌으니 어찌 기분이 좋지 않겠는가? 하지만 역시 스켈레톤의 선전은 확실히 의외였다.

레벨 100조차 안 된다고 알려진 스켈레톤. 특히 네크로맨서가 소환한 스켈레톤의 경우 그 뼈의 원주인이 가진 능력치의 대략 30%만큼만 구현되어지는 탓에 그저 도주 시 시간 끌기용 몹에 지나지 않는다는 게 일반적. 그런데 최소 레벨 200이 넘는다는 기사를 상대로 이렇게까지 압도적인 선전을 펼쳐 보이다니… 거기다 그 수적 열세는 어떠한가? 단 백여 기로 그 열 배에 달하는 기사와 병사를 전멸시켰다.

"흐음~ 이거 하급 스킬이라고 무시했었는데…….."

자신이 지닌 스킬 라이즈 스켈레톤(Raise Skeleton)에 대해 다시 한 번 재고하는 수한. 하급 소환 마법이라며 쓰질 않았는데 이거 제법 쓸모가 있지 않은가?

하긴 레벨 300대인 로얄 나이트와 비견되는 용아병의 경우에서 알 수 있듯이 소환 시 활용되어지는 뼈의 원주인의 능력에 따라 스켈레톤의 능력 역시 상승되는 게 정석. 그렇다면 그 육체적 능력이 드래곤에 버금간다는 드레이크의 뼈를 매개체로 마왕으로서의 능력과 착용한 유니크 로브의 옵션으로 마법 운용 능력이 일반 법사보다 월등한 수한이 스켈레톤을 소환한다면?

겉모습은 단순한 스켈레톤으로 보일지는 모르지만 그 실체는 무려 레벨 250에 달하는 중급의 베테랑 기사급. 그러니 자연 기사단장의 레벨이 고작 250대인 가일 공국의 기사단과 병사들이 이 뮤턴트(?) 스켈레톤 백여 기를 상대로 이길 가능성은 애초부터 제로일 수밖에.

"크크크, 좋아. 처음으로 이곳까지 온 손님들이라 조금 긴
장했었는데 이걸 보니 앞으로 전혀 걱정할 필요가 없겠어!"

이제 더 이상 수한은 홀로 다굴에 맞설 필요가 없어졌다.
단순히 팔아먹을 생각에 고이 모셔둔 드레이크의 뼈를 마왕
으로서의 품위 유지용 아이템으로 활용한 게 이렇게 대박(?)
을 터뜨릴 줄이야. 이젠 가만히 앉아 있어도 졸개(?)들이 알아
서 아이템을 수거할 것이고, 동시에 엄청난 경험치까지 공짜
로 얻게 되었다. 이에 음침한 괴소를 흘리며 사업 번창의 밝
은 미래를 점치는 수한.

그런데 위층의 '그것'이 그 좋던 기분을 와장창 깨버린다.

와장창! 챙그랑!

"이게 뭐야?! 이딴 건 개도 안 먹는다고!!"

뭔가 깨지는 소리와 함께 들려오는 히스테릭한 소프라노
의 음성. 바로 인질인 밀리네 황녀의 목소리였다.

공주란 인종에 대해 세간에선 약간 편견 비스름한 생각들
이 난무한다. 일단 약하디약한 몸과 여성스러움, 그리고 자애
로우면서도 백지같이 순수한 마음. 아마 대부분 사람들의 공
주에 대한 이미지는 높은 테라스에 몸을 기댄 채 손끝에 앉은
나비를 바라보며 고운 목소리로 노래를 부르는 절세미인의

모습을 연상할 것이다(어디까지 디즈니 판 백설공주의 영향이다).

물론 요즘 들어 몇몇 깨인 선각자(?)들의 노력으로 그런 공주의 이미지가 보다 현실화되었다. 공주라는 높은 신분으로 인해 워낙 귀하게 대접을 받아 안하무인이라는 설정, 그리고 정략결혼의 희생물로서 약간의 동정은 받지만 그만큼 혜택을 받았으니 당연하다는 식의 설정. 그도 아니면 지나치게 털털하고 총명해 주위 사람들을 깜짝깜짝 놀라게 만든다는 식의……

각설하고, 본론만 말하자면 과거 규격화(?)된 공주가 보다 다양한 공주상으로 세간에 퍼졌다는 의미다. 그리고 그런 측면에서 볼 때, 현재 수한이 인질로 잡아들인 자이드 제국의 제1황녀이자 황위 계승자 제1순위 '밀리네'는 그야말로 최악의 공주상이었다.

"고기가 너무 질기잖아!!"

와장창!

기껏 준비해 온 최고급 레스토랑의 스테이크를 재차 집어 던진 밀리네 황녀. 이에 수한으로선 절로 주먹에 힘이 들어갔다. 기껏 큰돈 들여가며 준비해 준 음식을 감히……

돈을 아낀답시고 바싹 마른 육포만으로 견뎌온 자신의 과거가 생각난 탓일까? 수한의 두 눈엔 분노의 화염이 이글거린다. 그러나 어쩌랴? 상대는 자신의 사업에 매우 중요한 역할을 하는 광고 수단(?)인데…….

"…다시 준비해 주지."

"흥, 그딴 것 필요 없어! 날 어서 돌려보내기나 해!!"

얼마나 질러대는지 귀가 다 아플 지경이다. 거기다 인질인 주제에 왜 이리 당당한지. 바로 코앞에서 호위기사와 수행원들이 수한의 손에 죽는 모습을 보고도 전혀 기가 죽는 모습을 보이질 않는다.

'휴우~ 역시 황녀란 말인가? 아주 간댕이 탱글탱글하게 부었구먼.'

속으로 한숨을 내쉬며 설레설레 고개를 흔드는 수한. 하지만 그런 그의 기색에 더욱 화가 치밀어 올라서일까?

"이게 감히!!"

휘이익!

수한에게 냅다 손을 휘두르는 밀리네. 제 딴에 따귀를 멋지게 날리려는 모양이지만 수한이 그런 그녀의 손에 맞는다면 진작 주인공 자리를 반납했을 터.

턱!

"봐주는 것도 한계가 있다. 더 이상은… 용납하지 않아."

"뭐, 뭐야? 이거 놔……!"

푹 눌러쓴 후드 사이로 음산히 새어 나오는 음성. 거기에 실린 무시무시한 살기에 밀리네도 조금 겁을 먹은 모양이다. 파랗게 질린 얼굴로 뒤로 주춤 물러나는 밀리네. 그러나 내장 기관의 99%가 간인 황녀답게 재차 수한에게 히스테리를 부린다.

"좋은 말로 할 때 풀어줘!! 만약 그렇지 않으면 정말 후회할 거야!!"

"하아~ 그 말은 널 납치할 때부터 들은 말이야. 좀 더 새로운 레퍼토리는 없나?"

워낙 같은 소리만 해대서인지 이제는 신경도 쓰지 않는 수한. 이에 더욱 화가 난 밀리네는 해선 안 되는 말까지 내뱉고 말았다.

"흥, 앞으로 일주일이야. 일주일만 있으면 네놈과 네 부하들은 아마 갈가리 찢겨 죽을걸. 바로 내 '힘'에 의해서!! 난 선택받았다고!!"

"응?"

뭔가 의미심장한 소리. 단순한 협박이라고 치부하기엔 너무 구체적이다.

"호오~ 선택이라고?"

"그, 그래! 난 선택받았어!"

그제야 황녀에게 뭔가 특별한 것이 있음을 감지한 수한. 비록 그 자세한 것은 알 수 없지만 뭔가 냄새가 난다. 바로 돈

냄새가…….

'선택이라… 그냥 연약한 황녀가 아니란 건가? 꽤나 자신만만한 것을 볼 때 분명 뭔가가 있어. 그런데 대체 그게 뭐지?'

선택받음으로써 얻게 되는 힘. 지금의 부족한 정보로는 그것이 한계다. 하지만 평상시엔 궁극의 둔탱이지만 지금만큼은 셜록 홈즈를 꿈꾸는 수한. 아이템에 관해서만큼은 무서운 면모를 보이는 그답게 이내 그 정체에 대해 추리해 나가기 시작한다.

'선택을 받았다라……. 자기 자신에게 선택받을 순 없으니 또 다른 개체가 있다는 뜻일 테고… 외부와 연락이 전혀 안 되는 상황에서 일주일이라는 구체적인 시간을 제시하는 것을 볼 때… 흐음… 그 개체와 함께 있다는 뜻? 그렇다면…….'

순간, 번쩍하고 수한의 뇌리에 스치는 생각. 동시에 수한의 두 눈이 매섭게 밀리네의 몸을 훑고 지나간다. 그리고 그런 그의 눈에 드디어 포착된 물건.

파곽!

"앗! 돌려줘!!"

밀리네의 손목에 있던 고풍스런 팔찌. 그러나 지금은 수한의 손에 쥐어져 있다. 이에 안색이 대변한 채 수한에게 달려드는 밀리네. 그 모습을 보고 수한은 속으로 빙고를 외쳤다.

"크크크크, 역시 뭔가 강력한 힘이 내재된 아이템인 모양 이군. 좋아, 이건 내가 아주 잘 써주지."

"아, 안 돼! 제발 돌려줘!"

눈물까지 흘리며 애원을 하는 밀리네. 지금까지의 넘치는 자신감과는 너무나 먼 모습이다. 그러나 그런 미인의 눈물에 도 불구하고 수한은 그저 태연히 자신의 팔목에 팔찌를 착용 할 따름.

"자, 그럼 황녀, 일.주.일. 뒤를 기대하지."

"아아악!! 안 돼!!"

빙글거리는 조롱을 끝으로 밀리네 황녀가 갇힌 비밀의 방 의 문을 닫는 수한. 그 비밀의 방 안에선 밀리네의 절규가 울 려 퍼졌다.

"…이렇게 멋지게 끝이 나면 뭐 해, 아이템의 능력을 모르 는데."

밀리네 황녀가 있는 꼭대기 층에서 내려온 뒤 연신 팔찌를 만지작거리던 수한은 이내 한숨을 푸욱 내쉬었다. 기껏 자기 보다 작고 약한 소녀의—이러니깐 정말 수한이 악당 같다—아이 템까지 강탈한 주제에 왜 이런 반좌절 모드를 보이는 걸까? 그도 그럴 것이 정작 빼앗아온 팔찌의 정보창이 이런 식으로 나온 탓이다.

[?]

종류 : 팔찌(Bracelet)

등급 : ?

속성 : ?

제한 : 선택을 받을 것

내구력 : 무한

무게 : 1

설명 : ?

이거 참, 분명 뭔가 있어 보이긴 하는데 정작 그 사용 방법을 모르니…….

"큭, 대체 무슨 놈의 아이템이 감정 스크롤까지 무시해?!"

이미 드워프 연합을 통해 반입한 감정 스크롤 십여 개까지 써보았다. 그런데도 팔찌는 여전히 묵묵부답, 도통 자신의 속살(?)을 보이지 않는다. 때문에 재차 그 정체에 대해 추리를 시작하는 수한.

"크흠~ 일단 강력한 힘이, 그것도 나를 제압할 수 있다는 자신할 정도의 힘이니… 혹시 정령왕이 봉인된 팔찌? 그것도 아니면 뭔가 세상을 뒤집을 정도의 궁극기를 사용할 수 있는 팔찌? 감정 스크롤까지 씹는 걸 볼 때 정말 장난이 아닌 아이템일 것 같은데. 이거야 원, 쓸 수가 없으니⋯ 결국 팔 수도 없잖아?"

생각에 생각을 거듭하고, 망상의 규모는 더욱 커져만 간다. 하지만 그 결과는 애초부터 정해진 일.

"으그극, 역시 모르겠어!!"

머릴 쥐어뜯으며 몸부림을 치는 수한. 결국 이렇게 생각만 해봤자 아무런 소용이 없음을 깨닫는다. 팔찌의 능력을 아는 방법이 있다면 오직 단 하나. 위층의 밉살스런 밀리네의 입을 통해 알아낼 수밖에 없는 것이다. 그러나 그녀가 과연 입을 열까? 물론 고문이라든가 그와 유사한 방법을 통해 알아낼 수도 있지만⋯⋯.

"큭, 아무리 그래도 여자인데⋯⋯."

두 마녀에게 워낙 호되게 당한 탓인지 세상 모든 여자에게 일말의 두려움을 지니고 있는 수한. 그는 감히(?) 고문을 실행할 엄두가 나지 않았다. 때문에 팔찌를 그냥 손목에 차는 것으로 만족하는데⋯⋯.

"뭐, 언젠가는 그 비밀이 드러나겠지."

인디아나 존스나 트레저 헌터가 들으면 복장이 터져 죽을 소리. 하지만 수한은 팔찌가 자신의 손목에 껴 있다는 사실만으로도 만족스런 모양이다. 그리고 팔찌는 그런 수한의 가냘픈 손목에 만족한 듯 요요한 빛을 내뿜은 뒤 이내 자신의 존재를 감추었다.

*   *   *

자이드 제국의 대륙 정복을 위한 무력 도발 속에서도 나름
대로 평화를 구가하던 팔라스 연합. 하지만 얼마 전 발생한
사건들로 인해 대륙 전체는 급격히 혼란 상태에 빠져들었다.

리든 왕국의 수도에서 벌어진 대참사, 난데없이 등장한 마
족으로 인해 수천여 명의 병사들과 기사들, 그리고 마법사들
을 몰살당하는 일이 발생한 것이다. 이로 인해 대륙의 모든
마탑들은 그 마족과 그를 소환한 흉수를 찾기 위해 전대륙을
샅샅이 뒤지기 시작했지만, 흉수는커녕 당시 도주했다던 마
족조차 감감무소식. 결국 진실은 미궁으로 빠지는 듯했다.

그리고 그렇게 마족 사건이 어느 정도 진정 국면에 들어서
자마자 재차 터진 일대 사건, 자타가 인정하는 대륙 최강국인
자이드 제국의 황녀가 납치되다!! 그것도 흑마법사에 의해.
이미 멸절된 줄 알았던 흑마법사의 등장도 충격이지만 그 흑
마법사가 등장하자마자 행한 일은 더 더욱 충격적이었다. 세
상에 어디 할 일이 없어 하필 자이드 제국를 건드리다니…….

지난 10년간 한 개의 왕국과 세 개의 공국을 멸망시키며 그
영토를 세 배 이상으로 키운 대륙 최강의 군사 강국인 자이드

제국. 그런 제국의 제1황위 계승자가 납치된 이상 그 파장은 그야말로 두려울 지경. 자연 대륙 내, 모든 왕국들은 자이드 제국의 반응에 귀추를 주목하였다. 하지만 정작 자이드 제국은 이에 대해 지극히 소극적인 반응을 보였으니……

황녀가 납치당한 뒤 끌려간 '어둠의 탑'—놀랍게도 흑마법사는 자신의 종적을 전혀 감추지 않고 오히려 알리기에 바빴다—이 자이드 제국에서 멀찍이 떨어진 가일 공국의 영역 내에 있었던 탓. 노골적으로 대륙 통일을 주창하는 자이드 제국의 군대를 어느 왕국의 왕이 자국 내 영토를 지나가게 해주겠는가? 물론 제국의 이름으로 압박한다면 어찌어찌 가능할 것도 같지만 그 길목엔 자이드 제국과 용호상박을 이루는 신성 나티아 제국 역시 위치해 있었기에 그런 시도는 애초에 불가능한 일. 결국 자이드 제국으로선 자국의 강력한 군대가 아닌 외교로써 이 일을 해결해야만 했다.

그리고 그것은 어느 정도 성과를 이루어 자국 내 영토에서 황녀가 납치당한 것에 책임을 느낀 공국이 세 차례에 걸쳐 군대를 파견하는데 어처구니없게도 그들이 흑마법사에게 모두 전멸, 공국의 안위조차 불확실할 정도의 타격을 입었다.

일이 그 지경이 되자 일각에선 이 일이 자이드 제국의 자작극이 아닌가 하는 의문과 리든 왕국의 마족과 그 흑마법사가 제2차 항마전쟁의 시초가 될 것이라는 등 온갖 헛소문이 유포되어 대륙은 더욱 큰 혼란에 휩싸이게 되었다. 결국 이렇게 점차 최악을 달리는 대륙의 정세를 고려, 자이드 제국의 최대 라이벌이자 흑마법사들의 영원한 적 신성 나티아 제국이 일어서는데…….

"뭐, 제국이 일어선다고는 하지만 결국 움직이는 사람은 우리 같은 말단이군요."

"하하하! 그래서 불만인가?"

"아니요, 설마……. 도리어 '질풍의 성검'과 함께한다고 하니 이거 영광일 따름입니다."

한참 불만을 토로하던 부관의 말에 란슬롯이 묻자 이내 부관은 정색을 하며 고개를 저었다.

그렇다. 어찌 영광이 아니겠는가? 나인스타 중 한 명이자 신성 나티아 제국의 자랑 질풍의 성검 란슬롯. 그 살아 있는 전설과 함께 이번 토벌전에 나선다고 했을 때 부관은 뛰는 가슴을 주체할 수 없었다.

"이거 참, 그 낯간지러운 칭호는 더 이상 하지 말게. 난 어디까지나 할 일을 했을 뿐인데……."

그저 입에 발린 겸양이 아닌 가슴속 깊숙한 곳에서 흘러나오는 진심. 란슬롯은 그렇게 지극히 성기사다운 멘트를 날리며 재차 앞장을 섰고, 부관은 존경에 찬 시선을 날리며 뒤따랐다. 그리고 그런 그 두 사람의 뒤엔 신성 나티아 제국이 자랑하는 500여 명의 성기사와 300명의 사제, 그리고 일만에 달하는 정예 병사들이 사기 만땅인 상태로 행군하고 있었다.

항마전쟁 이후 신성 나티아 제국의 오십 년 만의 대규모 출병. 그들의 위세는 그야말로 하늘을 찌를 듯 높아 좀처럼 냉정을 잃지 않던 사람들조차 흥분시키기에 충분했다. 하긴 어찌 그렇지 않겠는가? 자이드 제국의 도발에도 불구하고 그저 잠자코만 있던 나티아 제국이 인류의 적이라는 흑마법사에 대항하기 위해 마침내 그 검을 뽑아 든 것이다. 역시 대륙의 평화를 지키는 정의의 사도. 사람들은 열광했고, 그 열광은 행군 중인 병사들과 기사들에게 더욱 자부심과 함께 모종의 책임감을 안겨주었다.

그리고 그 여파로 인해 겉으론 평온하지만 속으론 온갖 부담감을 느끼는 인영이 있었으니, 바로 이들의 선두에서 군대를 인솔하는 질풍의 성검 란슬롯이었다.

'휴우~ 이번엔 좀 가슴이 떨리는데? 내가 언제 이런 대군을 지휘해 봤어야지.'

명성이 높고 무력이 강하다고는 하지만 그것만으로 군대를 잘 지휘할 수는 없다. 그런데 제국의 수뇌부들은 대륙 내 명성이 자자하다는 이유 하나만으로 란슬롯 자신에게 덜컥 군대 지휘권을 맡겨 버린 것이다. 물론 이에 란슬롯은 정중히 사양하며 일개 기사로서 그 성전에 참여하길 원했었지만 설마 그게 패착(?)이 될 줄이야.

란슬롯이 그렇게 말을 하자마자 고결한 기사의 정신이니 뭐니 떠들어대며, 당신이야말로 군대를 책임질 유일한 지휘관이라 주창하는 주위 여론. 란슬롯의 입장에서 황당하기 그지없는 노릇이다. 그러나 이미지란 원래 그런 법.

고결한 성기사의 간판을 달고 있는 란슬롯. 그런 그의 입에서 나오는 평범한 말조차 대중들의 이미지 필터링(?)에 걸려져 자동적으로 고결한 성기사의 말로 둔갑되는 게 현 상황이다. 그 단적인 예로 방금 전 부관과의 대화에서조차 알 수 있지 않은가?

'휴우~ 이거 난감한데…….'

그야말로 난감무쌍적 상황에 직면한 란슬롯. 그는 팔라스 연합 나인스타에 속할 정도의 강자였지만 골목대장조차 해본 적 없는, 다시 말해 누군가를 한 번도 지휘해 본 적도 없는 현실 내 평범한 유.저.이기도 했다, 그것도 주인공 수한과 관련이 있는.

"후아~ 저게 바로 '어둠의 탑' 이군."

"예, 그렇군요. 그런데 듣던 거보다 훨씬 규모가…….."

아직도 제법 거리가 있음에도 압도적이면서도 장엄하기까지 한 탑의 모습은 일순간 군대들의 사기를 꺾기에 충분했다.

대체 저 탑의 주인은 어떤 능력을 지녔기에 이런 곳에 저런 엄청난 탑을 지을 수 있단 말인가? 그리고 자신들은 그런 존재를 상대로 과연 승리할 수 있을까? 그리고 그렇게 점차 가라앉는 분위기는 예민한 기파로 화해 란슬롯을 자극했다.

'이런, 이거 약간 곤란한데……. 아니지. 어쩌면 도리어 기회일 수도…….'

군대라는 미지의 존재를 상대로 어떻게 조율할지 몰라 버벅댄 것이 한두 번이 아니다. 때문에 란슬롯의 솔직한 심정은 혼자서, 혹은 몇몇 파티원으로 퀘스트를 진행하듯 탑을 공략하는 게 훨씬 마음이 편한 것 같았다. 때문에 잠시 군대의 행군을 멈춘 뒤 전열을 가다듬고, 동시에 차후 대륙의 모든 이들을 감동시킨 명 연설(?)을 시작하는 란슬롯.

"여러분, 드디어 흑마법사가 상주하는 어둠의 탑에 도달했습니다. 그리고 그 흑마법사는 공국의 기사단을 전멸시킨 무시무시한 실력자라 합니다(너흰 따라오지 마). 만약 계속 이대로 진군한다면 얼마나 많은 희생자가 나올지 알 수 없습니다(그러니까 너흰 절대 따라오지 마). 때문에 이제부터 저와 몇몇 지원자만 갈 생각입니다(그게 마음이 편해)."

란슬롯의 갑작스런 말에 웅성거리는 일만여 명의 병사들. 하지만 제 딴엔 생각이 있는 란슬롯은 그런 그들의 동요를 고려, 황급히 말을 이어나가려 했다. 그러나,

"여기까지 아무 말 없이 따라오신 것만 해도 충분히 여러분의 용기가 증명된 겁니다. 그러니……."

"우와와와와와!"

"역시 대단하십시다. 단숨에 스스로의 사명감을 일깨우시다니……."

"응? 사명감?"

크게 감탄한 표정을 지은 채 란슬롯에게 더욱 존경의 시선을 보내는 부관. 그런 부관의 말에 란슬롯은 자신도 모르게 묻고 만다. 그리고 이어지는 부관의 설명을 듣고 좌절하는 란슬롯. 각설하고, 지금부터 나오는 내용은 이미지 필터에 걸러진 그의 연설이다.

"드디어 흑마법사가 상주하는 어둠의 탑에 도달했습니다. 그리고 그 흑마법사는 공국의 기사단을 전멸시킨 무시무시한 실력자라 합니다(뭐, 여기까진 아직 필터의 능력이 발휘되지 않았다). 만약 계속 이대로 그를 내버려 둘 경우 얼마나 많은 희생자가 나올지 알 수 없습니다. 그러니 이제부터 저와 이 성전에 지원한 여러분들이 그 악독한 흑마법사를 징벌해 대륙의 평화를 지키는 겁니다."

너무나 대단한 필터의 자정 능력이다. 자동적으로 자기 듣고 싶은 말만 듣는다는 건가? 어떻게 왜곡을 해 이런 식의 해석이 나올 수 있는 건지…….

어쨌든 란슬롯의 연설로 인해 이번 성전의 의미와 자신에게 부여된 사명감을 재차 자각한 일만 명의 병사들과 기사단, 그리고 사제들. 그들은 사기 만땅을 넘어 지금이라도 탑에 달려들 것 같은 분위기를 연출했다. 이에 결국 한숨을 내쉬며 재차 진군을 명하는 란슬롯. 이제 그의 어깨엔 일만이 넘는 생명이 달려 있었다.

"이햐~ 이번엔 정말 떼거지로 몰려왔네?"

탑의 창문을 통해 점차 다가오는 일단의 군대를 바라보며 수한은 자신도 모르게 감탄사를 토했다. 지금껏 많아봤자 천여 명이 토벌전에 동원되었는데 지금은 그 열 배가 넘는 숫자가 온 것이다.

―마스터, 이번엔 위험합니다. 상대는 신성 나티아 제국입니다.

―그렇습니다, 로드. 아무리 로드가 부리는 스켈레톤이 강하다고는 하나 사제의 신성 마법은 언데드에게 극성입니다.

지금껏 수한의 무모한 계획에 묵묵히 따라주던 토일과 시드. 그러나 지금 이 순간만큼은 옆에서 다급히 도주할 것을 권한다. 하긴 자신들은 고작 세 명이고 상대는 일만이지 않은가? 공성전을 하려 해도 도무지 견적조차 나오지 않는다. 하지만 얼마 전부터 자신감을 되찾은 마왕 수한은 도리어 자신만만한 모습이다.

"크크크, 좋아. 일만이나 죽이면 대체 얼마나 많은 아이템을 토해낼까 기대가 되는군."

지금이라도 당장 아이템을 만지는 듯 연신 두 손을 비비며 괴소를 흘리는 수한. 이내 품 안에서 드레이크의 뼈를 다섯 개나 꺼내 든다.

"크크크, 이전엔 단 백여 기로 기사단과 병사들을 전멸시켰었지. 이번엔 제법 숫자가 많으니까 처.음.엔 일단 그 다섯 배로 해볼까?"

키에에엑!

아아아악!

사방에서 들려오는 마물들의 비명과 파육성. 탑에 접근함에 따라 점차 몰려오는 마물들—수한이 방목시킨 놈들—탓에 란슬롯의 군대는 잠시 주춤할 수밖에 없었다. 하지만 란슬롯과 기사단이 가장 전방에 앞장 선 탓에 일반 병사들은 조금도 피해를 입지 않았고, 도리어 란슬롯의 압도적인 무력에 점차 사기가 높아져만 갔다. 하지만 그런 란슬롯의 솔선수범에 부

관은 영 못마땅한 듯,

"란슬롯님, 굳이 이러실 필요는……."

"아, 아니네. 이건 어디까지 내가 좋아서 하는 일이니까. 거기다 병사들의 희생을 조금이라도 줄일 수 있으니 일석이 조가 아닌가?"

"아~ 역시……!"

정신없이 경험치 쌓기에 여념이 없는 란슬롯. 뒤에 말은 어디까지 입에 발린 소리이건만 부관은 뒷말에 더욱 역점을 둔다. 덕분에 란슬롯은 일반 병사들의 희생을 줄이기 위해, 자기 몸을 아끼지 않는 지휘관으로 널리 알려지게 되었다.

각설하고, 점차 쌓여만 가는 경험치와 알게 모르게 얻는 명성치로 인해 재차 레벨 업을 달성한 란슬롯. 그는 간만에 폭렙에 정말 미친 듯이 사냥에 열중에 했다(주위에선 자기 몸을 아끼지 않는 투혼의 발휘로만 보였다). 그리고 마침내 달성한 레벨 490대.

"휴우, 이거 놀라운데? 어떻게 단 한 시간 만에 레벨이 오를 수 있지? 저번 퀘스트를 달성했을 땐 레벨 업을 위한 경험치의 절반밖에 얻지 못했는데……."

아무도 들리지 않는 혼잣말로 자신의 심정을 토로하는 란슬롯. 그렇다. 확실히 란슬롯의 성취도는 놀라웠다. 단순히 이곳에서의 레벨 업이 아닌, 지금까지의 결과조차 말이다.

과거 수한의 라이벌이면서 부동의 유저 랭킹 1위였던 '천무' 조차 레벨 450대에서 지존의 꿈을 접었다. 그런데 지금 이순간 란슬롯은 한계 레벨에 거의 근접했다. 이런 식으로만 간다면 올해 안에 한계 레벨도 꿈만은 아닐 터. 랭킹 2위의 레벨이 겨우 400 근처에 도달한 것을 고려하건대 유.저. 중 최초의 한계 레벨 도달자가 될 가능성이 거의 확실시되어 보였다. 주인공(?)도 아닌 주제에 대체 어떻게 이런 폭렙이 가능할 걸까?!

주인공이 아닌 만큼 간단히 그 비결을 설명하겠다(본래 생략할 예정이었지만 제법 비중있는 인물이니 참고 읽어보자).

제법 유명한, 그리고 수진(?) 계열의 잡지사에 근무 중인 란슬롯, 아니, 하영. 그는 잡지 내 게임 관련 부분을 맡아 진행하는 담당 기자였다. 때문에 가상 현실 게임 중 가장 유명한 'NEW WORLD'에 관한 공략집과 기타 자잘한 정보들을 기고하게 되었는데 게임을 하지 않고서 게임 정보를 쓰는 것은 불가능한 일. 그래서 하영은 게임을 시작했고, 어느새 문득 정신을 차렸을 땐 이미 게임 중독 말기에 시달리는 폐인의 상태.

어차피 폐인이 되는 과정은 비슷비슷할 테니 그냥 본론으로 들어가자. 어쨌든 하영은 직업상 업무를 위해, 그리고 스스로의 욕구를 충족시키기 위해 게임에 몰두했다. 물론 직업이 직업인만큼 보다 일반적인 패턴을 연구하기 위해 정석에 정석을 밟아 게임을 진행했다. 즉, 히든피스니 뭐니 하는 것을 전부 무시하고 잔꾀 따윈 전혀 용납하지 않는 우직함의 극치를 선보였다는 의미다.

뭐, 이렇게 설명해도 이해 안 되는 분들을 위해 직설적으로 말하겠다. 한마디로 말해, 위(?)에서 시키는 대로 무조건 따랐다는 뜻이다. 결코 우등생들의 '수업 시간에만 열심히 하면…' 같은 거짓말 시리즈가 아니다. 이것은 사실 그대로의 일.

…다만 그 과정이 조금 힘들다고 할까?

게임 초기. 멋도 모르고 게임을 시작한 게임 초보인 그가 뭘 할 수 있겠는가? 게임을 할 때 가장 쉬운 게 전사인 만큼 전사로 시작해 어느새 일반 병사가 되었다. 그리고 조금의 요령도 피우지 않고 그냥 꾸준히 시.키.는 대로만 했다. 즉, 남들이 사냥한다, 뭐 한다고 할 때 NPC들의 넘쳐 나는 퀘스트의 물결에 몸을 맡겼다고 할까? 그래서 남들이 사냥을 통해 레벨 업의 기쁨에 흥분할 때조차 어디 지옥훈련장에서 죽도록 훈련만 받은 란슬롯.

그리고 그렇게 사냥 한번 제대로 못해본 그는 일반 NPC와 비슷한 출세 코스를 밟으며 공적을 쌓아—퀘스트를 통해—남들보다 무려 세 배나 긴 시간이 걸린 끝에 결국 기사가 되었다. 당시 그 극악의 성장 속도에 게임 친구 중 누군가가 불만이 없냐고 물었지만 원래 게임이란 이런 것이라며 묵묵히 자기 할 일만 하던 란슬롯. 나름대로 재미가 있었다고 하니 뭐라 할 말은 없다.

그리고 운명의 날! 그 특유의 우직함으로 꾸준히 기사(?)다운 모습을 보이던 그날! 농땡이를 치는 기사들 틈에서 묵묵히 봉사활동에 여념이 없는 그 모습에 감동한 고위급 사제. 이놈이야말로 교단의 진정한 마당쇠가 될 수 있다는 생각에 란슬롯을 영입, 결국 성기사로 만든다. 그리고 아주 본전을 뽑을 생각에 교단에선 란슬롯에게 수백, 수천 건의 퀘스트들을 안겨주는데 그 결과 지금의 란슬롯이 완성(?)된 것이다.

지금까지 설명을 요약, 정리하면 란슬롯이란 캐릭은 지극히 일반적인 범생 주인공의 패턴을 답습한 녀석인 것이다. 즉, 범생의 극의를 달성한 꼬봉이라 보면 된다. 그리고 그 범생은 눈앞의 마물들이 어느 정도 정리가 되자 마침내 전군에 명령을 하달했다.

"좋아! 앞으로 전진!!"

오합!!

쿵쿵쿵쿵!

일제히 군호를 외치며 발을 맞추어 앞으로 나가는 일만 명의 대군. 그 기세는 이미 란슬롯과 기사단의 활약을 최고점에 이른 지 오래였고, 남은 건 압도적인 숫자 우세를 통한 징벌 뿐인 듯 보였다.

그러나 뭐든지 방심은 금물이라 했던가? 란슬롯이 잠시나마 자신이 의외로 지휘관 체질이라며 자화자찬하던 바로 그 순간, 흑마법사의 역습이 시작되었다.

"크억! 아아악!"

진군하는 행렬 바로 뒤에서 난데없이 들려오는 비명성. 너무나 의외의 기습인 탓에 대응은커녕 기사들조차 어찌할 바를 몰랐다. 현재 기사단의 위치는 행렬의 제일 앞쪽. 길목이 완전히 병사들로 들어찬 상황에 기마 돌격은커녕 지나갈 수조차 없다. 이래서야 계속 병사들의 희생을 지켜봐야만 상황. 결국 유저인 탓에 생각하는 게 단순한 란슬롯이 오히려 그런 그들에게 이정표를 제시했다.

"기사단은 하마한 채 날 따르라!!"

기사는 반드시 말을 타야 한다는 고정관념이 없는 란슬롯. 그는 솔선수범하여 말에서 내려 병사들 틈을 헤치며 행렬의 뒤로 내달렸다. 그리고 그 뒤를 쫓아 분분히 몸을 날리는 기사들. 그리고 그런 그들이 도달한 곳엔……

"이런, 그 소문의 용아병이군."

병사들을 말 그대로 학살하고 있는 이백여 기의 스켈레톤,

아니, 용아병. 단순한 스켈레톤의 모습과는 달리 병사들은 그들의 검격에 누구 하나 견뎌내질 못한다. 결국 보다 못한 기사들과 란슬롯은 검을 빼 든 채 황급히 전장에 뛰어들었다. 그런데 어찌 된 노릇인지 용아병들은 기사를 무시한 채, 병사들만 계속 상대하는 게 아닌가?

"이놈들이! 날 상대해! 힘없는 병사들을 죽이지 말고!!"

기사들의 공세를 요리조리 피하며 집요할 만큼 병사들만 노리는 용아병들. 결국 기사들이 용아병을 처리하는 속도 이상으로 병사들의 피해는 기하급수적으로 늘어났다. 거기다 설상가상으로.

카아악!

"아아악!"

"이런, 양동 작전이닷!!"

기껏 후방에서 열심히 분전하고 있는데 이번엔 행렬의 앞에서 비명성이 난무한다. 틀림없이 선두 진형에서도 또 다른 용아병 무리가 나타난 게 분명하다. 그리고 그로 인해 병사들의 피해는 더욱 커질 게 명약관화. 이 모든 상황을 보건대 상대는 진정 피에 굶주린 흑마법사가 분명했다.

"크옥, 기사단의 반은 즉시 앞으로 가 용아병을 상대한다!! 그리고 사제들은 어서 병사들을 치료해!!"

지휘 경험이 없음에도 이와 같은 위기 상황에선 그 빛을 발하는 란슬롯. 허둥대기만 하는 기사들을 통솔해 최대한 피해를 줄이기 위해 노력했다. 그리고 그런 그의 분전에 힘입어 점차 잦아드는 소요. 하지만 이미 병사들의 피해는 일이천 수준을 넘은 지 오래였다.

"크크크큭, 좋아. 하지만 아직 부족해. 다시 한 번……."
탑 아래에서 벌어지는 참상에 뭔가 꿍꿍이를 지닌 듯 괴소를 멈추지 않는 수한. 그는 재차 품 안에서 드레이크 뼈를 꺼내 들었다.

"으아아아아!!"
홀리 오러(Holy Aura)가 듬뿍 담긴 검을 휘두르며 란슬롯은 비명 같은 기합을 내질렀다. 그리고 그의 일검에 단숨에 두 동강이 나 회색으로 물드는 용아병. 하지만 그의 주위에선 그 이상의 피해를 병사들이 감수하고 있었다.
"아아악! 살려줘! 제발!"
"어머니!!"
온갖 비명을 내지르며 쓰러져 가는 병사들. 그들이 할 수 있는 최선이라곤 오직 진형을 위치한 채 용아병의 칼날에서 버티는 것뿐. 그 광경은 쌍방 간에 목적을 지닌 전투 행위나 그와 유사한 그 무엇도 아니었다. 그저 피에 굶주린 학살일 뿐이었다.

"크흑! 대체 무엇을 노리고…….""

이기기 위한 전투라면 자신들 기사부터 노려야 할 게 아닌
가? 그런데 기사를 내버려 둔 채 끝까지 병사들만을 노리는
용아병들. 바로 코앞에 탑이 있지만 이제 더 이상 참을 수 없
다.

"전군 후퇴하라!!"

장내를 뒤흔드는 절규와도 같은 란슬롯의 고함 소리. 홀리
오러로 뒤덮인 그의 모습은 일순간 좌중을 제압해 병사들과
기사들의 흥분과 공포를 진정시켰다. 이에 보다 침착한 상태
에서 점차적으로 후퇴하기 시작하는 병사들. 다행히 용아병
들은 후퇴하는 병사들까지는 노리지 않았기에 피해는 점차
줄어들기 시작했다. 그러나 이미 일만에 달하던 병사들 중 절
반가량이 차디찬 지면에 쓰러진 뒤의 일.

"…피해가 너무 컸어."

"그렇습니다. 병사들의 희생이 이렇게 클 줄이야…….""

기사단과 사제의 피해는 말 그대로 전무, 그리고 용아병을
상대로 무려 800기 가까운 수를 쓰러뜨렸다. 전공만 따진다
면 놀라운 수준이지만, 그것은 어디까지 오천에 달하는 병사
들의 희생이 있었기에 가능한 전공이다.

"…아무래도 흑마법사는 병사들이 아닌, 우리 기사단 전력

만을 상대하고 싶은 모양이군."

지금까지 용아병의 행동과는 정반대의 생각. 그러나 란슬롯의 그런 말에 좌중의 모든 이들이 고개를 끄덕였다.

병사들을 배제하라. 그렇지 않으면 너흰 일만 명에 달하는 병사들의 시체를 볼 것이다. 이것이 바로 흑마법사의 전언인 것이다.

"좋아, 기사단은 무장을 재점검하도록. 그리고 부관은 사제들과 여기 남아 병사들을 추스르게."

"알겠습니다."

이미 무거워질 대로 무거워진 분위기 속에 기사들은 말없이 고개를 끄덕였고, 부관은 서둘러 병사들의 수를 재점검하기 시작했다. 그리고 란슬롯은 지금껏 느껴보지 못한 격렬한 분노에 휩싸인 채 '어둠의 탑'을 노려보았다.

"내 반드시 너만은……."

두두두두두!

일행이 말을 탄 기사들만으로 이루어진 탓에 더욱 홀가분해진 란슬롯은 거침없이 탑을 향해 질주했다. 그리고 그런 그들을 가로막는 이백여 기의 용아병.

"으득, 전원 차지 준비!!"

"합!!"

차창! 두두두두두!

란슬롯의 말에 복명복창하며 말을 탄 채 창을 내미는 오백 기의 기마병, 아니, 기사들. 전원 레벨 250을 넘은 그들은 베테랑 기사의 기마 돌격 기술을 십분 발휘, 그대로 용아병들을 돌파했다.

콰콰콰콰쾅!

두두두두두!

쌍방 간에 레벨은 거의 비등한 상황. 하지만 한쪽은 기마병이었고 다른 쪽은 변변한 갑옷조차 입지 않은 경보병. 거기다 기마병 측 전력이 두 배나 더 많았다.

푸르르륵!

"좋아, 한 번 더!!"

방금 전 충돌로 인해 반수 이상 쓰러진 용아병들. 이에 란슬롯은 재차 기사들을 이끌고 반전해 다시 한 번 돌격했다. 결국 그 두 번째 충돌로 인해 용아병은 깨끗이 전멸. 이로써 어둠의 탑을 향한 장애물은 모두 일소되었다.

"자, 이제 탑으로 가자."

용아병만으론 도저히 분노가 해소되지 않는다는 듯 여전히 얼굴을 굳힌 란슬롯. 그런 그의 투기와 분노는 주위 기사들까지 감염시켜 기사단 전원은 여전히 전의를 불태웠다. 그리고 그 전의는 탑 주변에 펼쳐진 광경으로 인해 더욱 높아

졌다.

"큭, 너무 처참하군."

병사들을 물린 뒤 채 30분이 되지 않았기에 여전히 사방에 널려 있는 시체들. 그 수는 족히 이삼천이 넘어 보인다. 그리고 그 시체의 산을 보며 흑마법사의 악독함에 이를 악무는 기사들. 그들은 이젠 전의가 아닌, 흑마법사에 대한 살의를 불태우며 탑의 입구 근처까지 도달했다. 그런데 바로 그때,

"크크크크, 이곳까지 오느라 수고했다."

"음, 네놈은?!"

탑의 꼭대기 바로 밑의 층. 그곳의 창문으로 자신의 모습을 드러낸 검은 로브의 인영. 비록 후드를 눌러쓴 탓에 그 진면목을 볼 수 없지만 그 사이한 음성을 들으면 절로 그 흉측한 외모가 짐작된다.

…그런 어이없는 오해를 모른 채 자기소개에 여념이 없는 수한.

"크크크, 바로 이 탑의 주인이지."

"그렇군. 네가 바로 이 모든 살육의 장본인이구나!! 어서 내려와 이 정의의 검을 받아라!!"

자신의 입에서 이런 유치찬란한 대사가 나올 줄이야. 분위기에 지나치게 동화된 란슬롯은 속으로 얼굴을 시뻘겋게 붉혔고, 좌중의 기사들은 그런 그에게 더욱 존경(?)의 시선을 보

냈다. 물론 그에 대한 수한의 대답은 정해져 있었다.

"클∼ 이래 봬도 내가 보스(?)인데 처음부터 손님을 맞이하면 쓰나? 밑에 것들을 다 쓰러뜨리면 생각해 보지."

"좋다!! 그럼, 수하들을 내려 보내라!!"

"크크크, 이런. 눈이 많이 안 좋은 모양이군. 수하들은 이미 너희들 주위에 있다."

"그게 무슨⋯⋯?"

끼끼끽.

수한의 말에 잠시 발끈하며 뭐라 소리치려던 란슬롯. 그러나 이내 그의 귀에 들리는 기성에 주위를 둘러보았다. 그리고 그런 그의 눈에 비치는 것은 그야말로 지옥 그 자체.

"이런, 말도 안 되는⋯⋯."

항마전쟁 종전 직후 흑마법사들이 도주할 당시, 그들의 최고 장로가 토벌군에 맞서 구울 1,000마리를 한 번에 생성해 세상을 경악시킨 일이 있었다. 그렇다면 먼치킨 초급을 넘어 이제 중급으로 넘어선 수한의 경우엔? 마왕이 되어 거의 십만에 육박해 넘쳐 나오는 마나량과 마왕의 능력으로 인해 거의 극소화된 마나 소모량. 그것은 한마디로 란슬롯 일행에게 거의 재앙으로 작용했다.

수한이 지닌 또 다른 네크로맨서 전용 마법 애니메이트 데드(Animate Dead). 그것은 MP 소모량에 따라 그 적용 범위가 확장 가능한 범위 스킬답게 탑 근처 거의 전 지역을 뒤덮었다. 그리고 그로 인해 생성된 구울의 숫자는 스켈레톤에 의해 사망한 병사들뿐만 아니라 심지어 원정군에게 죽은 마물들까지 모두 포함시켰다.

그 결과, 란슬롯을 비롯한 오백 명의 기사는 그 열 배가 가뿐히 넘는 수천 마리의 구울들에게 완전히 포위당하게 되었다.

성기사란 직업은 제약이 많다. 청빈한 생활을 강조한 탓에 스스로 돈을 모을 수 없고, 계율에 한 치의 어긋남이 없어야 하며, 스스로의 이익이 아닌 오직 교단의 의지에 따라 움직여야 한다. 하지만 그런 모든 패널티를 능히 상쇄할 이점이 있으니 그것은 바로 그 사기성 짙은 캐릭 특징.

기사이면서도 동시에 신에 봉사하는 사제인 만큼—즉, 혼합 직업이라는 의미—보너스 스탯이 타 직업군에 비해 월등하고, 직업 특징상 모든 속성에 최고의 저항력을 지닌 존재. 거기다 자체적으로 힐을 걸어 그 스스로를 치료할 수 있기에 일격에 회색으로 물들이지 않으면—그게 가능할 리도 없겠지만—어느새 원래 상태대로 부활하는 좀비 이상의 끈질김을 보인다. 어디 그뿐이랴? 힐뿐만 아니라 온갖 강화 마법과 방어 마력까지 자체적으로 지녀 몸빵의 최전선에서 그 온몸을 불사르는 몸빵의 최종 진화형이라 할 수 있다.

그리고 혼합 직업답게 일반 기사보다 최소 열 개 이상 습득할 수 있는 스킬창. 덕분에 따로 기사용 스킬을 습득하고도 유용한 마법 스킬을 습득할 수 있으니 강하지 않으면 이상한 일일 터. 하지만 성기사의 진짜 장점은 이것뿐만이 아니다.

비록 성기사가 자신의 이익에 따라 행동할 순 없다고 하나 경험치와 명성치까지 사양한다는 의미가 아니다. 즉, 교단에서 시키는 여러 가지 퀘스트를 수행하다 보면 자연 레벨 업이 충실히 된다는 의미.

아니, 그것은 단순히 충실하다는 말로는 부족했다. 타 유저들이 1년에 한번 받아볼까 말까 한 S급 퀘스트를 일주일에 한 번씩 받는 성기사(하긴 그런 고급 공짜 인력을 교단에서 가만히 내버려 둘 리 없지 않은가). 때문에 성기사는 늘 넘쳐가는 일감 중 어느 것을 선택할지 늘 고민에 휩싸이는 존재였다.

캐릭 자체적으로 지닌 강점과 넘치는 퀘스트로 인한 주체 못할 정도의 경험, 명성치들. 그런 성기사를 처음부터 작정(?)을 하고 꾸준히 해온 란슬롯. 그런 그가 유저로서 나인스타 중 한 명이 된 것은 지극히 당연한 결과라고 볼 수 있었다.

"으아아아아아아!!"

콰콰쾅! 키에에에엑!

검으로 후려쳤음에도 마치 묵직한 해머에 맞은 듯 저 멀리 하늘의 별이 되는 구울 세 마리. 기사 캐릭답게 힘기사를 지향한 탓인지 수한처럼 주체를 못하는 거력이다. 그에 반해 주위에 깔린 홀리 오라의 영향으로 도무지 맥을 추지 못하는 구울. 역시 언데드의 천적은 사제 혹은 성기사란 건가? 방금 전까지 거의 절망의 물결 같아 보이던 구울들이 마치 최신형 탱크에게 맨몸으로 달려드는 군입대 한 달의 이등병처럼 느껴질 지경이다. 거기다…

"전격 소환!!"

끼에에에엑—

일반기사들이 꿈도 꾸지 못할 광경. 하늘에서 번개를 소환해 구울을 말 그대로 지져 버린다. 바로 성기사 전용 공격 마법, 전격 소환. 그 위력은 실로 대단해 란슬롯 주위 십여 마리의 구울이 일순간에 스턴 상태에 빠진다. 그리고 그사이 사정없이 검을 휘두르는 란슬롯. 이어 주위에서 비틀거리는 동료 기사를 보자…

"힐링!"

"아, 감사합니다, 란슬롯 경."

란슬롯의 도움에 방금 전까지 죽기 직전이던 동료 기사는 재차 펄펄 날아다니며 구울들을 척살한다. 그 광경을 보건대 역시 성기사가 괜히 히든피스가 아니다. 이거야말로 진정한 성기사의 로망이자 동시에 대륙 내 아홉 강자에 속하는 괴물다운 압도적인 무위. 하지만 이렇게까지 선전하는 사람은 오직 란슬롯 혼자뿐이었다.

"아아아악!"

"이런, 또……."

주위에서 열심히 분전하던 기사가 또 한 명 쓰러졌다. 그리고 그런 그를 향해 손을 뻗는 십여 마리의 구울. 란슬롯이 그를 구할 새도 없이 갈가리 찢겨 구울들 사이로 그 시체조차 사라진다.

아무리 기사들 전력이 강하다고는 하나 구울의 수는 너무나 많았다. 그리고 수한 특유의 마법력으로 인해 살아생전과 거의 비등한 힘을 자랑하는 구울들은 그 하나하나가 충분히 위협적. 이에 기사들은 진형을 짜 대항했음에도 점차 밀리기 시작했다.

거기다 기사들이 상대하는 건 구울뿐만이 아니었다.

스걱!

"크아아악!"

란슬롯이 구울들을 유린하듯 기사들을 유린하는 100기의 녹광의 용아병들. 비웰빙스러운 빛깔을 자랑하는 그들의 정체는 수한이 아끼고 아낀 포이즌 드레이크의 뼈로 만든 포이즌 스켈레톤들이었다.

그리고 그들의 능력은 한계 레벨의 포이즌 드레이크의 뼈로 만든 존재답게 레벨 300 이상의 상급 기사와도 비등. 자연 란슬롯이 이끄는 기사들이 상대하기엔 벅찼다. 결국 구울들의 숫자와 포이즌 스켈레톤의 능력에 밀릴 대로 밀린 기사들은 점차 숫자가 줄어들어 현재 고작 반수만이 살아남았다. 이대로 가다간…….

'안 돼. 절대 그럴 순 없어.'

성실하기 이를 데 없는 게임 속 세상과는 달리 이번 일을 맡으며 현실에서 모종의 내기를 한 란슬롯. 만약 이번 일을 완수한다면 그는 자신의 마음을 장악한 마돈나와 데이트를 할 수 있다. 그러나 만약 실패할 경우엔…….

'그야말로 지옥이지.'

온갖 므훗함이 난무하는, 그러나 생각만 해도 몸이 부르르 떨리는 기억들. 란슬롯은 그 끔찍한 기억을 억지로 떨어내며 더욱 검을 굳게 쥐었다. 아니, 단순히 그것만으론 부족해서일까?

"분신멸마(焚身滅魔:몸을 불살라 마를 멸한다)!"

어디 되지도 않는 한자 성어를 즉석에서 만들어내며 투지를 불태우는 란슬롯. 그리고 그런 투지는 이내 기사들에게 전염되어 분위기는 점차 반전되기 시작했다.

'절대 질 수 없어. 반드시… 반드시… 이번 퀘스트를 완수한 다음 그녀를 다시 한 번…….'

얼마 전, 담당 작가와의 첫 대면에서 우연히 마주친 그녀. 남녀공학이 아닌 남학교만 줄곧 다닌 탓에 여자와 인연이 없던 란슬롯의 가슴을 온통 뒤흔든 여자. 비록 첫 만남에서 그녀가 코스프레를 하긴 했지만, 뭐, 그 정도 취미 생활은 충분히 이해할 수 있다. 아니, 오히려 장려하고 싶은 란슬롯이었다.

그러나 그런 욕망(?)도 어디까지나 이 퀘스트를 달성한 이후에나 꿈꿀 수 있는 상황.

"으아아아아아!!"

비명 같은 괴성을 내지르며 구울과 스켈레톤의 바다에 몸을 던지는 란슬롯. 그는 사랑에 빠진 남자가 얼마나 무서운지 보여주기라도 하듯 분전의 극을 보였다.

…그러나 조연 주제에 주인공의 자리를 넘봐서는 안 되는 법! 탑 위에서 알짤없이 란슬롯의 활약을 내려다보는 수한.

"이햐~ 저 녀석, 진짜 질기네."

벌써 물량 공세를 펼친 지 반나절이 지났다. 그러나 여전히 쌩쌩한 모습을 보이는 란슬롯. 비록 그의 정체가 나인스타 중 한 명인 질풍의 성검임을 모르는 수한이지만 이미 나인스타 와 동급임을 인정한 지 오래다.

"저게 말로만 듣던 성기사란 말이지? 제법 한 몸빵 하 네?"

파티 플레이에서 탱커, 즉 몸빵은 HP가 많고 방어력이 튼 실한 전사 계열의 캐릭이 맡는 게 일반적이다. 그리고 그 전 사 계열 중 최강의 탱커는 바로 기사. 용병이나 기타 다양한 직업군 중에서 가장 탄탄한 방어구를 착용하고, 그 자체 특징 상 갖는 보너스 스탯과 부가 능력으로 인해 방어력에 관해서 는 타의 추종을 불허하는 캐릭. 그리고 그 기사들 중에서도 또 최강의 몸빵이 있었으니, 그것은 바로 자체적으로 힐을 걸 수 있는 성기사다.

즉, 다시 말해 수한이 방어력 극대 뉴 타입(?) 순수 몸빵 캐 릭이라면 란슬롯은 사기틱한 자체 회복력으로 승부하는 좀비 형 몸빵 캐릭!!

"이거 이대로 가다간 구울들이 완전 전멸하겠는데?"

기사 300명이 죽는 동안 구울 역시 그 반 이상이 환원되었 다. 이래서야 적자 중에 적자. 그렇다고 스켈레톤을 재차 소 환하자니 소환 제한 시간이 없는—영구적인—구울과는 달리 시간 제한이 있는—일회용인—스켈레톤이기에 이런 식으로

써먹기엔 왠지 아깝다. 결국 남은 방법은?

"크크크, 좋아. 누가 이기나 한번 해보자."

다시 한 번 탑의 창문 밖으로 몸을 삐죽 내미는 수한. 그리고 이내 양손을 펼치며 음침한 음성으로 소리친다.

"애니메이트 데드!"

수한의 외침과 함께 흰 화선지에 검은 먹물이 번져 나가듯 땅위를 점차 빠르게 확장해 가는 검은 그림자. 그리고 그림자의 영역에서 다시 한 번 일어서는 구울들. 그 광경에 란슬롯과 기사들은 절망에 찬 비명을 내질렀다. 기껏 줄여놓았다니 다시 일으켜 세워?!

"크크크크, 한 시간마다 다시 구울들을 되살려 주지. 과연 언제까지 버틸 수 있을까?"

청 제국 시절부터 늘 다굴을 당하던 수한. 그러나 이번만큼 그가 상대방을 다굴하는 입장이었다.

결국 그로부터 이틀 밤낮이 지나자 다굴엔 장사없다는 절대불변의 진리를 입증하듯 나인스타 중 일인이자 질풍의 성검으로 대륙 전체에 그 명성이 알려진 란슬롯은 '정의불멸(正義不滅)'과 '나의 마돈나'라는 의미 불명의 말을 외치며 회색으로 스러졌다. 그리고 그 광경에 연신 독종이라 중얼거리던 수한은 다시는 저놈과 인연이 없길 기원하며 두 명의 수하와 함께 축배를 들었다.

　…하지만 그런 수한의 바람과는 달리 이 두 사람의 질기고
질긴 인연은 이제 막 시작되었을 뿐.

Chapter 7

그들과 만나다

유일하게 완성된 황궁의 발코니에서 리버스는 말없이 새로운 제국의 수도 '홀리 그라운드(Holy Ground)'를 내려다보고 있었다. 도시 곳곳에 쌓여 있는 거대한 건축 자재들과 사방에서 들려오는 시끄러운 망치질 소리.

　아직 미완의 거대 도시는 그 나름대로의 장관을 연출하고 있었고, 사제 특유의 흰색 베일에 가려진 리버스의 두 눈에 그 모든 것이 담겨 있다. 마치 자이드 제국(The Empire Of Zaid)의 찬란한 미래가 투영되기라도 하는 듯.

　"어쩌실 생각입니까? 더 이상 타국에 맡긴다는 건 자칫 제국의 위명에 흠집이……. 거기다 그녀가 지닌 '그것'을 생각한다면……."

엄청난 결재 서류의 산에서 벗어나 잠깐의 휴식을 취하던 리버스. 그런 그를 다시 현실로 되돌린 건 그의 심복 중 하나라 알려진 길란드였다. 바로 '대마도사 디스롭'을 제외한 현존하는 유일한 8서클 마스터이자 최강의 마법사, 그리고 나인스타 중 한 명인 절대강자.

"처음부터 우리가 나섰다간 도리어 더 큰 문제를 야기했을 거야. 거기다 그 위치가 위치인 만큼 대규모 원정은 불가능한 일. 이제 공국과 신성제국이 깨진 만큼 자네 말대로 우리가 나설 차례지. 하지만… 역시 소수 정예로 보내야겠지?"

여전히 도시 정경을 내려다보며 가벼운 어투로 대답하는 리버스. 도저히 한 교단의 대승정으로서, 그리고 제국의 재상이 지니고 있어야 할 품격이 눈곱만치도 느껴지지 않는다. 하지만 그런 모습을 한두 번 본 것도 아니기에 길란드는 그런 사실을 지적하진 않았다. 다만 베일 아래 슬그머니 지어진 짓궂은 미소를 보는 순간 뭔가 알 수 없는 불안감이 물밀듯이 솟구치는 길란드.

"…소수 정예라면 기사단만 보내실 생각입니까?"

"훗~ 무슨 기사단씩이나. 자네와 나, 그리고 '다스' 정도면 충분하지. 아, '디엘'도 함께 가야겠군."

"큭~ 역시나……."

상상을 초월하는 대답에 길란드의 입에선 절로 한숨이 흘러나왔다. 아무리 소수 정예라지만 고작 네 명이서 떠나야 하다니……. 거기다 디엘을 제외한 세 명이 제국에 끼치는 영향력을 생각할 때 정말 터무니없는 조치다.

하지만 마법사의 특징상 마스터의 명령에 불복할 수 없는 노릇. 길란드는 잠자코 블랙썬더 기사단의 단장인 '다스어벤저'를 메시지 마법으로 호출했다. 그리고 문득 머릿속에 떠오른 생각에 약간 떨리는 음성으로 반문하는데…….

"…설마 이제 시작하실 생각입니다."

리버스의 장난기 서린 말투에 깜빡 넘어갈 뻔했다. 리버스와 자신을 포함한 네 명의 전력이라면 능히 일국을 뒤집을 수 있을 터. 고.작. 흑마법사 한 명을 잡기 위해 움직인다는 건 충분히 과한 조치다. 그렇다면?

"그래, 이제 슬슬 그것들을 모아야겠지. 이곳 '홀리 그라운드'도 거의 완성을 보이니……."

"드디어……."

리버스의 긍정에 길란드는 앞으로 벌어질 일에 대한 두려움과 기대, 그 상반된 감정에 휩싸여 말문을 잇지 못했다. 이제 드디어 지난 십여 년 동안 준비해 온 일을 실행에 옮기게 된 것이다. 하지만 길란드의 그런 흥분된 모습과는 달리 정작 말을 꺼낸 리버스는 전혀 다른 일을 생각하며 엉뚱한 푸념만 늘어놓고 있었으니…….

"에휴~ 1년 전까지만 해도 '선택'을 받을 정도로 착한 아이였는데 어쩌다가 그 지경이 되었는지……. 역시 주체할 수 없는 힘을 가지게 되면 사람은 변한다는 건가?"

과거 제국의 보석이라고까지 일컬어지던 밀리네 황녀. 하지만 '선택'을 받은 이후 그녀는 변했다. 이제 더 이상 제국의 보석이 아닌, 함부로 힘을 남용하는 제국의 골칫거리가 된 것이다. 그리고 그 탓에 지금과 같이 번거로운 일을 하게 되었다.

뭐, 어차피 이곳을 떠날 핑계가 필요한 상황이었으니 그리 큰 불만은 없지만.

"뭐, 겸사겸사 처리하지, 뭐~"

상대는 제국의 황녀를 납치한 극악무도한 흑마법사이자 신성 나티아 제국의 군대를 격파한, '마왕'이라고까지 칭해지는 신흥 강자. 하지만 리버스의 얼굴엔 조금도 걱정하는 기색이 엿보이지 않았다. 그저 귀찮은 일을 한꺼번에 몰아서 할 수 있다는 홀가분한 감정만이 엿보일 뿐.

그로부터 한 시간 뒤, 팔라스 연합의 나인스타 중 세 명과 그림자는 회색산맥의 어느 모처를 향해 발걸음을 옮기기 시작했다.

*　　　　*　　　　*

크카카카카카카!

대륙 최강의 군사 강국 자이드 제국의 황녀를 납치해 급기
야 그녀를 구출하고자 동원된 수만 명의 병사들과 수백여 명
의 기사들을 떼죽음으로 몰아넣어 현재 대륙에서 가장 큰 이
슈가 되고 있는 '어둠의 탑'. 그 악명이 쩌렁쩌렁 울려 퍼지
는 누군가의 물오른 사업장(?)에선 한창 광소가 끊이질 않고
있었다.

대체 누가? 감히 '마왕'이라고까지 칭해지는—실제로 마왕
이지만—존재의 거처에서 이런 경박한 웃음소릴 내는 걸까?
당연한 이야기겠지만 그 광소의 주인은 바로 수한이다.

"크카카카카! 이게 다 돈이야, 돈!! 크카카카카카!"

작은 동산을 이룰 듯한 아이템들의 산, 그리고 역시 같은
높이로 쌓여 있는 금화, 은화. 수한은 그 보물들의 산에서 헤
엄(?)을 치고 있었다. 자신의 사업장에 '돈탑'이란 이름을 붙
이지 못한 것에 대한 짙은 아쉬움을 달래기라도 하듯 어디
누군가의 오리(?) 흉내를 철저히 내고 있는 것이다. 그리고
그 옆에서 그런 그의 모습을 황당하다는 듯 바라만 보는 두

인영.

　―음~ 설마 마스터께서 저런 취미를 가졌을 줄이야…….

　―마족이 되면 뭔가 생각하는 바가 달라지는 모양입니다.

　수한의 괴이쩍은 취미 생활을 억지로 이해하고자 노력하는 토일과 시드. 대체 마왕 체면에 저게 무슨 꼴인지……. 말리고 싶은 마음이야 굴뚝같지만 차마 환한 미소를 짓는 수한의 모습에 그럴 의욕이 사라진다. 그저 마족으로서 가지는 특이한 행동 양식이라 이해할 뿐. 때문에 검과 메이스, 기타 여러 병장기에게 난자당하면서 끝끝내 헤엄치는 수한의 모습이 안쓰럽기(?) 그지없다.

　한편, 주위의 시선에 아랑곳하지 않은 채 한바탕 아이템의 산에서 시원하게 몸을 푼 수한. 양껏 욕심을 채운 탓인지 이제보다 현실적인 문제에 고민하기 시작한다.

　"많은 게 좋긴 좋은데… 이걸 다 어떻게 처리한다?"

　얼마 전 쳐들어온 성기사 집단이 워낙 레벨이 빵빵한 탓인지 엄청난 양의 레어 급 아이템들을 수거한 지금 남은 문제는 그 처리 방법. 예전같이 찔끔찔끔 들어왔다면야 큰 문제가 없겠지만 이렇게 한꺼번에 들어오자 어떻게 처리할 방법이 없다. 지정 경매 사이트에 아이템을 올리고 싶어도 한 사람당 일정량 이상은 공간을 부여되지 않은 데다가 워낙 좋은 아이템들뿐이라 그 가격이 만만치 않은 탓에 물량 수요가 생각보다 많지 않았던 것.

"쯧~ 이거 전부 처리하려면 적어도 1년은 걸리겠군."

전혀 예상치 못한 문제로 고민에 빠지게 된 수한. 물론 은행같이 안전한 곳에 이 모든 아이템들을 보관한다면야 큰 걱정거리도 없겠지만 수한의 신분이 신분인 만큼 그런 일이 가능할 리 없다. 결국 이 산더미 같은 아이템 대부분을 이곳 어둠의 탑 꼭대기에 그냥 쌓아두는 게 한계다. 뭐, 이곳까지 도둑이 온다거나 할 일은 없으니 그리 큰 문제가 아닐 수도.

"아니지. 가만히 생각해 보면 이것 역시 나름대로 위험하군."

수한은 잘 알고 있었다. 자신의 사업인 특수 던전 빙자 NPC, 유저 사냥이 언제까지 계속될 리 없음을…… 비록 지금은 초반이라 강한 전력이 와봤자 일, 이만 정도가 한계지만 '어둠의 탑'에 대한 명성이 더욱 커지고, 각국의 권력 수뇌부들이 이곳을 지금보다 더 큰 위험 요소로 여길 경우, 그 이상의 물량 공세로 쳐들어올 게 뻔할 터. 그 경우에도 과연 자신이 그들을 막아낼 수 있을까?

수한이 청 제국에서 뼈저리게 느낀 것이 다굴엔 장사가 없다는 사실이다. 물론 현재 직업인 네크로맨서의 특징상 다수의 언데드를 종속시켜 어느 정도 대항할 수는 있으리라. 그러나 아무리 자신의 현재 전력을 좋게 평가해도 대륙 전체를 상대로 이기기엔 턱없이 부족했다. 단적인 예로, 얼마 전 찰거머리 성기사나 불량 엘프와 같은 실력자, 즉 나인스타 중 서너 명만 떼거지로 오면 정말 대책이 없는 것이다. 그러니…….

"큼~ 이제 벌 만큼 벌었으니 슬슬 접을 때가 된 건가?"

사업을 벌인 지 일 년도 채 되지 않아 목표 수익(?)을 넘어 주체 못할 지경이 도달했다. 수북히 쌓인 아이템의 산을 처분한다면 빚뿐만이 아니라 나이 이십대에 노후 대책 마련까지 완수할 수 있을 터. 위험 부담이 큰 만큼 슬슬 이 일에서 손을 떼고 싶은 수한이다. 아니, 적어도 이 아이템들을 안전한 곳에 옮겨놓은 다음 사업을 유지하고 싶었다.

"좋아, 요즘 들어 계속 뭔가가 불안했는데 이번 기회에 정리나 좀 해야겠군. 아, 그리고 이번 기회에 공주도 처리할까?"

매일 위층에서 밀리네 황녀의 투덜거리는 소리로 소음 공해의 진정한 의미를 깨닫고 있는 수한. 사업장 광고를 확실하게 한 지금 더 이상 쓸모가 없으니 이제 슬슬 그 투덜거림에서 해방되고자 하는 욕구가 치솟는다. 뭐, 마음씨 곱고 조신한 공주 캐릭에 충실한 여자였다면 양심의 핵이 따끔거렸겠지만 그 성질머리를 생각하면 도리어 속이 후련할 듯.

"뭐, 그전에 아이템부터 정리하고……."

밀리네의 처리 문제를 속으로 확정 지은 뒤 어디선가 구해
온 거대한 보자기—주인공이 이렇게까지 궁상맞기도 참 힘든 법
이다—에 아이템들을 퍼 나르기 시작하는 수한. 옆에서 지켜
보던 토일과 시드도 속으로 한숨을 내쉬며 거들기 시작한다.
수한의 속내가 어떻든 간에 그들은 어디까지나 그의 충성한
종속이니까.

그런데 바로 그때, 이변이 발생했다.

끼에에에엑!

"끄아악!"

"엥, 이게 무슨 소리야?"

난데없는 비명성에 후닥닥 창문으로 내달리는 수한. 그런
그의 눈에 저기 멀리 방목시킨 몹들이 사정없이 분쇄되는 광
경이 보인다.

"어라? 간만에 손님인가?"

척 보기에도 뭔가 범상치 않아 보이는 네 명의 인영. 수백
마리에 달하는 몬스터를 일방적으로 몰아붙이며 빠른 속도로
탑에 접근 중이다. 단 네 명에서 이곳에 온 것이나 펼쳐 보이는
무위나 왠지 골치 아파질 공산이 매우 높아 보인다. 하지만,

"쯧, 고작 네 명에서 뭘 한다고……."

악당들이, 특히 악당 보스들이 늘 가지는 아주 사소한 방
심. 수한 역시 그 계열(?)에 속한 존재로서 상대를 얕잡아

본다.

"숫자가 좀 많으면 모를까, 저 정도라면 저번 찰거머리 때 뽑아놓은 구울들로 충분하겠지. 아, 혹시 모르니까……."

탑 주위에 포진된 천여 마리의 구울로 만족하고 창문에서 고개를 돌리던 수한. 그러다 문득 품 안의 드레이크의 뼈 다섯 조각을 꺼내 들어 스켈레톤 500기를 소환해 탑 밖으로 내보낸다. 그의 생각엔 이 정도면 충분하다 못해 차고 넘치는 조치.

"뭐, 마지막 손님이 될 수 있으니까 특별 선물이라구~ 크크크크~"

일사불란하게 움직이는 스켈레톤 대군의 뒷모습을 마지막으로 수한은 '마지막 손님들'에 대해 완전히 관심을 끊었다.

"휘유~ 이거 대단한데? 어떻게 이런 외진 곳에 이 정도 규모의 건축물을 만들 수 있는 거지? 거기다 건물 양식을 보니 지은 지 얼마 되지도 않았어. 역시 이 탑의 배후엔 드워프 연합이 존재하는 건가? 아니면 흑마법사가 드워프 연합을 굴복시켜서 이런 건축물을……? 이거 참, 생각보다 쉽지 않겠어."

'어둠의 탑'을 올려다보며 반은 장난, 반은 푸념 섞인 한탄을 하는 리버스. 그러나 길란드의 귀엔 마치 앞으로의 일이 매우 흥미진진해질 것 같다는 투로 들릴 따름이다. 그 단적인 예로, 점차 포위망을 좁혀오는 무수한 스켈레톤과 구울들을 바라보는 리버스의 입가에 짓궂은 미소만 눈에 띌 뿐.

이래서야 긴장하고 싶어도 긴장할 수가 없다.

'뭐, 하긴 긴장할 필요도 없지만……'

속으로 반쯤 한숨을 내쉬지만 길란드 역시 느긋하긴 마찬가지. 아니, 그 두 사람을 제외한 나머지 두 명도 귀찮다는 분위기가 역력했다.

─언제까지 기다려야 하지? 네가 하지 않으면 내가 나서지.

오직 어둠만이 존재하는 검은 헬멧 안. 그 안에서 흘러나오는 거친 기계음엔 짜증이 가득하다. 하긴 더운 여름 날씨에 검은 전신 갑옷으로 무장한 입장에선 시간을 끌면 끌수록 짜증이 날 터. 그런 이유로 '다스어벤저'는 지금 당장이라도 길란드를 대신해 눈앞의 거치적거리는 '허수아비'들을 처리하려는 몸짓을 보였다. 이에 다급해진 건 자연 길란드. 간만에 몸 풀 기회를 이런 식으로 날릴 순 없지 않은가?

"아아~ 알겠네, 알겠어. 금방 처리하지. 쯧~ 요즘 사람들은 정말 여유가 없다니까."

연신 투덜거리면서도 양손을 바삐 움직여 수식을 그리는

길란드. 그리고 마지막 순간 그를 중심으로, 정확히 말하면 길란드를 포함한 네 명을 중심으로 물결치듯 퍼져 나가는 불꽃의 향연.

화르르르르륵!

끼에에에엑!

반경 오십여 미터를 점한 화염의 물결에 촘촘히 포위망을 구축했던 구울들 대부분이 그대로 재로 화했다. 시동어도 없이 단지 간단한 수식을 그린 것만으로 이룬 놀라운 광경. 거기다 파이어 웨이브를 중첩 운용한 듯 불의 세기와 그 범위나 모두 경악할 수준이다. 역시 8서클에 도달한 대마도사다운 무위. 하지만 일행 중 누군가는 그런 행동이 큰 불만인 듯,

―꼭 화염을 썼어야 했나?

"이런, 실수~ 하지만 화속성 마법이 내 주특기인 걸 어떡하나? 헤헤헤."

뜨겁게 달구어진 갑옷 탓에 더욱 음산해진 다스어벤저의 음성. 이에 길란드는 혀를 슬쩍 내밀며 한눈을 찡긋하며 귀여운(?) 모습을 보인다. 순간 차가운 북해의 빙설이 몰아치는 장내. 다스어벤저는 자신도 모르게 검을 뽑아 들 뻔했고, '그림자'는 순간적으로 그 모습이 흐려졌다. 그나마 이런 길란드의 기행에 익숙한 리버스는 옆에서 중재하는데……

"크흠~ 이봐, 길란드. 나이를 생각해야지."

"허허허, 마스터께서 늘 젊게(?) 살라고 하지 않으셨습니까?"

"하, 하하하! 내가 그랬던가? 하지만 방금 전 그건 정신적 타격이 너무 컸어."

"허, 그렇습니까? 그럼 이걸 새로운 필살기로……."

"제발 참아주게. 그건 아군에게 더 치명적이야."

두 사람의 만담 아닌 만담에 절로 기운이 빠진 다스어벤저. 그런 그의 눈에 재차 접근해 오는 스켈레톤은 하나의 축복이었다.

―저놈들은 내가 맡지.

"억, 안 돼!! 탑에 진입할 때까진 전부 내 차지라고 약속했잖아!!"

구울보다 높은 항마력과 화염 물결의 범위 밖에 있었던 탓에 그나마 남아 있던 백여 기의 스켈레톤. 다스어벤저는 황급히 그들에게 달려들었고, 길란드는 안타까움이 담긴 비명을 내질렀다. 하지만 지금의 상황에 그의 투정이 다스어벤저의 귀에 들릴 리 만무. 결국 남아 있던 스켈레톤은 다스어벤저에 의해 단 1분 만에 전원 가루로 화했다.

철컥

―자, 이제 끝인가?

"칫, 너무해."

얼마 전 수백 명의 기사와 수천의 병사들을 몰살시킨 스켈레톤을 상대로 너무나 압도적인 무력을 선보인 다스어벤저. 그러나 정작 그는 이까짓 일이 별것도 아니라는 듯, 도리어 방금 전, 정신적 타격을 다소 회복한 듯한 모습을 보인다. 그리고 그런 그에게 입을 삐죽 내밀어 재차 데미지를 주는 길란드. 결국 다스어벤저의 손은 다시 한 번 검의 손잡이로 향했다.

—다시 한 번 그러면…….

"하, 하하하! 알겠네. 이제 자제하지."

노골적인 살기에 마침내 두 손을 들어버린 길란드. 아무리 그가 재상의 심복이라곤 하지만 상대 역시 그와 대등한 지위를 가진 존재. 더 이상 상대를 격동시키는 건 바보짓이었다. 하지만…….

'언젠가 그 검은 속내를 밝히고 말겠어.'

화가 심하게 난 듯 성큼성큼 발걸음을 옮기는 다스어벤저. 그런 그를 바라보는 길란드의 두 눈은 차디차기 그지없었다. 그리고 그 모든 광경을 그저 바라만 보는 그림자.

"자자, 싸움은 이제 그만 하고… 길란드, '불꽃놀이' 까지 앞으로 대충 어느 정도 남았지?"

서로 간의 소요가 어느 정도 잦아들자 재차 앞으로 나서는 리버스. 그러나 이번엔 방금 전보다 장난기가 많이 가신 음성이다. 이에 길란드 역시 신중하게 답했다.

"이제 대략 한 시간 뒤면……."

"흐음~ 그래? 그럼 더 이상 여기서 놀 시간이 없겠군. 자, 이제 어서 진입하자구."

"예스, 마스터."

오랜만에 돌입한 리버스의 진지 모드에 역시 행동을 가다듬는 길란드. 그런 분위기는 다스어벤저에게도 전염되어 헬멧 안의 씩씩거림도 사라진다. 그리고 마침내 어둠의 탑에 돌입하는 네 사람. 하지만 그냥 가기엔 뭔가 허전한 탓일까?

"자~ 이제 드디어 용사 파티가 마왕을 잡으러 가는군. 세상 평화를 위해 힘쓰는 용사라… 이거 멋진데? 하지만 뭔가 아쉬워. 어때, 길란드? 마왕을 잡은 뒤 박제로 만들어서 기증할까? 그럼 우리 명성이……."

"제발 그것만은 참으십시오."

진지 모드에서 재차 히죽 모드로 전환한 리버스. 그의 말에 잠시 휘청거린 나머지 세 사람은 그저 고개를 휘휘 저을 수밖에 없다. 아무리 그래도 박제라니…….

어쨌든 그로부터 30분이 지나 마침내 탑의 12층 마왕의 집무실에 도달한 용사들(?).

콰콰콰콰쾅!

"후아~ 무슨 놈의 함정이 이렇게 많아? 역시 드워프제는 다르다니까. 이럴 줄 알았으면 홀리 그라운드의 건설도 드워프에게 의뢰하는 건데……."

"캑캑, 그렇군요. 이거 참. 하지만 제법 공을 들여 만든 것 같은데 조금 아깝다고 해야 하나?"

─그 함정을 전부 때려부순 건 네놈이다.

"하하하, 그런가?"

먼지를 잔뜩 뒤집어쓴 채 서로 간에 만담(?)을 주고받으며 등장한 리버스와 길란드, 다스어벤저. 그러다 문득 눈앞에 펼쳐진 광경에 몸이 굳어진다.

산더미같이 쌓여 있는 병장기들과 보석, 금화. 분명 제국의 보물 창고에서나 볼 수 있는 어마어마한 양이긴 하다. 하지만 정작 그들의 몸을 석화(?)시킨 건 그 보물산 옆에서 열심히 보물들을 보자기에 퍼 담고 있는 검은 로브 차림의 인영과 리치, 데스 나이트의 모습.

한편 수한과 토일, 시드 역시 놀라긴 마찬가지다. 정신없이 삽(?)으로 아이템을 보자기에 담고 있는데, 난데없이 문을 깨부수고 난입한 세 인영. 스켈레톤을 포함한 구울 군단과 탑의 함정을 철석같이 믿던 그들로선 그야말로 혼비백산할 일이었다.

결국 서로 간에 상대의 존재를 전혀 예상치 못한 탓인지 무거운 침묵만이 감도는 장내. 하지만 선방필승이라는 싸움의 원칙에 너무나 충실한 용사 측 진영 중 누군가는 이내 상대를 향해 쇄도해 들어간다.

―잘됐군. 생각보다 빨리 끝나겠어.

스걱!

아직도 멍하니 있는 토일에게 거침없이 검을 휘두르는 다스어벤저. 아마 기사보다는 마법사가, 두목보다는 졸개가 상대하기 편할 것이라는 생각에 그를 노린 모양이다. 그리고 수한과 시드가 놀라 토일을 바라봤을 땐, 이미 그의 몸은 두 동강이 난 뒤. 하지만,

―이놈이 감히…….

―응? 역시 상급 언데드 리치란 건가? 하지만 방금의 일격은 라이프 베일에게까지 타격이 갔을 텐데?

두 팔로 멀쩡히 상반신을 일으켜 세우는 토일의 모습에 고개를 갸우뚱하는 다스어벤저. 대승정의 축복이 듬뿍 담긴 그의 마법 검의 특징상 언데드 계열의 마물에겐 그야말로 치명적. 라이프 베슬을 통해 거의 불사를 구가하는 리치라 할지라도 이렇게 바로 움직일 수는 없을 것이다.

하지만 현실은 단순히 이론만으로 되지 않는 법. 알다시피 토일의 HP는 수한 뒤를 잇는 먼치킨 수준이다. 차라리 시드를 노렸다면 회색으로 물들일 수 있었을 테지만 토일의 경우엔 그 누구라도 단 일격만으론 그를 회색으로 물들기엔 무리

였다.

때문에 토일은 아무런 문제 없이 자신을 몸을 동강 낸 시커먼 흑기사에게 저주를 다발로 선사하려 했고, 이에 다스어벤저는 검을 휘둘러 그를 아예 가루로 만들려고 했다. 하지만 그 둘의 격돌보다 수한의 행동이 한발 빨랐으니…….

"역소환!"

—마스터, 대체 왜?

—로드?!

이유 불문하고 황급히 토일과 시드를 역소환한 수한. 이어 허공에 검을 휘두른 다스어벤저를 향해 달려든다.

카카카캉!

—크윽, 마법사가 아닌 건가?

일순간의 연타. 수한의 번개 같은 주먹질을 검으로 튕겨내며 신음성을 토하는 다스어벤저. 그 한 방 한 방에 실린 경력에 부르르 몸을 떨며 그 충격을 해소한다. 그리고 그 모습에서 미간을 잔뜩 찌푸린 수한.

"너희들은 누구냐?"

토일을 향해 쇄도한 움직임과 단 일 검에 그 몸을 두 동강 낸 경력, 그리고 결정적으로 방금 전 묵천파황권, 즉 권풍의 여력을 자연스럽게 해소한 모습. 눈앞의 흑기사는 결코 만만한 녀석이 아니었다. 그리고 그와 함께 등장한 마법사와 사제 역시 그 분위기를 보아 흑기사와 마찬가지. 때문에 자신의 허약한(?) 수하들을 일단 역소환한 수한이었다. 기껏 마력 300이나 투자해 만든 무능한(?) 수하들을 어처구니없이 잃을 순 없지 않겠는가?

"흐음~ 이거… 상대의 이름을 알려면 먼저 자기소개부터 하라는 기본적인 예의도 모르는 모양이군. 뭐, 흑마법사에게 그런 걸 바란 것 자체가 무리인가? 할 수 없지. 내가 좀 손해 보는 셈 치고… 난 리버스, 이쪽은 길란드, 그리고 방금 전 열렬 청년은 다스어벤저라고 한다네. 자, 이제 자네가 소개할 차례인가?"

베일 아래 짓궂은 미소나 시종일관 유쾌한 음성. 다스어벤저와 긴장한 채 대치 중인 수한에게 마치 친구 먹자 식으로 말을 건네는 리버스다. 덕분에 방금 전까지 칼부림한 것이 무색하게 맥이 빠지는 장내의 사람들. 그러나 그들 중에서 오직 단 한 명, 수한만큼은 더욱 긴장했다.

저자는 강자다, 지금껏 만난 최강자 카오틱 드래곤이나 로드 타이거에 비견될 정도로. 거기다 자신과 극성인 '사제'였다.

"꿀꺽."

강자만이 강자를 알아볼 수 있는 법칙에 의거, 리버스를 최대 난적으로 지목한 수한. 그는 마른침을 삼키며 연신 리버스를 곁눈질했다. 그리고 로브의 후드를 뒤집어썼다곤 하지만 고수의 눈엔 그런 기색이 뻔히 보이는 게 당연지사. 결국 수한의 방심 아닌 방심은 그의 눈앞에 있는 다스어벤저를 경동시키기에 충분했다.

—난 신경 쓸 필요도 없다는 거냐?

쇄애액!

수한을 향해 날아드는 오러가 실린 세 개의 검. 기사단장치곤 검의 변화가 적지만 어쨌든 환검(幻劍) 유의 공격처럼 여겨진다. 어차피 자신의 먼치킨 방어력을 철석같이 믿는 수한으로선 그것이 세 개가 아니라 수백, 수천 개라도 전혀 상관없는 일이었지만.

그런데 그 무시했던 검격이 수한에게 제법 치명적인 타격을 입혔다.

찌지지지직!

"크억! 이건?!"

자체 내 금강불괴와 평상시에도 늘 호신강기를 운용한 탓에 기본 방어력만 이만을 넘어선 지 오래인 수한. 그런데 사제에게 한눈을 팔았다곤 하지만 그 철벽같던 방어력이 맥없이 뚫렸다. 그것도 세 개의 검격 모두에게.

즉, 방금 전 공격은 환검이 아닌 전부 실체, 그것도 막강한 공격력을 자랑하는 붕검(崩劍) 유라는 뜻. 덕분에 그 탐색전

같던 가벼운 공격으로 인해 수한의 HP의 10%가량이 허무하게 사라졌다.

아무리 공격력이 강하다고 해도 단순 일반 격중에 그 데미지가 이만이 넘는다는 건 확실히 비정상. 어떻게 일검에 실리는 데미지가, 그것도 세 개로 분리시킨 검격에 이만 이상의 공격력이 실릴 수 있단 말인가? 그러나 상대는 수한이 살아남았다는 사실이 더 신기한 모양이다.

ㅡ응? 어떻게 아직도 살아 있는 거지?

정말로 놀랐다는 듯 뒤로 주춤 물러나기까지 하는 다스어벤저. 그의 공격 스타일상 초반부터 전력을 다했기에 방금 전 공격은 그의 숨겨진 필살기를 제외한 최고의 공격. 그런데 상대는 아무런 조치를 취하지 않은 채 맨몸으로 받아내고도 멀쩡해 보인다.

'이거 정말 장난이 아닌데…… 이래서야 마치 '그놈' 같잖아.'

결국 방금 전, 공방을 통해 수한은 수한대로, 다스어벤저는 다스어벤저대로 긴장하는 국면. 이에 수한은 마침내 결단을 내렸다.

눈앞의 흑기사는 결코 만만치 않다. 거기다 저기 사제와 마법사까지 고려한다면? 사업을 시작 이후 최대 위기 상황. 하지만 비겁이야말로 악당의 전매특허이자 유용한 수단이 아니던가? 그러니 나도……

자신이 악당임을 이제 누구보다 잘 아는 수한. 그는 마침내 악당다운 면모를 과시하기로 마음먹었다.

"크크크크, 이거 정말 대단하군. 방금 전 공격은 제법 아팠어. 그런데 계속 날 공격해도 될까? 황녀의 안위는 신경 쓰지도 않은 채?"

나인스타 같은 강자, 즉 귀찮을 것 같은 존재에 대해선 나름대로 체크한 적이 있는 수한이다. 덕분에 리버스가 조금 전 이름을 밝힐 때부터 그 정체를 눈치 챌 수 있었다. 이들은 바로 자이드 제국의 세 명의 나인스타. 지금껏 겪어본 세 명의 나인스타 로드 타이거, 진드기 성기사, 불량 엘프들을 고려할 때 이들 역시 먼치킨일 가능성이 높다.

그러나 단지 강하다고 모든 게 해결되는 게 아니질 않은가? 적어도 자이드 제국의 신하인 이상, 그리고 자신의 손아귀에 제국의 황녀가 있는 이상 이들은 함부로 행동할 수 없었다. 즉, 지금부턴 악당의 로망이라는 인질극이다.

"크크크크, 자, 이제 어쩔 거냐?"

넘치는 자신감으로 양팔을 벌리며 상대를 조롱하는 수한. 이것이야말로 비겁 만땅 악당의 전형적인 모습이 아니고 무엇이랴?

그러나 우린 기억해야 한다. 수한이 지금껏 어떤 삶을 살아

왔는지…….

덜컹!

"흑흑흑! 리버스~"

수한이 간만에 분위기를 잡고 있는데 문이 거칠게 열리면서 한 인영이 리버스에게 안겨든다. 그 인영의 정체는 바로 밀리네 황녀.

"어, 어떻게……?"

로드 타이거가 절대 찾을 수 없다고 공언한 최상층의 비밀방에 가둬뒀던 밀리네 황녀다. 그런데 어떻게? 그리고 대체 누가?! 전혀 예상치 못한 탓에 그저 황망히 중얼거리기만 하는 수한. 바로 그때, 그런 그의 의문을 풀어주기라도 하듯 누군가에 고개를 끄덕이는 리버스.

"좋아, 디엘. 아주 잘했어."

휙!

리버스의 얼굴이 향한 곳으로 고개를 부러질 듯 돌린 수한. 그는 그제야 문 옆에 선 또 다른 인영을 발견할 수 있었다.

"큭, 그렇군. 처음엔 네 명이었어."

애초에 탑에 접근 중이던 인영은 모두 네 명, 그리고 그중 세 명만이 이 자리에 난입했다. 그렇다면 남은 한 명은?

"크크크, 내 시선을 돌리는 사이 황녀를 구출한 셈인가? 크크크, 당했군."

방금 전 분위기 잡았던 게 여간 민망했는지 연신 헛웃음을 터뜨리는 수한. 이렇게까지 당하자 뭐라 할 말조차 없다.

하지만 수한이 그렇게 혼자 키득거리는 동안 정작 리버스를 비롯한 일행은 이미 그의 존재를 잊은 지 오래. 그들의 주요 관심사는 전혀 다른 곳에 있었다.

"'그것'은 어디 있지?"

"예? 그게 무… 슨……? 설마 여기 온 이유가……?"

평상시 장난기가 배제된 약간은 차가운 음성. 리버스는 자신의 품 안에 계속 파고들려는 밀리네 황녀를 떼어놓고 '그것'의 행방을 물었다. 그러자 뭔가 상처받은 듯 리버스를 노려보는 밀리네.

리버스를 비롯한 길란드와 다스어벤저. 오직 자신을 구출하기 위해 이곳까지 온 줄 알았다. 그런데 자신을 보자마자 고작 한다는 소리가…….

"으득, 저자의 팔목에 있어요!!"

분노에 타오르는 눈으로 수한의 손목을 가리키는 밀리네. 덕분에 수한은 재차 리버스 일행의 관심을 독차지할 수 있게 되었다, 물론 매우 안 좋은 방향으로.

스팟!

밀리네의 말이 채 끝나기 무섭게 몸을 움직인 건 다스어벤저. 그는 재차 수한을 향해 검을 겨루며 쇄도했다. 이번엔 분산된 검격이 아닌 집중된 일검 공격. 단 일격에 수한을 끝장낼 생각인 듯 방금 전과는 그 기세가 다르다. 하지만 이번엔 방금 전처럼 그냥 맞아만 주는 수한이 아니었으니……

파파파팍!

"이번엔 좀 어려울 거다."

지금껏 수한의 전투 스타일은 그 본인의 방어력을 믿고 맞받아치는 게 대부분. 그러나 상대의 공격력이 자신의 방어력을 능가한다는 사실을 안 이상 그렇게 할 이유가 하등 없다. 이에 이형환위를 극성으로 운용, 다스어벤저의 등 뒤를 점하는 수한. 동시에 다스어벤저의 목을 틀어쥐고 꺾어 버린다.

턱! 우득!

─크으윽! 어떻게……?

너무나 쉽게 제압당했다는 사실이 믿을 수 없다는 듯 쓰러지면서도 경악하는 다스어벤저. 하긴 그가 어찌 알겠는가? 지금껏 수한은 이기기 위한 것이 아닌 즐기기 위한 전투를 해왔다는 사실을. 덕분에 쉽게 이길 수 있었던 싸움조차 늘 한 번은 위기를 겪었던 게 수한의 특징. 하지만 이번엔 다르다.

'일 대 일이라면 모를까, 지금은 세 놈이나 더 있으니까……'

난적이 하나도 아닌 세 명이나 더 있다는 사실에 처음부터 속전속결에 전력을 다하는 수한이었고 그 짧은 공방전의 결과에 리버스를 제외한 좌중의 모든 이들이 경악했다.

"이럴 수가? 다스어벤저가 저리도 쉽게! 큭! 죽어라!!"

다스어벤저가 쓰러지자 이에 경악하며 이리저리 수식을 그리며 마법을 구현하는 길란드. 그러자 리버스들이 서 있는 곳을 제외한 방 안 전체가 일시에 불바다가 된다. 바로 길란드의 특기인 파이어 필드 중첩 운용의 결과.

그러나 수한이 수세에서 공세로 전환하자 이거 정말 장난이 아니다.

"이 자식이! 내가 뭐 때문에 광역 스킬을 자제하고 있었는데……!"

파파파파파팡!

방 안 가득 들어차는 화염 물결을 향해 수백, 수천의 장력을 내갈기는 수한. 압도적인 근력의 힘을 빌린 손바람은 이내 불바다를 잠재운다. 그리고 수한이 기껏 모은 아이템에 일부 손상을 가한 길란드는 그의 분노의 표적이 되었다.

퍼어어억!

"캑?! 우에엑"

그 특유의 빠른 스피드로 접근, 평상시 늘 길란드의 생명을 지키던 대마도사 전용 기본 호신 방어막조차 일거에 무력화시킨 수한. 이어 길단드의 배에다 한이 서린 주먹을 전력을 내갈겼고, 길란드는 복부가 터져 하드코어의 진수를 연출한다. 이 광경에 방금 전까지 분노에 치를 떨던 밀리네 황녀는 재차 공포에 휩싸였다.

'이럴 수가? 이들 역시 저 악마한테는 상대가 안 된다는 건가?'

일순간에 자이드 제국의 두 기둥을 쓰러뜨린 악마. 그 모습을 보니 재차 인질 생활을 하는 자기 자신의 미래가 보이는 듯했다.

그러나 수한이 가장 경계하는 리버스가 움직이자, 다시 급격히 반전되는 상황.

"쯧, 이러면 곤란한데……. 그레이트 풀 힐(Great Full Heal)!"

딱!

손가락을 가볍게 튕기며 리버스가 시동어를 말하자 일시에 장내를 뒤덮는 눈부신 성광(聖光). 그 기운이 닿자마자 반쯤 회색으로 물들던 다스어벤저와 길란드 옆에서 자신의 내장을 입으로 확인하던 길란드가 벌떡 일어선다. 반면 수한은…….

"크아아아악! 키에에에엑!"

언데드계 마왕답게 힐링 마법은 그야말로 쥐약 중의 쥐약. 덕분에 땅바닥을 떼굴떼굴 구르며 고통에 몸부림을 친다. 그리고 그 잠깐 사이, 수한이 입은 피해는 본신 HP의 절반 수준.

"크으윽, 역시 네놈은 나와 극성이었어."

억지로 고통을 감내하며 간신히 몸을 일으킨 수한. 그는 리버스를 노려보며 재차 몸을 날리려 했다. 다시 힐링 마법을 쓰기 전에 단숨에 그 숨통을……. 하지만 글 패턴상 이번엔 수한이 당할 차례였다.

─이놈, 이번엔 다를 거다!!

파지지지직!

자신이 맥없이 당했다는 사실에 분노한 다스어벤저. 본인이 아끼고 아낀 필살기를 처음부터 구현하며 수한을 막아선다. 놀랍게도 그 막아선 속도는 수한의 이형환위와도 비견될 정도. 거기다 그의 몸 주위를 감싸는 전격의 기운은…….

─뇌격붕검(雷擊崩劍)!!

"윽! 뭐야?!

콰콰콰콰콰쾅!!

다스어벤저의 벽력같은 기합성과 함께 그의 검에서 솟구치는 전격과 오러의 기둥. 간발의 차로 피한 수한을 스쳐 지나 탑의 벽을 뚫고 이어 하늘을 꿰뚫는다. 이에 놀란 수한이 잠시 주춤하지만 다스어벤저의 반격은 이제 막 시작되었을 뿐.

─방금 전 치욕을 배로 갚아주지!

어느새 미러 이미지를 구현, 다섯 개의 분신으로 수한을 둘러싸는 다스어벤저. 그 이형환위에 버금가는 속도와 난데없는 분신의 등장에 수한은 당황할 수밖에 없었다. 뭔 놈의 기사가 닌자도 아니고 분신술을 쓴단 말인가? 거기다 중갑옷까지 챙겨 입은 주제에 뭐가 이렇게 빠르지?

그렇게 당황한 수한을 향해 전격을 흐르는 검을 내갈기는 다스어벤저. 이에 수한이 할 수 있는 대응은 오직 단 하나.

파지지직!

"이런, 젠장!"

어설프게 장막을 구현해 봤자 이 막강한 공격력의 흑기사에겐 아무 소용도 없을 것 같다. 그리고 이형환위로 피하기에도 이미 늦었다. 방법이 있다면 오직 십방장환뿐. 그것도 자신이 지닌 전력을 다해야 그나마 안심할 수 있다. 하지만 그런 엄청난 위력의 광역 스킬을 썼다간 방 안의 아이템이…….

'그래도 죽는 것보단 낫잖아.'

로드 타이거와의 일전 후 게임 내 생활이 제2의 인생임을 인정한 수한. 때문에 무슨 일이 있어도 절대 죽지 않겠다고 다짐했었다, 심지어 아이템을 포기하는 한이 있더라도.

"크아아아! 십방장환 트리플!!"

수한의 외침에 잠시 흠칫하는 다스어벤저. 그리고 그 직후, 좁은 공간 내 펼쳐진 충격의 여파로 진공 상태가 된 장내. 그렇게 찰나의 시간이 지난 뒤,

콰콰콰콰콰쾅!

십방장환의 충격파를 이기지 못해 일순간 터져 나가는 '어둠의 탑' 12층. 아무리 드워프가 심혈을 기울여 만든 탑이라지만 마왕이 구현한 데미지 십만 이상의 충격파는 감당해 낼리 없다. 그나마 탑의 주요 골조가 남아 13층을 지탱하길 망정이지 그렇지 않았다면……. 어쨌든 그 충격파의 여파로 다스어벤저는 이미 갈가리 몸이 찢겼고, 나머지 사람들 역시 쓰러져 빈사 상태.

오직 리버스만이 굳건히 서 있었다.

"쯧쯧~ 정말 방심했군. 뭐, 그래도 할 수 없지. 그레이트풀 힐 더블!"

눈앞의 참상에도 불구하고 차분히 자기 할 일을 하는 리버스. 조금 전보다 더욱 환한 성광은 이내 길란드와 그림자, 밀리네 황녀, 심지어 다스어벤저조차 일으켜 세웠다. 그리고 수한은 그 영역에서 후닥닥 벗어나 그 광경을 지켜만 봐야 했다.

"이런, 좀비 같은 놈들……."

저 리버스란 놈이 있는 한 자신이 아무리 날뛰어봤자 전혀 소득이 없다. 기껏 처리하나 싶었는데, 금세 다시 원상 복귀시키다니……. 이래서야 불량 엘프와의 교전과 무엇이 다르랴? 거기다 상대는 하나가 아닌, 무려 네 명씩이나 되는데…….

"죄송합니다, 마스터. 괜한 자만심에……."

─…미안하군.

수한이 그렇게 리버스에 대한 증오를 몸을 떨 때, 그 잠시 동안의 휴전 아닌 휴전을 활용, 리버스 곁으로 모여든 길란드와 다스어벤저. 그들은 마침내 자신들만으론 도저히 수한을 상대할 수 없음을 인정했다. 이에 여전히 웃음기가 담긴 음성으로 다시 한 번 기회를 주는 리버스.

"그럼 이번엔 세 명이 동시에 해봐. 어차피 '그곳'에 가려면 어느 정도 손발을 맞춰야 하거든. 아참, 그리고 저자의 손목에 있는 그것을 회수하는 거 잊지 말고. 이제 시간이 별로 없어."

"알겠습니다, 마스터."

─좋다. 이번에야말로…….

"……."

저마다 이번에야말로 반드시를 중얼거리며 전의를 불태우는 세 사람. 리버스는 그 뒤에 재차 싸움 구경 모드로 들어섰다. 역시 불구경과 쌈 구경은 최고의 이벤트라 중얼거리며.

―내가 정면, 길란드는 보조, 디엘은… 알고 있겠지?

"알겠네."

끄덕.

다스어벤저의 말에 아무 불평 없이 동의하는 두 사람. 그 모습에 재차 고개를 끄덕인 뒤 다스어벤저는 재차 미러 이미지를 구현, 다섯 명의 분신으로 수한을 둘러쌌다. 이어 길란드의 마법 대행진.

"더블 헤이스트, 더블 스트랭스, 더블 배리어, 더블 마이트, 더블 레지스트 파이어, 더블 윈드 아머, 에, 또 뭐가 있더라?"

자신이 아는 버프 마법이란 버프 마법을 인정사정없이 구현하며―그것도 모두 더블로―무한 마나통을 자랑하는 길란드. 그러고도 부족해서 또 뭐 걸 게 있는지 궁리한다. 그리고 그런 길란드 뒤에서 스르륵 사라지는 그림자. 이제 2라운드 준비는 모두 끝났다.

"으득, 이번엔 숨통을 확실히 끊어주마."

혹시나 하는 마음에 곁눈질한 아이템의 산엔 그저 뭔가의 부스러기만이 남아 있다. 때문에 현재 수한의 상태는 분노로 인해 지옥의 화염 이상의 활활 불타고 있었으니, 그런

마당에 정면으로 오는 다스어벤저에 어찌 곱게 보이겠는
가?

"으아아! 십방장환 트리플!!"

자잘한 타격기 기술 따윈 아예 배제시킨 뒤 처음부터 필살
기로 나오는 수한. 하긴 아이템이 완전히 부서진 마당에 더
이상 몸을 사릴 이유가 없지 않은가?

하지만 저 뒤편에서 싸움 구경에 열중인 리버스는 수한을
능가하는 사기 캐릭이었다.

"쯧, 그건 너무 사기성이 짙잖아. 다른 걸로 상대해 주면
고맙겠군. 캔슬."

피시시식!

수한의 몸에서 방출되던 미증유의 거력. 그러나 리버스의
말 한마디에 이내 피식 꺼져 버린다. 그리고 잠시 스킬의 여
운을 즐기기 위해 무방비로 있던 수한의 빈틈을 너무나 정확
하게 공략하는 다스어벤저.

"극대뇌정검(極大雷霆劍)!!

파지지지직!

버프 마법을 통해 강화된 공격력에 자신의 또 다른 필살기
까지 구현하는 다스어벤저. 오러와 전격 마법의 합일로 이루
어진 거대한 오러의 검은 정확히 수한을 양단한다. 수한으로
선 그야말로 절체절명의 위기 상황.

하지만 역시 주인공은 주인공이란 건가? 방심이라곤 털끝
만치도 없는 수한은 평상시와는 너무나 달랐다.

"크아아악! 이제 개나 소나 다 캔슬이냐?!"

그 누군가에 대한 격렬한 불만을 토하며 거대한 오러 전격
검을 피해 오히려 다스어벤저의 품으로 뛰어든 수한. 그 본래
의 직업, 권사의 특징과 작은 몸집을 최대한 살려 근접전에
접어든다. 이전까지 그저 당하기만 하던 수한과는 너무나 다
른 모습. 역시 주인공은 이런 살벌한 실전을 많이 겪어야만
실력을 늘어나는 모양이다.

퍼억! 퍼퍼퍽!

─큭, 이런. 흑마법사면 흑마법사답게 마법을 쓸 것이지 권
법을…… . 응, 설마?!

수한에게 이리저리 난타를 당하며 이를 악무는 다스어벤
저. 방금 전 자신만만하던 모습에 비해 너무 초라하고 불쌍할
지경이다. 그러나 온몸에 도배된 버프 마법의 힘으로 수한의
공세를 견디며 재차 기회를 노리는데…… . 하지만 별안간 떠
오른 생각에 수한도 아니면서 싸움 중에 딴생각을 하고 만다.
이에 절호의 기회를 놓치면 자신이 수한이 아니라고 울부짖
으며 그 목을 강하게 틀어잡는 수한.

"크크크, 단순히 꺾어버리면 다시 살아나겠지. 이번에 아
예 몸통에서 뽑아주마."

예전보다 훨씬 하드코어적 생각을 하며 손아귀에 힘을 주는 수한. 그에 따라 다스어벤저의 몸은 점차 공중에 떴고, 수한의 호언장담(?)처럼 다스어벤저의 최후가 보이는 듯했다. 하지만 바로 그 순간,

스팟!

"엉? 뭐야?"

일순 공간이 일그러지며 수한의 바로 옆에서 등장한 인영. 등장하자마자 말이 필요없다는 듯 후드 속 수한의 얼굴을 노려 단검을 찔러 넣는다. 이에 난데없이 장님이 될 뻔한 수한은 자신도 모르게 다스어벤저를 그에게 집어 던진 채 뒤로 물러나는데 그 찰나의 교전 직후, 그 깜짝 등장인물의 손엔 지금껏 수한이 차고 있던 팔찌가 들려 있었다.

"억!! 이봐, 그건 내 거야!!"

그나마 차고 있는 팔찌—그것도 왠지 엄청 비쌀 것 같은—조차 빼앗기자 비명까지 내지르며 달려드는 수한. 이미 그의 뇌리엔 다스어벤저의 존재는 옛날 옛적에 삭제됐다. 하지만 후방에서 서포트하는 길란드가 그 빈틈을 가만히 지켜만 볼 리 만무.

"메가 블레이즈!!"

화르르르르륵! 콰콰콰쾅!

"아악! 이놈들이!!"

허공에 생성되는 십여 개의 거대한 화염의 구. 생성과 동시에 수한의 몸을 강타한다. 그리고 그 강렬한 화기로 인한 아픔에 수한이 잠시 주춤하는 사이, 멀찌감치 뒤로 물러서는 그림자와 다스어벤저. 그리고 그들이 물러나자마자 더 이상 싸움은 이제 시간 낭비라는 판단 때문일까?

짝짝짝!

"좋아, 시간이군. 아쉽지만 이제 떠날 시간이야. 아, 그리고 디엘, 이번에도 수고했어."

방금 전, 격렬한 난투와 전혀 무관하다는 듯 유쾌한 음성. 그 음성의 주인인 리버스는 이제 떠날 시간이라며 일행에게 물러날 것을 종용한다. 이에 뭔가 불만을 가진 듯하면서도 결국엔 물러서는 길란드와 다스어벤저.

물론 지금껏 당할 만큼 당한 수한이 그런 그들을 멍하니 지켜만 볼 리 없다.

"이놈들이! 올 땐 니들 마음대로지만 갈 땐 적어도 내 허락을 받아!"

우우우웅!

양손에 큼직한 장환을 생성, 리버스 일당을 향해 날리는 수한. 그러나 재차 오러 전격검을 생성한 다스어벤저에 의해 그 장환은 튕겨져 나갔고, 길란드가 사정없이 날리는 화염 공세에 접근이 불가능하다. 그렇다고 십방장환을 날리려니 그놈의 캔슬이 문제.

"그럼 다음 기회에 다시……."

약이 올라 방방 뛰는 수한에게 너무나 우아한 자세로 인사를 건네며 준비해 둔 스크롤을 찢는 리버스. 순간 그를 포함한 그들 일당은 수한의 눈앞에서 그대로 사라졌다.

"크아아아악! 이런, 젠장!!"

"돌려줘요!"

텔레포트의 여운이 채 사라지기도 전에 밀리네는 그림자를 향해 손을 내밀었다, 마치 그림자가 자신의 물건을 도둑질한 것마냥 경멸스런 시선으로 노려보며. 그러나 그림자는 그녀를 무시한 채 리버스를 응시할 뿐. 이 철없는 아가씨에게 그것을 돌려줘도 되느냐는 무언의 질문이다.

"아아, 밀리네 황녀. 미안하지만 그것은 어렵겠는데……."

"왜죠?!"

자신의 무시하는 그림자에게 모멸감을 느끼는 밀리네였지만 이내 그 상대는 리버스로 바꿨다. 대체 왜 자신의 물건을 돌려받을 수 없단 말인가? 그러나 리버스의 음성에 약간의 조롱기가 담기자 밀리네는 주춤 물러날 수밖에 없었다.

"쯧쯧, 그 물건의 원주인이 누구인지 잊은 건가, 황녀? 난 어디까지 이것을 빌려줬을 뿐이야. 아무리 선택받았다곤 하지만 그렇다고 주인이라고 주장할 순 없지. 안 그래, 황녀?"

"그건……."

그림자가 공손히 내미는 팔찌를 자신의 손목에 끼는 리버스를 바라보며 밀리네는 뭐라 반박할 말을 찾지 못했다. 지금껏 그 힘에 취해 잊고 있었지만 애초에 그 팔찌를 준 사람은 리버스. 즉, 원주인이 돌려받길 원한다는데 무슨 할 말이 있겠는가?

그러나 그런 생각은 어디까지 잠시 잠깐. 1년 전 그녀라면 모를까, 강력한 힘에 취해 그것을 남용한 지금의 그녀에겐 그런 이성적인 판단력이 남아 있질 않았다.

"난… 난 제국의 황녀예요."

"그렇지. 그리고 그 제국을 지금같이 만든 사람이 나고."

"난 선택을 받았어요!"

"정확히 말하면 선택을 받도록 내가 만들었지."

"이, 이 무례한!"

조금도 지지 않는 리버스의 말발에 그저 아랫입술만 깨무는 밀리네. 그러나 그런 그녀를 여전히 빙글거리는 시선으로 바라보며 리버스는 이내 새로운 관심사를 이끌어냈다.

"아아, 황녀. 이런 사소한 일보다 이제 곧 있을 멋진 구경 거리를 감상하는 게 훨씬 낫지 않을까?"

"무슨 소릴?! 누굴 놀리⋯⋯!"

팔찌의 소유권 문제를 사소한 일로 치부하는 리버스에게 버럭 화를 내려는 밀리네. 그러나 리버스가 손가락으로 가리키는 방향을 보는 순간, 말문이 막힌다. 아니, 절로 벌어지는 입 탓에 말을 할 상황이 아니라고 할까?

그런 그녀와 리버스 일당들이 바라보는 그곳엔 평생 한번 볼까 말까 한 장관이 펼쳐지고 있었다.

쾅쾅쾅!

"크아아아아! 원통하다!!"

가뜩이나 휘청거리는 탑을 더욱 붕괴시키며 화풀이에 연연하는 수한. 하긴 지금껏 모아둔 아이템들이 깡그리 재로 변한 데다가 인질인 황녀가 도주했으니 그가 그러는 것도 충분히 이해가 간다. 그러나 그런 일반적인 예상과 달리 그가 이렇게까지 화가 난 진짜 이유는 상대에게 일방적으로 농락당한 그 본인의 어수룩함.

보다 빨리, 그리고 과감히 행동했다면 이렇게 당하진 않았을 텐데, 지금껏 그 특유의 안이함과 한가닥 양심 탓에 얼마나 많은 손해를 감수했던가? 그러나 이젠 다르다.

"크크크킥, 좋아. 이제부턴 정말 마왕으로서 진정한 악랄함을 보여주마."

마음속 깊숙한 곳에 잠재된 마지막 양심을 버리기로 결심한 수한. 이젠 단순히 아이템 획득을 통해 빚을 갚는다는 흐리멍덩한 계획은 깨끗이 잊어버린다. 대신 마왕으로서의 힘을 적극 활용, 토일의 희망대로 암흑제국 건립을 통해 빚을 갚는다는 과격한 계획을 세운다. 아니, 악당의 마지막 꿈이라는 세계 정복을 울부짖는다.

"크크크크크크, 리버스, 네놈은 깨우지 말아야 할 존재를 깨웠다. 자이드 제국이라 했던가? 암흑제국이 일어서는 날, 친히 짓밟아주마."

마왕의 검은 오라를 내뿜으며 악당의 풍취(?)에 한껏 취해 괴소를 흘리는 수한. 정말 오랜만에 보는 대악마의 면모다. 그러나 그 누군가는 수한이 그렇게 잠시 분위기 잡는 것조차 허용할 수 없다는 걸까?

휘이이이이이이이이잉!

"웅, 무슨 소리지?"

하늘에서 들려오는 뭔가 심상치 않은 소리. 마치 대기가 울부짖는 듯하다. 거기다 전신을 짜릿짜릿하게 만드는 이 충격파의 여운은?

"대체 뭐야?!"

불길한 예감에 휩싸여 황급히 창문으로 내달리는 수한. 그런 그의 두 눈엔 그를 향해, 아니, 어둠의 탑을 향해 날아드는 거대한 그 무언가를 보였다. 그 정체는 바로……

"크아아아아아~ 또 같은 패턴이냐?!"

분노와 절망에 울부짖으며 창문으로 뛰어내리는 수한. 그리고 그가 탑에서 벗어나자마자 탑을 강타하는 거대한 운석.

콰콰콰콰콰콰콰콰콰콰콰콰쾅!!

천지를 뒤흔들고, 그 충격파의 여파는 대륙 전체에 퍼져 지진을 일으킨다. 바로 궁극기[Ultimate Skill] 메테오(Meteo)의 작렬이었다.

"으윽~ 이런 말도 안 되는……!"

밀리네는 격렬히 흔들리는 지면에 간신히 몸을 지탱하며 경악하고 있었다. 그리고 평상시 늘 알고 지내던 존재가 얼마나 무서운 인물임을 재차 깨닫고 두려움에 휩싸였다. 어떻게… 아무리 대단한 마법사라곤 하지만 어떻게 저런 걸 구현할 수 있단 말인가?

8서클 대마도사 길란드. 나인스타 중 한 명에 속하는 절대강자. 물론 알고 있는 사실이었다. 하지만, 하지만 이건 정말 너무하다. 어떻게 저런 걸, 그리고 그 길란드의 절대 충성을 받고 있는 존재 리버스는……

"리버스… 당신은 대체……."

잔혹한 힘의 폭거가 잦아들자 리버스에게 재차 뭔가를 따지려는 밀리네. 스스로도 설명할 수 없는 질투와 두려움에 휩싸여 그녀는 리버스에게 분노를 폭발시키려고 했다. 그러나 리버스는 그런 그녀의 머리 꼭대기 위에 있는 존재.

"아아, 황녀, 미안하지만 이제 헤어질 시간이군. 그럼 황궁에서 만납시다."

"당신, 무슨 짓을……?"

리버스의 손짓에 재차 수식을 그리는 길란드. 그의 수식이 완성되자마자 밀리네의 몸은 서서히 흐려진다. 바로 황궁으로의 강제 텔레포트.

"재상, 이 일은 절대 잊지……!"

파슉!

분노에 찬 울부짖음을 끝으로 밀리네가 사라지자 리버스는 작게 한숨을 내쉬며 고개를 설레설레 흔들었다.

"휴우~ 옛날엔 정말 좋은 아이였는데 말이야. 안 그래?"

—그 좋던 아이를 망친 건 바로 너고 말이지.

"다스, 감히 그 무슨……!"

"아아, 너무 냉정한데? 그래도 뭐, 사실이니까."

다스어벤저의 퉁명스런 말에 발끈하는 길란드. 하지만 리버스는 길란드를 말리며 도리어 고개를 끄덕인다. 어차피 그에겐 이 정도 일은 극히 사소한 것일 뿐. 오히려 화를 낸다는 것 자체가 비정상이었다. 그리고 지금은 그것보다 더 중요한 일이 있지 않은가?

"자, 이제 이것도 회수했으니 슬슬 가볼까? '대미궁' 에?"

*   *   *

"뭐야, 저거? 뭐 저런 놈들이 다 있어?!"

수영은 그녀답지 않게 흥분했다. 하긴 그녀의 입장에선 흥분하지 않을 수가 없었으니……. 무슨 놈의 사기 캐릭이 저렇게 무더기로 등장할 수 있단 말인가?

비록 수한에겐 약간 밀리는 모습을 보이긴 했지만 잡검사—일반적으로 마검사라 불린다—주제에 터무니없는 데미지를 선보인 흑기사. 놀랍게도 최상급 기사가 퀘스트를 통해서나 얻을 수 있는 오러 블레이드에다 전격 마법과 오러 블레이드의 합일(合一)이라는, 대마법사나 가능할 마법 융합까지 성공시켰다. 어디 그뿐이랴? 이형환위까지 익힌 수한과도 박빙의 속도전을 펼친 기사. 그런 건 청 제국의 십대고수조차 장담할 수 없는 일이었다. 즉, 이것도 저것도 아닌 잡캐릭들의 특징상 절대 불가능한, 직업 스킬의 극을 선보인 것이다.

그리고 길란드. 마법진을 활용했다곤 하나 마나 충전에 적어도 1년이 걸린다는 메테오를 단 하루 만에 구현시킨 대마도사. 아마 그때 당시 소모된 마나량은 현재 수한조차 버거운 수준일 것이다. 그런데 저 대마도사란 놈은 그 메테오를 준비한 것으로도 모자라 수한과의 일전에서 마법을 펑펑 내갈겼다. 그런 건 8서클 대마도사가 아닌 오직 마법의 조종이라는 드래곤만이 가능한 마나량.

거기다 아무런 시동어나 준비 과정도 없이 공간 이동을 하는 이상한 녀석. 성별조차 알 수 없는 그 흐릿한 녀석은 무려 길범이 구상한 비밀의 방에 침투, 밀리네 황녀를 구출했다. 비록 그 직접적인 강함은 알 수 없으나 그것만 해도 엄청난 능력자임을 증명하는 데 충분한 것이다.

아니, 그딴 잔챙이(?)들은 일단 넘어간다 치자. 무엇보다도 저 시종일관 여유 만땅의 리버스란 놈. 뭐 저런 놈이 다 있나?!

시동어만으로 최상승 힐링 마법을 자유자재로 구현하고, 사제 주제에 캔슬이라니?! 'NEW WORLD' 내 오대중급신과 카오틱 드래곤에게만 부여된 권능을 어떻게 일개 사제가 쓸 수 있단 말인가?

"말도 안 돼. 뭔가가 잘못됐어. 이건 완전히 균형 파괴야!"

이제 이해가 된다, 어떻게 변방의 작은 소국이었던 자이드 제국이 단 이십 년 만에 지금의 대륙 최강국으로 우뚝 설 수 있었는지. 저런 괴물들이 있는데 그딴 일에 무슨 어려움이 있었겠는가? 하지만 대체 저런 놈들이 어디서 갑자기…….

"가만……?"

순간적으로 수영의 머리에 스치고 지나가는 생각.

저 녀석들은 분명 초월자 명단에 없던 존재들이다. 즉, 레벨 500이 안 된 존재란 의미다. 하지만 그 강함은 보시다시피 이미 초월자를 넘어선 수준. 그것도 한 명이 아니고 세 명 전부 다.

"…그런데 왜 아무 말도 없었던 거지? 초월자 파악은 가장 기본 중 기본인데… 그렇다면 역시……."

얼마 전부터 수영의 마음 한구석을 장악했던 의혹. 가슴속 어딘가 감춰둔 불안의 씨앗은 마침내 발아하기 시작했다.

[제2권 끝]

◆ 설정집

　[아이템 등급에 따른 특수 능력 및 옵션 정리―팔라스 연합
기준]

　하급(초보)―캐릭이 처음 생성되었을 때 얻는 기초 물품
　중급(일반)―마법(특수 능력 및 옵션)이 부여되지 않은 일반
아이템들
　상급(매직)―보너스 스탯 +10~30, 공격력 200~300, 방어
력 150~200
　최상급(레어)―보너스 스탯 +50~100, 공격력 300~500, 방
어력 200~300
　유니크―보너스 스탯 +150~ 200, 공격력 500~1,000, 방어
력 300~500

　[전직―팔라스 연합 기준]

　1. 보너스 스탯

1차 전직 보너스 스탯 +10

2차 전직 보너스 스탯 +20

3차 전직 보너스 스탯 +50(기사 전직 시 +70)

4차 전직 보너스 스탯 +100(성기사 전직 시 + 150)

5차 전직 보너스 스탯 +200

2. 각 직업별 전직.

〈전사계〉

공방의 균형이 잘 잡혔으며, 세상에 가장 큰 영향을 끼치는 직업. 군에 편입되거나 용병 길드에 등록함으로써 시작

1차 전직(레벨 50 이상)―일반 병사, 삼급용병

2차 전직(레벨 100 이상)―정예 병사, 이급용병

(레벨 150 이상, 퀘스트 달성)―견습 기사로 전직이 가능

3차 전직(레벨 200 이상)―기사, 일급용병(용병대장)

(레벨 250 이상, 퀘스트 달성)―성 기사로 전직이 가능

4차 전직(레벨 300 이상)―로열 나이트, 특급 용병(용병단장)

〈마법사 계열〉

다른 계열에 비해 발전 속도가 느린 대신 그 강함은 레벨과 무관하게 어마어마하다. 타 계열이 4차 전직까지 가능하다면

5차 전직까지 가능한 유일한 직업. 단, 5차 전직의 직업인 대마도사의 경우 거의 히든피스에 가까운 탓에 그것을 달성한 자는 거의 없다고 한다.

　1차 전직(레벨 50 이상)―마법사 도제[Apprentice]

　2차 전직(레벨 100 이상)―견습 마법사[Magic User] (2서클 마스터 이상)

　3차 전직(레벨 200 이상)―마법사[Mage] (4서클 마스터 이상)

　4차 전직(레벨 300 이상)―마도사(혹은 대마법사, Wizard)(6서클 마스터 이상)

　5차 전직(레벨 400 이상, 퀘스트 달성)―대마도사[Arch mage] (8서클 마스터 이상)

　〈도둑 계열〉

　타 계열의 직업보다 다양한 전직이 가능하고, 보다 쉽고 빠른 전직이 가능하다. 대신 레벨 200이 되기 전까지 범법자로 인식(레벨 200 달성 시 도둑 길드에서 탈퇴 가능. 타 길드나 군에 편입해 지금껏 얻은 경험을 바탕으로 새로운 직업을 얻는다)

　1차 전직(레벨 50 이상)―앵벌이(소매치기)

　2차 전직(레벨 100 이상)―초급 어쌔신, 일반 도둑

　3차 전직(레벨 200 이상)―중급 어쌔신, 로그, 궁수, 스카우트

　4차 전직(레벨 300 이상)―상급 어쌔신. 시프 마스터, 트랩마

스터, 모험가, 레인저, 바드, 보우 마스터

〈사제 계열〉

신에 봉사하고 타인에게 무조건적인 사랑을 베푸는 천사표 인간만이 선택할 수 있는 직업

1차 전직(레벨 50 이상)―도우미, 베이비시터

2차 전직(레벨 100 이상)―견습 사제(수련사), 견습 무녀

3차 전직(레벨 200 이상)―사제, 무녀, 뭉크

4차 전직(레벨 300 이상)―대사제, 성녀, 성자

[그랜드 마스터(Grand Master), 로드 타이거 정리]

〈상태창〉

성명:로드 타이거(Lord Tiger) 칭호:역습의 함장

직업:그랜드 마스터(Grand Master:드워드 연합의 총수) 성향:중도(중간)

레벨:499

근력(STR):468(+6,000)

민첩(DEX):30

근골(CON):144

지력(INT):120

지혜(WIS):120

마력(MEN):0

운(LUCK):10

보너스 스탯:0

생명(HP):12,190/12,190(+500,000)

마나(MP):2,495/2,495

공격력:732(+56,000)

방어력:223(+56,200)(+150,000)

체력:99%. 포만감:99%

회색산맥에 위치한 드워프 연합의 총수이자 팔라스 연합의 구대강자 나인스타 중 부동의 1위 자리를 고수하는 절대강자(그러나 그 진실한 정체는 3운영팀의 팀장인 진길범). 카오틱 드래곤에 대해 그 원인을 알 수 없는 집착을 보이며 특정 애니에 도취된 오타쿠로서 그 재능을 마음껏 발휘, 갖가지 병기들(?)을 제조해 드워프 연합의 재산을 축내고 있다

전직을 통한 보너스 스탯 +180, 한계 레벨에 도달(사냥이 아닌 오직 생산 스킬 마스터를 통해 레벨 업 달성), 전스탯 1.2배

'벤전스', '리벤지', '어벤지' 복수 삼종 세트를 착용 시 근

력 +6,000, HP +50만, 공격력 +50,000(+6,000), 방어력 +55,000(+1,200, 방패 활용 시 +15만). 단, 착용 시 착용자가 지닌 스킬―마법, 무공 포함―은 그 어떤 것도 운용이 불가능하다.

〈벤전스(Vengeance)〉

종류:갑옷[Armor]

등급:이벤트

속성:지(地)

제한:드워프 연합의 총수 로드 타이거만이 착용 가능

방어력:55,000(앱설루트 실드 마법진 항시 구현 & 자체 방어력)

내구력:500,000/500,000(착용 시 착용자의 HP로 인식)

무게:600,000

설명:드워프 연합의 회심의 역작, 정식 명칭은 대드래곤용 결전 병기 Ver7.02 No.001로서 드래곤을 상대하기 위해 만든 높이 50미터, 무게 300톤의 절대 궁극 전신 갑.옷(절대 골렘이 아니다). 자체 내 존재하는 충전식 마나석으로 기동하며―한번 충전에 30분간 기동 가능―앱설루트 실드를 비롯한 다양한 마법들이 갑옷 내, 외부에 마법진으로 구현되어 착용자의 능력치를 상승시킨다. 단, 착용시 착용자가 지닌 스킬―마법, 무공 포함―은 그 어떤 것도 운용이 불가능.

헤이스트(갑옷 착용 이후에도 이전과 같은 움직임을 가능케 한다), 앱설루트 실드(물리, 마법 방어력 5만을 추가한다), 그밖에 자체 무게 중 일부를 근력(+6,000)으로 전환시키는 마법과 갑옷의 내구력을 착용자의 HP(+500,000)로 인식시키는 마법이 내장되어 있다.

〈리벤지(Revenge)〉
종류:망치[Hammer]
등급:이벤트
속성:지(地)
제한:드워프 연합의 총수 로드 타이거가 '벤전스'를 착용한 이후 사용 가능
공격력:50,000
내구력:100,000/100,000
무게:50,000
설명:정식 명칭은 대드래곤용 배틀해머 Ver3.01 No.001로서 '벤전스' 전용 무기. 특별한 능력 옵션이 없는 대신 무게 자체를 순수 물리 데미지로 전환, 압도적인 공격력을 구현해 낸다.

〈어벤지(Avenge)〉
종류:방패[Shield]

등급:이벤트

속성:지(地)

제한:드워프 연합의 총수 로드 타이거가 '벤전스'를 착용한 이후 사용 가능

방어력:150,000

내구력:100,000/100,000

무게:100,000

설명:정식 명칭은 대드래곤용 배틀실드 Ver1.00 No.001로서 '벤전스' 전용 방패. 전체에 앱설루트 실드(Absolute Shield)의 마법진을 항시 운용 & 무게 자체를 순수 물리 방어력으로 전환, 압도적인 방어력을 구현해 낸다.

[질풍의 성검, 란슬롯 정리]

성명:란슬롯 칭호:질풍의 성검

직업:성기사(신성 나티아 제국 소속) 성향:성(聖)(우호)

레벨:492

근력(STR):1140

민첩(DEX):50

근골(CON):610

지력(INT):50

지혜(WIS):50

마력(MEN):50

운(LUCK):12

보너스 스탯:0

생명(HP):35,420/35,420

마나(MP):3,460/3,460

공격력:1,411(+1,000)

방어력:376(+1,000)(+2,000)

체력:99%. 포만감:99%

만약 수한이 아니었다면 능히 주인공이 될 만한 재목인 진성 운빨 사기 캐릭의 표본.

현실에선 수진의 담당 기자로서 학대(?)를 받고 있으며, 생활 패턴이 불규칙적인 직업상 특징과 잡지—BL전문—내 'NEW WORLD' 담당 기자라는 지위를 활용, 게임 생활을 유지하고 있다.

전직으로 인한 보너스 스탯 +400.

유니크 아이템 세 개(방패, 검, 갑옷), 레어 아이템 여섯 개(벨트, 귀고리, 목걸이, 반지, 부츠, 망토)를 통한 보너스 스탯 +1,000(힘빨, 근골빨 위주)

[데스 커맨더(Death Commander), 수한 정리]
마왕 승급 후, 시드와 토일에게 제각기 마력 300씩 부여한 직후 기준.

〈상태창〉

성명:수한[마왕(The Devil):모든 마 속성 스킬을 습득 제한 없이 습득 가능, 스킬 습득 시 숙련도 +99.9%]
칭호:데스 커맨더(Death Commander)
직업:네크로맨서(묵천마신교의 교주) 성향:마(魔)(적대)
레벨:500(00.0%)
근력(STR):4,660 (+466)
민첩(DEX):240 (+24)
근골(CON):2,400 (+240)
지력(INT):680 (+68)
지혜(WIS):680 (+68)
마력(MEN):4,280 (+428)
운(LUCK):376 (+37)
보너스 스탯:0
생명(HP):137,000/137,000
마나(MP):96,660/96,660[마 속성 스킬 운용 시 MP소모량 *1/3]

공격력:5,508[마 속성 스킬 운용 시 *1.5]

방어력:1,389 [*10] (+1000)

체력:99%. 포만감:99%

〈주요 스킬 정리〉

금강불괴:본신 기본방어력의 10배—〉13,890

호신강기:본신 기본방어력의 5배—〉 6,945

장막:본신공격력의 3배(마 속성 스킬 운용 시 *1.5) 방어력과 공격력—〉 24,786

장환:본신공격력의 7배(특수스킬, 속성 추가 공격치 적용 無) 공격력—〉 38,556

십방장환:본신공격력의 12배(궁극기, 속성 추가 공격치 적용 無) 방어력과 공격력—〉 66,096

십방장환 트리플:십방장환은 동시 세 번 시전. 공격력과 방어력은 랜덤—〉 90,000~120,000

수한 최대 방어력 총합:13,890(금강불괴)+6,945(호신강기)+66,096(십방장환)+1,000(로브의 방어력)= 87,931(먼치킨 중급?)

속성 데미지의 경우, 수한이 입는 피해(X 는 상대의 공격력)

=(X − 전체 방어력 총합) * 35%

순수 물리 데미지의 경우, 수한이 입는 피해(X 는 상대의 공격력)

=X − 전체 방어력 총합

FANTASTIC
ORIENTAL
HEROES

무한 상상 · 공상 세계, 청어람 신무협&판타지

『한백무림서』11가지 중 『무당마검』, 『화산질풍검』을
잇는 세 번째 이야기 『천잠비룡포』의 등장!!

천잠비룡포(天蠶飛龍袍) / 한백림 지음

천상천하 유아독존!!
새로운 무림 최강 전설의 탄생!!

『천잠비룡포』
(天蠶飛龍袍)

천잠비룡황, 달리 비룡제라 불리는 남자.

그는 누군가의 명령을 받고 움직이는 남자가 아니다.
그는 자신의 적을 앞에 두고 물러나는 남자가 아니다.
그는 자신의 이름 안에 있는 자들의 원한을 결코 잊는 남자가 아니다.

그 누구보다도 결정적이고 파괴력있는 면모를 지닌 남자.
황(皇)이며, 제(帝). 그것은 아무나 지닐 수 있는 칭호가 아니다.
그는 제천의 이름으로도 제어할 수가 없는 남자였다.

무적의 갑주를 몸에 두르고
가로막은 자에게 광극의 진가를 보여준다.

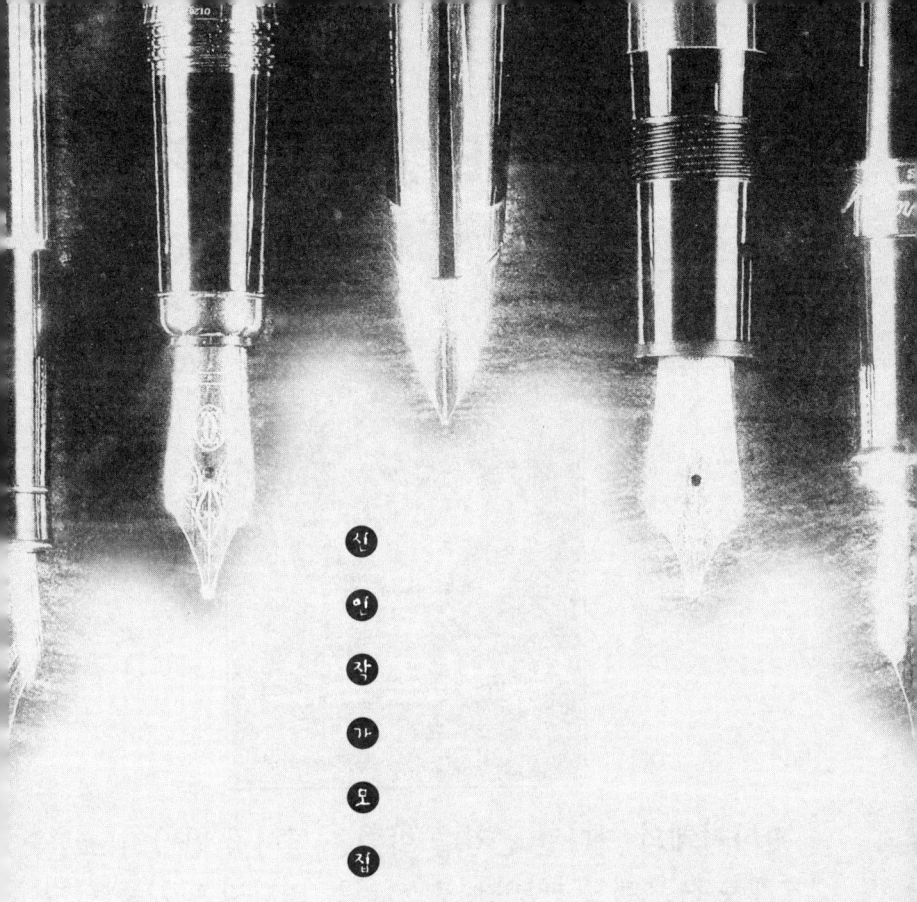

신
인
작
가
모
집

시작이 반이라고 했습니다.
작가의 길에 대한 보이지 않는 벽을 과감히 깨뜨리십시오!
청어람은 작가 지망생 여러분들의
멋진 방향타가 되어드리겠습니다.

저희 도서출판 청어람에서는
소설 신인 작가분들을 모집합니다.
판타지와 무협을 사랑하시는 분들의 많은 참여를 바랍니다.
소정의 원고(A4용지 150매)를 메일이나 우편으로 보내주시면
검토 후 출판 여부를 알려드리겠습니다.

주소:경기도 부천시 원미구 심곡1동 350-1 남성B/D 3F 우편번호420-011
TEL:032-656-4452 · **FAX**:032-656-4453
http://**www.chungeoram.com**
e-mail:chungeoram@chungeoram.com

'다세포 소녀'는 '무쓸모 고등학교'를 배경으로 '뽀샤시한' 순정만화 주인공 같은 외모의 남녀 고교생들이 펼치는 엽기적이고 황당한 내용과 성(性)에 관한 발칙한 상상력을 보여주면서 네티즌들로부터 폭발적인 반응을 얻고 있다. "제 또래들과 함께 나누고 싶은 성, 사회 문제 등을 짚어보고 싶었다"는 작가의 변에서 볼 수 있듯 만화 속 이야기의 절반가량은 주변에서 전해 들은 '실화'를 참고했다. 작품에서 보여지는 비꼬는 패러디와 냉소적인 유머에서 삶에 대한 진지한 성찰이 엿보이는 것은 그 때문이 아닐까!

300만 네티즌을 열광시킨 상식을 뒤엎는 엉뚱한 만화 세계!!
다가오는 2006년 7월
무더위를 한방에 날려 줄 발칙한 상상력!

DASEPO
girl

다세포 소녀
인터넷 원작
만화 출판!!

도서출판 청어람